Lilly Wolf
Gestern auf Hiddensee

AF197217

Lilly Wolf ist in der Nähe von Leipzig aufgewachsen und war als Lehrerin in Berlin und Ungarn unterwegs. Heute arbeitet sie als Qualitätstesterin in Stuttgart. Sie liest und schaut gern Detektivgeschichten, weshalb sie in ihren eigenen Krimis und Romanen gerne alte Geheimnisse erforscht. Sie möchte beim Schreiben noch viele verschiedene Genres ausprobieren und hätte nichts dagegen, ihre Romane immer dort in der Welt zu schreiben, wo sie spielen.

Lilly Wolf

Gestern auf Hiddensee

Roman

PIPER

Mehr über unsere Autoren und Bücher:
www.piper.de

Wenn Ihnen dieser Roman gefallen hat, schreiben Sie uns unter
Nennung des Titels »Gestern auf Hiddensee«
an empfehlungen@piper.de, und wir empfehlen Ihnen
gerne vergleichbare Bücher.

ISBN 978-3-492-50824-7
© 2025 Piper Verlag GmbH, Georgenstraße 4, 80799 München
www.piper.de
Für direkten Kontakt und Fragen zum Produkt wenden Sie sich bit-
te an: info@piper.de
Redaktion: Cornelia Franke
Satz auf Grundlage eines CSS-Layouts
von digital publishing competence (München)
mit abavo vlow (Buchloe)
Covergestaltung: Emily Bähr
Covermotiv: Bilder unter Lizenzierung von Shutterstock.com und
Freepik.com genutzt
Printed in the EU

Prolog

1988

Am letzten Tag vor der Abreise gingen die Eltern mit Jenny Eis essen. Zwei Kugeln Erdbeereis in einer Muschelwaffel, für das sie lange anstehen mussten. Sie bekam Bauchweh davon. Im Gegensatz zu ihren Eltern erkannte sie trotz ihrer acht Jahre den armseligen Trost darin.

»Jetzt ein letztes Mal an den Strand?«, fragte ihre Mutti.

Die Eltern reagierten nicht auf ihr Schulterzucken, sie hatten sich schon in Bewegung gesetzt. Lustlos trottete sie hinter ihnen her. Sandkörnchen drückten mit jedem Schritt gegen ihre nackten Fußsohlen. Je näher sie dem Strand kamen, desto schlimmer pikste es. Das war ihr vorher nie aufgefallen. Jenny fiel zurück, während sie die Füße ausschüttelte.

»Nicht bummeln, es ist unser letzter Tag.« Ihr Papa stand schon in den Dünen, hinter ihm glitzerte die Ostsee.

Jenny klopfte sich die Füße nach jedem Schritt ab.

»Willst du nicht ins Wasser?«

Ihr war die Lust aufs Schwimmen vergangen.

»Ich komme mit und wir spielen mit deinem neuen Wasserball.«

Jenny schüttelte den Kopf.

»Dann eben nicht.«

»Wie erholsam, wenn sie mal nicht plappert«, scherzte ihr Papa.

»Und besser so«, antwortete Mutti.

Die beiden blickten sich vielsagend an.

Jennys Bauchschmerzen wurden schlimmer, aber sie hielt den Mund.

Eigentlich hatten die Schmerzen schon heute Morgen, lange vorm Erdbeereis angefangen, aber die Eltern hatten ihr verboten, darüber zu sprechen. Immer gab es etwas, das man nicht sagen durfte, vor allem in der Schule. Im Unterricht wurde sie oft ermahnt. Taten die Lehrerinnen das nur, weil sie zu vorlaut war? Jenny dachte darüber nach, während ihre Eltern im Wasser planschten. Sie ließ die warmen Sandkörnchen durch ihre Finger rieseln und grub die Zehen hinein. Wenn es nicht so eklig wäre, hätte sie sich Sand in den Mund gesteckt.

Bald näherte sich die Sonne der Ostsee. Die Eltern kamen aus dem Wasser und ihre Mutter knipste den Film fertig. »Das war wieder schön, oder?«

Der Widerspruch wollte nicht über Jennys Lippen. Die Angst, etwas Falsches zu sagen, schnürte ihr die Kehle zu. Während die Eltern ihre Handtücher ausschüttelten und zusammenpackten, fasste Jenny einen Entschluss. Das kommende Schuljahr wollte sie in der Klasse die meisten Bienchen verdienen. Man bekam eins, wenn man etwas richtig machte und sich gut betrug. Das wollte sie von nun an.

Mit diesem Vorsatz fühlte sie sich besser. Wenn sie es schaffte, würden sie nächsten Sommer nach Hiddensee fahren und alles wäre wieder gut.

Teil I

Kapitel 1

Es war der 29. Dezember und Jenny Miller hatte den Eindruck, im Chaos zu versinken. Am Frankfurter Hauptbahnhof drängelten die Reisenden und versperrten ihr die Sicht. Den Wunsch, sich in einem gemütlichen Café von ihrer Tochter zu verabschieden, konnte sie sich abschminken. Ein wenig selbstsüchtig wünschte sich Jenny, Sonjas Zug möge ausfallen oder sich zumindest verspäten.

Die Anzeigetafel sprang um und zeigte den ICE nach Greifswald an. Eine knappe halbe Stunde blieb ihnen noch.

»Können wir nicht zu Starbucks gehen?«, fragte Sonja am Boden hockend. Ihre Finger massierten die Ohren von Labradormischling Shadow, der von den Menschenmassen eingeschüchtert war.

»Was immer du willst, Kleines.«

»Kaffee mit Milch und Zucker plus Sirup, Sahne, Zimt und ein Cookie. Oder zwei.« Wegen ihres prall gefüllten Reiserucksacks erhob Sonja sich schwankend und führte Shadow zur Schlange vor der Kaffeetheke.

Jenny wollte fragen, ob sie die letzten Tage nicht genug selbst gebackene Plätzchen gegessen hatte, hielt sich aber zurück. Sie war froh, dass ihre Kleine wieder Appetit zeigte.

Das erste Weihnachten ohne Marius hätte wirklich schlimmer verlaufen können. Jenny hatte alles perfekt geplant. Das Appartement in ein gemütliches Winterwunderland verwandelt, nach dem besten Rezept für Entenbraten gesucht, Butterplätzchen, Vanillekipferl und Nusstaler gebacken, zwischendurch Sonja in Anatomie abgefragt und E-Mails aus der Werbeagentur abgearbeitet. Also eigentlich wie letztes Jahr, nur war der Tannenbaum nicht selbstgeschlagen, sondern aus dem Baumarkt. Auch gab es keinen teuren Einkaufstrip auf der Goethestraße und keinen Ski-Ausflug ins Montafon mit ihrem Vater. Sonja schien nichts davon vermisst zu haben.

»Wie wäre es mit einem Chai Tea Latte?«, riss sie Sonja aus ihren Gedanken.

»Das ist doppelt gemoppelt. Chai und Tea bedeutet dasselbe.«

Sonja rollte grinsend die Augen. »Vielleicht ist er doppelt gut?«

»Kann sein.«

»Kannst auch Earl Grey haben.«

»Nein, ich probiere den Chai.«

Sie quetschten sich in die ungemütlich starre Sitzecke, wo andere Reisende an ihnen vorbeiströmten. Shadow liebäugelte mit der Sahnehaube auf Sonjas Café Latte und dem Cookie. Schließlich gab er sich mit einem getreidefreien Leckerli zufrieden und legte sich unter den Tisch. Für eine Unterhaltung war es zu laut, stattdessen musterte sie Sonja über den dampfenden Pappbecher. Jenny fiel auf, dass sie den unvorteilhaften schwarzen Eyeliner weggelassen hatte. Wegen der Tränengefahr oder weil auch diese Phase vorbei war, wusste sie nicht zu sagen. Seit Beginn der Teenagerzeit war Sonja schwer zu durchschauen. Das hatte sich in den Wochen nach Marius' Tod noch verstärkt.

Sie hatten lange Spaziergänge unternommen und sich im Fernsehen jede einzelne Übertragung von *Drei Haselnüsse für Aschenbrödel* angeschaut. Wie jedes Jahr hatte Sonja sich über den Prinzen lustig gemacht, weil er nicht erkannte, dass das Aschenbrödel, der zierliche Jäger im Wald und die Prinzessin mit Schleier ein und dieselbe Person waren. Sie war eben erst neunzehn und hatte noch nicht erlebt, dass die Menschen, die man am besten zu kennen glaubte, einen am meisten täuschen konnten.

»Ich würde gern bei den Zeitungen vorbeischauen«, bat Sonja, nachdem sie ihren Becher geleert und ihre Kekskrümel an Shadow verfüttert hatte.

Jenny nickte, erleichtert, aus dem lauten Café fortzukommen. Im Buchladen herrschte zwar Betrieb, aber wenigstens verstand man sein eigenes Wort. Sie umklammerte ihren Becher, während Sonja vor dem Regal mit Arztromanen kniete. Seit dem zwölften Lebensjahr investierte sie ihr Taschengeld in die billigen Hefte. Rasch hatte sie sich entschieden.

»Chefarzt Dr. Holl muss hierbleiben?«, fragte Jenny erstaunt.

»Jep. Koma nach Autounfall muss nicht sein.«

»Nein.« Es war einer der wenigen Momente, in denen Jenny merkte, dass der Tod ihres Vaters sie doch belastete.

»Papa hat von den Heften nie gewusst. Das war immer unser Geheimnis.«

Die waren ihm zu billig und zu gefühlsduselig, dachte Jenny. Über solche Dinge hatte Marius gerne gewitzelt.

»Ich glaube, die vielen Gefühle waren zu heftig für ihn«, konstatierte Sonja, während sie die bezahlten Hefte rollte und in ihrem Rucksack verstaute. Jenny strich liebevoll über ihren schwarzen Haarschopf.

Ihre Kleine hatte anscheinend mehr mitbekommen, als sie ihr zugetraut hatte. Ahnte sie auch von Marius' Doppelleben? Das hätte Jenny nicht ertragen. »Er war eben ein Macher. Darin seid ihr euch ähnlich«, versuchte sie abzuwiegeln.

»Ach, ja?«

»Du hast immer gesagt, du wirst Ärztin und jetzt studierst du Medizin. Dein Papa ist ... war furchtbar stolz auf dich. Wir beide sind das.«

Sonja schluckte und Jenny schloss sie in die Arme. Sicher standen sie den anderen Reisenden im Weg, aber das war Jenny egal. Am liebsten hätte sie ihre Kleine mit nach Hause genommen, stattdessen löste sie sich von ihr und brachte sie zu ihrem Gleis.

»Ich wünschte, ich könnte hierbleiben«, sprach ihr Sonja aus der Seele, kaum dass sie den Bahnsteig erreicht hatten.

Jenny biss sich auf die Zunge, um nicht zu sagen: *Dann bleib doch!* Es nützte nichts. Den Abschied aufzuschieben, würde ihn nur erschweren. »Mach dir um uns keine Gedanken. Wir kommen zurecht.«

»Die Uni geht erst nächste Woche wieder los.« Sonja wirkte ebenso zerknirscht, wie Jenny sich fühlte. »Wenn ich mich nicht mit meiner Lerngruppe verabredet hätte ...«

»Je schneller du wieder Anschluss ans Studium findest, desto besser.«

»Hoffentlich pack ich das alles.«

»Ach, für dich ist das ein Klacks.«

Sonja lächelte zaghaft. Jenny hatte den Eindruck, dass sie noch etwas sagen wollte, doch ihre Kleine beugte sich zu Shadow hinab, kraulte erst den weißen Fleck an seinem Hals, die Flanken und schließlich am Rücken entlang Richtung Schwanz. Mit dem Ritual hatte sich Sonja jeden Morgen von ihm verabschiedet, bevor sie in die Schule gegangen war.

Der ICE fuhr ein und sie umarmten sich zum Abschied.

»Pass auf dich auf.«

»Immer doch. Feier schön mit Birgit und Jürgen. Und dass du mir ja nicht ins Büro gehst!«

»Versprochen.«

»Mach einfach mal dein Ding, okay?«

»Mach ich doch immer. Ruf an, wenn du angekommen bist.«

Die Türen schlossen sich und der ICE setzte sich in Bewegung. Jenny lief ein paar Schritte mit, bevor sie in die Hocke ging und das Gesicht in Shadows Fell vergrub. Sie musste sich eingestehen, dass ihr nach den Festtagen die Möglichkeiten zum Kümmern ausgingen, und der Gedanke machte sie unruhig.

Kapitel 2

Auf dem Weg zur S-Bahn fragte sie sich nicht zum ersten Mal, ob Sonja die Romanhefte verschlang, weil sie ihr gefühlsmäßig etwas gaben, das sie sich von ihrer Familie vergeblich erhoffte. Jenny hatte ihr Bestes getan, ihr die Mutter zu ersetzen, nachdem sie mit Marius zusammengekommen war. Hatte gelernt, einen französischen Zopf zu flechten, mit ihr im Krankenhaus geschlafen, als ihr der Blinddarm herausgenommen worden war, und sie getröstet, wenn ihre Mitschüler sie eine Streberin nannten. All die großen und kleinen Dinge, die Jenny nun schmerzlich vermisste.

Grübeln nützte nichts. Sonja war fort. Die Werbeagentur hingegen war nur fünfzehn Minuten entfernt. Bevor sie ihr Ding machte, wie sie es Sonja versprochen hatte, konnte sie dort die Post kontrollieren und ein paar Probedrucke aktueller Projekte mitnehmen, um sie auf der Zugfahrt zu ihren Eltern durchzusehen. Gepackt war später ruckzuck.

Vor dem Gebäude, das die Werbeagentur beherbergte, erwartete sie eine Überraschung. Unter den armlangen Lettern *RITTER & MICHEL* war ein Gerüst aufgebaut worden. Was hatte das zu bedeuten? In den Flurfenstern brannte außerdem Licht. Dabei machte die Agentur zwischen den Jahren Betriebsferien.

Gab es wieder Probleme mit der Hausverwaltung? Ihr

Instinkt, nach dem Rechten zu sehen, hatte sie nicht getäuscht.

Jenny kramte ihren Schlüssel hervor und nahm Shadow zuliebe den Fahrstuhl in den ersten Stock. Der riesige Spiegel darin offenbarte ihr das Grauen. Ihr dunkelblonder Ansatz war mehrere Zentimeter herausgewachsen, ihre Haut sah stumpf aus und dunkle Schatten tilgten das Blau ihrer sonst lebhaften Augen. Nicht mal für Wimperntusche hatte es heute gereicht. In dem unförmigen Pulli sah sie vollends aus wie die verlotterte Zwillingsschwester jener Jenny, die sonst gestriegelt und gebügelt in der Agentur arbeitete.

Durch die Milchglastür zu den Büroräumen drang Licht und beim Eintreten registrierte sie überrascht einen Stapel zusammengefalteter Umzugskartons. Die Tür zu Marius' Büro stand offen, obwohl sie sich genau erinnerte, sie vor den Festtagen verschlossen zu haben. In seinen Regalen mit Aktenordnern klafften Lücken. Sie war eindeutig nicht allein.

»Soll ich Ihnen einen Cappuccino machen?« Die Stimme gehörte Marius' Assistentin Sarah Schopp.

Jenny hielt abrupt inne, als wäre sie gegen eine Wand gelaufen. Mit ihr hatte sie am wenigsten gerechnet. Die Absätze ihrer stylishen Stiefelchen kündigten die dunkelhaarige Mittzwanzigerin auf ihrem Weg in die Teeküche an. In knackigen schwarzen Jeans und blütenweißem Seidentop sah sie aus wie aus dem Ei gepellt.

Auch Sarah erstarrte mitten in der Bewegung. »Oh«, sagte sie anstelle einer Begrüßung.

Jenny bemerkte, dass der Gips an ihrem Unterarm fehlte und Sonjas Worte nach der Beerdigung ihres Vaters fielen ihr ein: *Ich bin so froh, dass du nicht mit Papa im Auto gesessen hast.* Nun, sie vielleicht nicht. Sarah allerdings schon. Dabei hatte Marius gemeint, er wolle allein zum Termin mit einem Neukunden in Hamburg fahren.

Als sie nach seinem Tod in Marius' Kalender nachgesehen hatte, fand sich darin kein neuer Kunde, weder in Hamburg noch anderswo. Es brauchte nicht viel, um eins und eins zusammenzuzählen. Seitdem hatte sie alle Gedanken daran verdrängt.

Jetzt wirbelten die Bilder in ihrem Kopf herum. Marius' Lachfalten, sein schwarzer BMW, mit dem sie oft ins verlängerte Wochenende aufgebrochen waren, wie er ihr Blumen mitbrachte und in ihr Ohr flüsterte *Was würden wir nur ohne dich machen?* Dazwischen schob sich Sarah, wie sie den Männern in der Agentur bei Besprechungen unnötig nahekam, der Ausschnitt immer an der Grenze der Bürotauglichkeit. Jenny waren ihre subtilen Flirts aufgefallen und im Gegensatz dazu das fehlende Funkeln in ihren Augen, wenn sie Aufgaben für sie oder ihre Grafikerin erledigte. Sie hatte darüber hinweggesehen.

Shadow zog an seiner Leine und brachte Jenny zurück ins Hier und Jetzt. Vor Marius' Tod waren in der Werbeagentur alle per du gewesen, aber jetzt brachte sie die vertraute Anrede Sarah gegenüber nicht mehr über die Lippen. »Gut zu wissen, dass es Ihnen wieder besser geht, Frau Schopp.«

»Danke«, erwiderte die junge Frau und rieb sich den Unterarm. »Kann ich Ihnen auch einen Kaffee machen?«

»Nein, ich will Sie nicht vom Arbeiten abhalten.« Es tat gut, sie stehen zu lassen, gleichzeitig wunderte sich Jenny, warum sie überhaupt hier war. Hatte Luca sie gebeten, ins Büro zu kommen? Er hatte mit Marius die Werbeagentur gegründet und war für den kreativen Teil zuständig, ihr verstorbener Lebensgefährte für den finanziellen.

Luca war für gewöhnlich nur zu Beginn und zum Ende eines Projektes vor Ort. Was lief hier ab?

Energisch betrat sie sein Büro. »Hi, was machst du denn hier?«

Luca sah übernächtigt aus. »Das Gleiche könnte ich dich fragen.« Sein Blick ließ die kollegiale Kameradschaft vermissen, die während dutzender Kampagnen zwischen ihnen entstanden war.

Luca hatte ihr gegenüber nie den Vorgesetzten herausgekehrt. Sie waren zwei Kreative, die gemeinsam versuchten, die Gedanken ihrer Kunden zu lesen und deren oft konfuse Wünsche in Wort und Bild zu fassen. Wenn der Abgabetermin unbarmherzig näher rückte, hatten sie mithilfe ihrer treuen Kaffeemaschine und diverser Lieferdienste zusammen die Nacht durchgearbeitet.

Jenny setzte ein Lächeln auf. »Hast du nicht gesagt, du verbringst die Feiertage in der Toskana?«

Er ging nicht darauf ein. »Bist du hier, um Marius' Sachen zu entsorgen?«, fragte er zurück und fuhr sich durchs dunkelblonde, zurückgekämmte Haar, das ihn wie einen der Dichter-Philosophen Anfang des vergangenen Jahrhunderts erscheinen ließ.

»Nein, wieso?«, entgegnete sie irritiert.

»Ich dachte.«

Im Flur waren erneut Sarahs Stiefel zu hören. »Dein Cappuccino. Kann ich sonst noch was tun?«

»Im Moment nicht, danke.«

»Dann mache ich Pause. Bis später.«

Die Assistentin würdigte sie keines Blickes, aber das war Jenny egal. Viel mehr wunderte sie Lucas Distanziertheit. Die Werbeagentur war immer ihr zweites Zuhause gewesen. Doch kaum war ihr Lebensgefährte unter der Erde, gaben ihr alle das Gefühl, ein Fremdkörper zu sein. Von Sarah hatte sie nichts anderes erwartet, aber Marius' Partner war immer auf ihrer Seite gewesen. Obwohl ihr nicht entgangen war, dass sich Luca einige Freiheiten herausnahm, seit Marius ihn nicht mehr zur Ordnung rief. Sollte sie sich deswegen Sorgen machen? Hatte auch sie das Aschenbrödel nicht durchschaut?

»Hattest du ein schönes Weihnachtsfest?«

»Kann ich nicht behaupten.«

»Oh, ist etwas passiert?«

Luca verschränkte die Arme vor der Brust und musterte sie über seine randlose Brille.

Jenny fühlte sich in die Grundschule zurückversetzt. Sie war in Schwierigkeiten, und es nervte sie, dass Luca anscheinend glaubte, sie müsse wissen, warum.

Kapitel 3

»Ich habe mit unserem Steuerberater gesprochen.« Luca ließ den Satz in der Luft hängen.

»Gibt es etwas, von dem ich wissen müsste?«

»Was soll das Spielchen, Jenny? Du weißt genau, was los ist. Du könntest wenigstens so viel Respekt zeigen und ehrlich zu mir sein.«

Jenny wollte ihm an den Kopf werfen, nicht den Oberlehrer zu markieren, hielt sich aber im Zaum, indem sie vor dem Schreibtisch Platz nahm, eine Hand in Shadows Nackenfell grub und bis drei zählte, bevor sie antwortete. »Ich hab keine Ahnung, wovon du redest. Also noch mal von vorn, bitte. Du warst beim Steuerberater und weiter?«

Luca seufzte, als wäre er tief enttäuscht von ihr. Er zog mehrere geheftete Papiere hervor und stieß sie so verächtlich in ihre Richtung, dass sie fast vom Tisch geflattert wären.

»Innenverhältnisklage«, las Jenny. *Bin ich im falschen Film gelandet?*

»Dazu rät mir mein Anwalt.«

»Verrätst du mir weshalb, oder muss ich mir erst das Pamphlet durchlesen?«

»Bei unserem Jahresabschluss hat mir unser Steuerberater eröffnet, dass ein offener Kredit auf die Firma läuft. Klingelt da was?«

Jenny musste schlucken und schüttelte den Kopf.

»Hunderttausend Euro und ich hatte keinen blassen Schimmer.«

Bei der Summe krampfte sich ihr Magen zusammen. Wofür brauchte ihre überschaubare Agentur so viel Geld? »Davon hat mir Marius nichts erzählt.«

»Ach, nein?«

»Nein.«

»Obwohl er dich stets in geschäftliche Angelegenheiten einbezogen hat?«

»Ich habe mich um ein paar Verträge mit unseren Außenpartnern gekümmert, wenn Marius zu viel um die Ohren hatte. Im stillen Einvernehmen mit euch beiden!«

»Du hast eine Handlungsvollmacht.«

»Nur eine mündliche.«

»Und wenn schon ...«

»So kommen wir nicht weiter«, unterbrach ihn Jenny. Sie wusste nicht, über wen sie wütender war. Luca, wie er sie von oben herab behandelte und sie dabei im Dunkeln ließ, oder Marius, der ihr einen immensen Kredit verschwiegen hatte.

»Ich nehme an, du wirst mir nicht verraten, wo das Geld abgeblieben ist?« Seelenruhig trank er einen Schluck Cappuccino. Am liebsten hätte sie seinen Kopf in den Schaum getunkt.

»Luca, ich weiß davon nichts. Steht in den Unterlagen, dass ich diesbezüglich irgendetwas unterschrieben habe?«

»Nein.«

»Trotzdem willst du mich verklagen?«

»Entweder das oder Marius' Tochter zahlt den Betrag zurück.«

»Sonja? Woher soll sie das Geld nehmen?«

»Nicht mein Problem.«

»Und Marius' Problem ist es auch nicht mehr. Wie praktisch für euch.« Jenny pfefferte die Anklageschrift vor ihn hin und verschränkte die Arme. Neben ihr ging Shadow in Habachtstellung und spitzte die Ohren.

»Jetzt komm mir nicht so!«

»Als ich Marius kennengelernt habe, hat eure Agentur Flyer fürs Stadtteilfest gedruckt. Ihr konntet euch kaum über Wasser halten.«

»Daran musst du mich nicht erinnern.«

»Anscheinend schon.«

»Ich gebe durchaus zu, dass du viel für *RITTER & MICHEL* getan hast.«

»Pft.« Das war die Untertreibung des Jahrhunderts. Den ersten überregionalen Kunden, ein IT-Start-up für Firmensoftware, hatte Jenny an Land gezogen und die Kampagne allein auf die Beine gestellt, während sich Luca, der immerhin einer der Gesellschafter war, mit einem seiner künstlerischen Nebenprojekte vergnügt hatte. Eine Freiheit, für die sie selbst nie die nötige Zeit gehabt hatte.

Die erfolgreiche Kampagne hatte der Agentur nicht nur dringend benötigte Einnahmen, sondern auch wichtige Folgeaufträge verschafft. Nur deshalb hatte sich Luca sein Häuschen in der Toskana leisten können. Das alles hätte sie ihm gern aufs Butterbrot geschmiert, aber beim Gedanken an Sonja, die lebenslang die Schulden ihres Vaters zurückzahlen musste, schnürte sich ihr die Kehle zu. Sie versuchte, den weiteren Verlauf des Gesprächs vorwegzunehmen, aber in ihrem Kopf drehte sich alles.

Derweil kehrte Luca den Vorgesetzten heraus. Jenny entging der Strategiewechsel nicht. Seine Wut hatte sich scheinbar in Luft aufgelöst und er gab sich betont sachlich.

»Eigentlich wollte ich nach Weihnachten in Ruhe mit

dir und Sonja sprechen. Gemeinsam finden wir sicher eine Lösung. Ich habe durchaus Verständnis für eure prekäre Situation.«

Hat er das vorher geübt?, dachte Jenny bitter. Ihr gefiel es nicht, dass er ihre Tochter mithineinzog. Das zu verhindern, half ihr, wieder klarzusehen. Sie konzentrierte sich auf Luca, wie er ernst hinter seinem Designer-Schreibtisch thronte, die Hände faltete und die Fingerspitzen aneinanderlegte. Seine Mundwinkel zuckten, als müsste er sich ein triumphierendes Lächeln verkneifen.

Da ging Jenny ein Licht auf.

»Du willst Sonjas Geschäftsanteil an der Agentur.«

»Es wäre eine Möglichkeit. Der ist natürlich nicht hunderttausend Euro wert, aber ein Rechtsstreit könnte sich Jahre lang hinziehen. Das wollen wir beide nicht, glaube ich.«

»Nein«, antwortete Jenny, obwohl sie sich nicht gescheut hätte zu kämpfen. Aber ihrer Tochter die Zukunft zu verbauen, nur um Recht zu behalten, kam nicht infrage. Am liebsten hätte sie Luca das Lächeln aus dem Gesicht geschlagen.

»Ich werde ein Treffen mit unserem Anwalt vereinbaren, bei dem du und Sonja natürlich anwesend sein werdet.«

»Sicher.«

»Freut mich, dass du mit allem einverstanden bist.«

So leicht wollte Jenny nicht klein beigeben. »Vielleicht sollte ich meinen eigenen Anwalt mitbringen …«

»Wie du willst. Von jetzt an hältst du dich aus allem Geschäftlichen raus. Marius' Büro ist für dich tabu.«

Jenny nickte knapp. Marius' Laptop hatte er eh schon an sich genommen, angeblich, um alles zu regeln, damit seine Familie Zeit zum Trauern hatte.

»Außerdem wird Sarah vorübergehend deinen Part übernehmen und mich tatkräftig in geschäftlichen Dingen unterstützen.«

»Klar«, presste Jenny hervor, obwohl es wehtat, von einer Mittzwanzigerin ersetzt zu werden.

Luca schien jedenfalls Gefallen daran zu finden, den Chef herauszukehren, und meinte plakativ seriös: »Du gibst besser deinen Laptop, dein Firmenhandy und den Büroschlüssel bei Sarah ab. Nur zur Sicherheit.«

Du Drecksack!, dachte Jenny. *Du mieses Stück ...* Sie hatte Luca wegen seiner Verschrobenheit oftmals belächelt und jetzt markierte der selbst ernannte *Reklamekünstler* den taffen Geschäftsmann. Am liebsten hätte sie ihm ihren Schlüssel an den Kopf geworfen und auch sonst alles hingeschmissen. Sollte er doch sehen, wie er ohne sie klarkam.

Aber sie hatte sich noch nie gedrückt, wenn es hart auf hart kam. Auch Jenny hatte noch ein paar Asse im Ärmel. Daher zwang sie sich zu einem Lächeln. »Vorher sollte ich allen Kunden schreiben, dass ich auf absehbare Zeit nicht zu erreichen bin. Die Kontaktdaten sind im Adressbuch für meinen E-Mail-Zugang gespeichert. Kundenkommunikation ist eher mein Ding, nicht wahr?«

Sie spürte, dass sie einen Nerv getroffen hatte. Luca saß auf einmal sehr angespannt da. Sie konnte direkt sehen, wie es in seinem Gehirn ratterte, und setzte eins drauf. »Ich habe mich immer gern darum gekümmert, auch wenn es nicht in meinem Arbeitsvertrag steht, wie so vieles ...«

Der Seitenhieb saß. Ihr Arbeitsvertrag aus der wenig erfolgreichen Anfangszeit von *RITTER & MICHEL* war simpel. Marius hatte sich immer sicher sein können, dass sie ohnehin alles gab. Das hatte Nachteile, aber auch einige Vorteile. Sie hatte zum Beispiel nie eine Verschwiegenheitsklausel unterzeichnet und es war ihr vertraglich ebenso wenig untersagt, Kunden mitzunehmen, sollte sie die Agentur verlassen. Jenny wusste das und ihr Gegenüber ebenso.

»Du hast recht«, gab er zu.

Jennys kleiner Triumph hielt leider nicht lang an.

»Du darfst Laptop und Handy behalten. Marius' Tod hat eine Lücke hinterlassen, die wir vorerst nicht vergrößern wollen. Ich möchte, dass du dich um Liegengebliebenes kümmerst und den Auftrag für *Strandkorb 66* in Stralsund priorisierst. Am besten triffst du dich im neuen Jahr vor Ort mit dem Kunden. Fahrtkosten legst du wie gewohnt aus und reichst sie dann bei Sarah ein. Alle anderen Kunden übernehme ich.«

Stralsund ... Der Name weckte in Jenny Erinnerungen an Salzgeschmack auf den Lippen, kreischende Möwen und das Vibrieren eines Fährbootes unter ihren Füßen. Sie schüttelte sie ab, Luca plante schließlich keinen Urlaub für sie.

»In Ordnung.«

»Ich hoffe, du bist dieses Mal erfolgreich. Herr Schulte-Dietz und seine Frau sind keine einfachen Kunden. Noch ein Nein und sie sind weg.«

»Schick mir das Material. Ich lasse mir schon etwas einfallen. Guten Rutsch!« Sie erhob sich so abrupt, dass Shadow zusammenzuckte. Energisch führte sie ihn aus dem Büro. Lucas Gegenwart konnte sie keine Minute länger ertragen. Am liebsten hätte sie seinen Papierkorb durchs Büro getreten oder wenigstens mit der Tür geknallt. Stattdessen flüchtete sie sich in den Fahrstuhl und hämmerte gegen das Plexiglasschild, das auf *RITTER & MICHEL* verwies.

»Wenn er denkt, er kann mich kleinmachen, dann irrt er sich«, zischte sie.

Wenn sie von Marius eins gelernt hatte, dann die vorhandenen Spielregeln zu umgehen und eigene zu schreiben. Luca würde mit seinen Machtspielchen nicht gewinnen, denn sie würde die Werbeagentur nicht kampflos aufgeben. Was blieb ihr sonst noch?

Kapitel 4

Draußen fiel ihr auf, dass sie nicht nach dem Gerüst gefragt hatte. Arbeitete das selbstgefällige Arschloch bereits an der Umbenennung der Agentur? Jenny musste sich abreagieren und marschierte mit Shadow zum nächsten Park. Dort warf sie Bällchen und feuerte ihn beim Leckerlisuchen an, nur um Lucas selbstgefälliges Gesicht aus ihren Gedanken zu vertreiben.

Als sie wieder zu Hause waren, rollte sich Shadow auf dem Sofa zusammen, aber sie selbst kam nicht zur Ruhe. Deshalb wählte sie das anstrengendste Programm auf ihrem Heimtrainer und powerte sich beim Spinning aus. Marius hatte ihr das teure Gerät vor ein paar Jahren geschenkt. »Weil du Hummeln im Hintern hast«, hatte er sie geneckt. Erst war sie wenig begeistert darüber gewesen, hatte aber bald gemerkt, dass ihr das Training abends beim Runterkommen half.

Während sie in die Pedale trat, versuchte sie, sich den Hafen von Stralsund in Erinnerung zu rufen, aber es war zu lange her, seit sie mit ihren Eltern dort gewesen war. Stattdessen wanderten ihre Gedanken zurück in die Agentur und sie malte sich aus, wie Luca und Sarah im Kleinklein des Büroalltags untergingen. Beide heillos überfordert mit Dingen wie Vertragserstellung, Ausschlussklauseln und Neukundenakquise. Wie sie Jenny auf Knien anbettelten, sich darum zu kümmern. Die Vorstellung tat so was von gut.

Mit schmerzenden Waden betrat sie die Dusche. Während heißes Wasser über ihren verspannten Rücken lief, schob sie ihre Fantasien beiseite. Die würden sie nicht weiterbringen. Eher brauchte sie einen Schlachtplan. Es nervte sie, dass sie die Situation in der Agentur unmöglich allein stemmen konnte. Sie brauchte dringend einen eigenen Anwalt.

»Ich hab den Kerlen viel zu viel durchgehen lassen«, murmelte sie, während sie mit der Duschbrause ihre verspannten Schultern massierte. Der aktuelle Rechtsbeistand der Agentur war Marius' ehemaliger Kommilitone und hatte sich regelmäßig mit ihm und Luca auf einen Absacker getroffen, während Jenny zu Hause für Ordnung gesorgt und sich um Sonja gekümmert hatte. Garantiert würde er ihren Beitrag zum Erfolg von *RITTER & MICHEL* unter den Teppich kehren. Obwohl sie unendlich viel Zeit, Energie und Kreativität in die Agentur gesteckt hatte.

Ist es den Kampf überhaupt wert?, flüsterte eine Stimme in ihrem Kopf. Jenny würgte sie ab. Was sollte sie sonst tun? Für Marius und Sonja hatte sie ihr früheres Leben aufgegeben, hatte keinen Zweifel darüber gelten lassen und es bisher nie bereut.

Jenny steckte den Duschkopf auf die Halterung und griff nach ihrem teuren Duschgel mit Zedernholz und Meerfenchel, das für sie nach Freiheit duftete. Sie hatte sich nach ihrer letzten überregionalen Kampagne damit selbst belohnt. »Mist!« Sie hatte die Flasche derart gequetscht, dass ihre Handfläche fast überlief. *Eine kostspielige Dusche, aber nichts im Vergleich zu hunderttausend Euro*, dachte sie bitter. Jenny seifte sich heftig ein, nur leider konnte auch das teuerste Duschgel ihren Frust nicht wegwaschen. Schlimmer noch, sie fühlte sich ohnmächtig. Was hatte Marius mit dem Geld gemacht? Wo sollte sie danach suchen? Was würde sie dabei noch herausfinden?

Bevor ihr Gedankenkarussell wieder Fahrt aufnahm, zog sie gedanklich die Notbremse und rief sich Lucas Auftrag für *Strandkorb 66*, eine gehobene Senioren-Residenz, in Erinnerung. Er hatte bereits zwei Entwürfe beim Kunden eingereicht und war beide Male abgewiesen worden. Jetzt benutzte er seinen verpatzten Auftrag, um Jenny abzuservieren. Im Grunde traute er ihr nicht zu, den Kunden zu überzeugen. Beim Gedanken an sein überhebliches Gesicht und seine Kaltschnäuzigkeit kamen ihr wütende Tränen.

Energisch griff Jenny nach ihrem Gesichtspeeling und schrubbte sie samt den toten Hautzellen weg. Sie hatte keine Zeit zum Heulen. Statt zu jammern, musste sie Herrn Schulte-Dietz anschreiben, Daten und Ideen sammeln und ein Zoom-Meeting im neuen Jahr organisieren. Das meiste davon konnte sie morgen auf der Zugfahrt nach Chemnitz zu ihren Eltern erledigen. Danach musste sie weitersehen.

Sie war hin und hergerissen, ob sie tatsächlich nach Stralsund fahren sollte. Einerseits wäre es ein Zugeständnis an Luca, das sie ihm eigentlich nicht geben wollte. Andererseits ging von dort eine Fähre nach Hiddensee ins Ferienparadies ihrer Kindheit, wo sie im Wasser Purzelbäume geschlagen und nach Bernstein gesucht hatte. Es war der schönste Ort der Welt gewesen. Bis zu jenem Tag, an den Jenny nicht mehr denken wollte. Deshalb hatte sie Luca den Auftrag ursprünglich überlassen, obwohl er sie von Anfang an gereizt hatte. Die Ostsee war Vergangenheit und dort hatte sie bleiben sollen.

Das Ganze ist sechsunddreißig Jahre her, dachte Jenny nun. Die damaligen Geschehnisse waren nicht wiedergutzumachen, aber vielleicht konnte sie sie endlich vergessen? Und das neue Jahr an der Ostsee zu beginnen, hatte was. Allerdings gönnte Luca ihr die Geschäftsreise nur, um sie aus der Agentur zu haben. Wer wusste schon, welche Überraschungen er während ihrer Abwesenheit vorbereitete. Im neuen Jahr ging sie besser ins Büro, um ihn und Sarah im Auge zu behalten.

Zum Haarewaschen hatte sie eigentlich keine Lust, trotzdem ließ sie heißes Wasser darüber laufen und seifte es großzügig mit Kräutershampoo ein.

Zu Hause wurde Silvester groß mit Freunden, Nachbarn und ehemaligen Kollegen gefeiert. Ursprünglich war Jenny froh gewesen, zum Jahreswechsel unter Leute zu kommen, die nichts mit Marius oder der Werbeagentur zu tun hatten. Jetzt war ihr der Gedanke an die unausweichlichen Beileidsbekundungen der anderen Gäste unerträglich. Trauerte sie überhaupt um Marius? War sie nicht vielmehr verletzt durch seinen Verrat? Wütend, dass sie ihre Vorwürfe in sich hineinfressen musste, statt sie ihm um die Ohren zu hauen? Sie stellte sich vor, wie ihre Mutter immer neue Aufgaben für sie fand, um sie von ihrer Trauer abzulenken, und die väterlichen Scherze, die sie aufheitern sollten. Der bloße Gedanke daran strengte sie an.

Kaum war sie aus der Dusche raus, summte irgendwo ihr Handy. Alarmiert stürzte sie in den Flur und fischte es aus ihrer Umhängetasche. Zwei verpasste Anrufe von Sonja. Umgehend rief sie zurück.

»Alles in Ordnung, mein Schatz?«

»Ja, ich wollte mich nur kurz melden. Stell dir vor, der ICE war pünktlich in Berlin und ich hab meinen Anschlusszug erwischt.«

»Super, dann bist du bald da.«

»Leider zu spät, um noch zum Strand zu fahren. Aber morgen vielleicht.«

»Schickst du mir ein Bild?«

»Klar. Hattet ihr zwei einen schönen Tag?«

»Sicher.« Jenny zwang Heiterkeit in ihre Stimme. »Shadow hat ungefähr fünfhundert Mal seinen neuen Ball im Park gefangen. Er ist begeistert von deinem Geschenk. Stimmt's, Shadow?«

Der Labrador hechelte ins Telefon und Sonja lachte.

»Ich hoffe, du bist nicht allein im Wohnheim.«

»Bin ich nicht. Ich treffe mich nachher noch mit den anderen.«

»Das ist schön.«

»Ist wirklich alles in Ordnung bei euch?« Anscheinend nahm ihr Sonja die falsche Fröhlichkeit nicht ab.

»Alles in Ordnung. Ich muss gleich packen, noch ein bisschen aufräumen und so.«

»Wir können später noch mal telefonieren, wenn ich im Zimmer bin.«

»Sag nur kurz Bescheid, wenn du angekommen bist.«

»Mach ich.«

Als sie auflegte, war es in der Wohnung unerträglich still. Nur in ihrem Kopf flüsterte eine Stimme: *Von Stralsund ist es ein Katzensprung bis Greifswald. Sonja wäre also in der Nähe ...*

Kapitel 5

Jenny wollte nicht eine von diesen Müttern sein, die sich aus Einsamkeit oder Unsicherheit an ihr Kind klammerten. Daher öffnete sie ihre Hörbuch-App und klickte auf den erstbesten Titel. Danach nahm sie drei Bissen Spaghetti Carbonara, Sonjas Lieblingsessen, kalt aus dem Kühlschrank und spülte alles mit einem Glas Rotwein herunter. Den Rest warf sie weg. Zeit zu packen. Achtlos rollte sie an Kleidung zusammen, was ihr zuerst in die Hände kam. Alles schwarz, weshalb sie nicht darüber nachdenken musste, ob die Teile zusammenpassten. Obenauf legte sie die Weihnachtsgeschenke für ihre Eltern.

Sie stellte die Tasche in den Flur, gefolgt von Shadow. Es war Zeit fürs abendliche Gassigehen. Er kannte seine Routine und forderte sie instinktiv ein. Nicht zum ersten Mal in den vergangenen Wochen wünschte sie sich, mit ihm tauschen zu können. Einfach im Moment leben, sich um nichts kümmern, spielen, wenn man Lust dazu hatte, und sich von anderen knuddeln lassen.

»Würdest du mit mir tauschen, hm?«

Er hechelte zustimmend.

Draußen war es bereits dunkel und unter dem Wintermantel sah niemand ihren Flanell-Schlafanzug. Shadow schnüffelte ungestört alle Bäume ab und verewigte sich ein ums andere Mal. Seit sie hier wohnten, gingen sie diese Runde jeden Abend. Jenny atmete die frostklare Luft, betrachtete die Weihnachtsdekoration in den Fenstern und versuchte, ihr Gedankenkarussell zum Stillstand zu bringen. Es gelang ihr nicht, auf dem Karussell tanzten Marius und Luca, Sarah und Sonja, ihre Eltern und Shadow fröhlich, während sie selbst sich an jedes kleine Stück Normalität klammerte, bevor es ihr unweigerlich entrissen wurde.

Als Shadow beim Einbiegen in die nächste Querstraße wegen des kurzen Spaziergangs nicht protestierte, wurde ihr wieder einmal bewusst, dass er nicht mehr der Jüngste war. Vor elf Jahren hatten sie den Welpen aus dem Tierheim geholt. Nicht auszudenken, wenn er einmal ... Sie schob den Gedanken energisch beiseite.

In ihrer Manteltasche vibrierte ihr Handy. Leider war nicht Sonja, sondern ihre Mutter am anderen Ende.

»Hallo, Mutti!«

»Hallo, ich wollte nur fragen, ob alles okay ist.«

»Ja, danke. Nett von dir.«

»Wir freuen uns schon, dass du kommst. Weißt du schon, was du anziehst?«

»Was Schwarzes?«

»Aber Jenny, du bist doch keine Witwe. Du kannst anziehen, was du willst«, antwortete ihre Mutter auf ihre pragmatische Art.

»Mein Lebensgefährte von vierzehn Jahren ist vor ein paar Wochen gestorben, da werde ich wohl öffentlich trauern dürfen.«

»Natürlich, so war das doch nicht gemeint. Du klingst so gestresst, macht dir die Unfallversicherung immer noch Probleme?«

»Die haben sich noch nicht gemeldet.«

»Tritt denen im neuen Jahr auf die Füße. Das darfst du dir nicht gefallen lassen.«

»Mach ich«, log Jenny. Marius war während seines Unfalls betrunken gewesen, deswegen zahlte die Versicherung nicht. Fertig. Sie hatte keine Lust, deswegen mit ihrer Mutter zu diskutieren.

»Sonja feiert Silvester mit ihren alten Schulfreunden?«

»Nein, ich habe sie heute Morgen zum Bahnhof gebracht. Sie will anrufen, sobald sie im Wohnheim ankommt.« Jenny hoffte, dass ihre Mutter den Wink mit dem Zaunpfahl verstand.

Tat sie nicht. »Oh, wir dachten, sie fährt erst im neuen Jahr zurück. Übrigens wollte ich dich vorwarnen.«

»Wovor?«

»Die Enkelin von Heimischs studiert doch Germanistik.«

»Ja?«

»Sie weiß nicht, wie es nach dem Abschluss weitergehen soll. Deshalb will dich Doris fragen, ob sie ein Praktikum in deiner Werbeagentur machen kann.«

»Also, erstens ist es nicht meine Werbeagentur ...«

»... ja, aber ...«

»... und zweitens läuft es gerade nicht so gut mit Marius' Partner.«

»Wieso? Was ist los?«

»Erzähl ich euch morgen.«

»Marius hätte dich längst zu seiner Stellvertreterin machen sollen.«

»So einfach ist das nicht.«

»Oder dich heiraten!«

Auf ihre Mutter war immer Verlass, wenn es darum ging, etwas gut Gemeintes zu sagen, und damit den Finger erst recht in die Wunde zu legen. Jenny hatte dafür keine Nerven mehr und versuchte, ihre Mutter schnellstmöglich abzuwürgen. »Soll ich morgen noch was mitbringen?«

»Äh, mitbringen musst du nichts. Wir wollten dich aber fragen, ob du den Hund zu Hause lassen kannst.«

»Was?«

»So eine Feier ist ziemlich stressig und außerdem hat Doris' Mann eine Tierhaarallergie.«

»Du hast gesagt, die beiden kommen nicht!«

»Ihre Kreuzfahrt wurde abgesagt und jetzt kommen sie doch. Deshalb hatte ich gehofft, dass Sonja auf den Hund aufpassen kann.«

Jenny war wie vor den Kopf gestoßen und wusste nichts zu erwidern.

»Könnte nicht einer deiner Nachbarn ...«, bohrte ihre Mutter nach.

»Nein! Wie stellst du dir das vor? Und auch noch so kurz vor Silvester.«

»Ich weiß nicht. Fällt dir wirklich keine Lösung ein?«

»Nein. Kann Herr Heimisch sich nicht von Shadow fernhalten?«

»Seine Allergie scheint ziemlich schlimm zu sein.«

»Dann soll er zu Hause bleiben!«

»Also, das kann ich unseren Gästen wohl kaum vorschlagen.«

»Warum nicht?«

»Jenny, jetzt sei doch mal vernünftig ...«

Wieder einmal waren ihrer Mutter die Nachbarn und Gäste wichtiger als ihre Tochter und ihr Hund. Es gab sie aber nur im Doppelpack, ganz besonders an Silvester. »Weißt du was? Shadow und ich bleiben einfach hier.«

»Was? So war das nicht gemeint.«

»Ich muss sowieso arbeiten und hab keine Lust, darüber zu diskutieren.«

»Ich habe nur gefragt, ob ...«

»Sonja ruft an. Ich muss jetzt Schluss machen. Feiert schön!« Jenny legte auf. Ihre Hand zitterte und sie brauchte drei Versuche, bis das Handy den Weg in ihre Manteltasche fand. Sie musste sich beherrschen, es nicht auf den Gehweg zu pfeffern.

Drehten jetzt alle durch? Ihre Eltern wussten genau, dass sie Shadow an Silvester nicht allein lassen konnte. Er war kein Ding, was man jemand anderem zur Aufbewahrung gab! Beim Gedanken, wie er bei jedem Böller verschreckt wimmerte, konnte sie die Tränen nicht unterdrücken. Ein großer Hund war er nur dem Äußeren nach, im Herzen war er immer ein Welpe geblieben. Seit elf Jahren brachte er sie zum Lachen und tröstete sie, wenn sie ihre Gefühle vor allen anderen verbarg. Sie brauchte Shadow genauso wie er sie. Das mussten ihre Eltern doch wissen!

Wie festgefroren verharrte sie mitten auf dem Gehsteig. Erst als Shadow vehement an der Leine zog, setzte sie sich mechanisch in Bewegung. Sie schniefte und wischte die Tränen mit dem Mantelärmel fort.

Fast rechnete sie damit, dass ihre Mutter anrufen und sich entschuldigen würde, aber das Handy blieb stumm. Jennys Brustkorb zog sich schmerzhaft zusammen. Klar, ihre Eltern hielten sie mal wieder für zickig und wollten, dass sie sich beruhigte und dann bei ihnen entschuldigte, aber da konnten sie lange warten.

Vornübergebeugt ließ sie sich von Shadow nach Hause ziehen. Ein Zuhause, das ohne ihn keins wäre.

In der Wohnung ließ sie Shadow von der Leine und schaffte es nicht einmal mehr, ihre Stiefel abzustreifen, bevor sie sich auf den Flurteppich plumpsen ließ. Sie schluchzte mehrmals trocken auf und kam sich dumm vor. Sie war eine erwachsene Frau und heulte, weil ihre Eltern ihren Hund an Silvester nicht dabeihaben wollten.

Shadow drückte seine Nase in ihren Schoß. Sie ließ die Tränen in sein Fell kullern und kämpfte nicht mehr gegen sie an. *Es ist okay zu weinen,* dachte sie bockig. Sie durfte das, weil Marius sie schon lange vor seinem Tod allein gelassen und sie das aus einem Pflichtgefühl heraus hingenommen hatte. Weil Sonja plötzlich erwachsen geworden war und sie nicht mehr brauchte. Weil sie für ihren Job kämpfen musste, obwohl sie mehr Zeit und Energie dafür gegeben hatte als jeder andere. Weil sie sich klein und unbedeutend fühlte und nicht wusste, was sie allein mit sich anfangen sollte. Wann war es nur so weit mit ihr gekommen?

Als die Tränen weniger wurden, fühlte sie sich nicht besser, nur völlig ausgelaugt. Beim Anblick ihrer Reisetasche wollte sie erneut verzweifeln. Die Einsicht, Silvester allein zu verbringen, fügte dem Tag eine weitere Niederlage hinzu.

Doch tief in ihrem Inneren regte sich etwas anderes. Es war ein kindisches und doch urgewaltiges Gefühl: In Jenny regte sich Trotz, der wollte, dass sie die Tasche nahm und irgendwo hinfuhr, wo es ihr gefiel. Egal wohin, nur weg von dem finanziellen und emotionalen Chaos, das ihr Marius hinterlassen hatte. Alleinsein hatte auch was Gutes, nämlich dass sie machen konnte, was sie wollte. Nur – was wollte sie?

»Wo würdest du hinfahren?«, fragte sie Shadow.

Als Antwort leckte er ihr übers Gesicht. Ihm war egal, wo er seinen Auslauf und seine Leckerlis bekam.

Da war wieder die Stimme in ihrem Kopf. *Fahr nach Stralsund, nimm dir das beste Zimmer im teuersten Hotel, mindestens doppelt, nein, dreimal so lang, wie du für den Auftrag brauchst, und lass Luca dafür bezahlen. Selbst wenn er den großen Geschäftsmann markiert, musst du ihm nichts beweisen. Genieß einfach die Tage am Meer ...*

Jenny reckte das Kinn. Ein paar Tage am Meer? Lange Strandspaziergänge mit Shadow, dabei den Wind in den Haaren spüren und die Zehen ins eiskalte Wasser tauchen? Außerdem wäre Sonja in ihrer Nähe ... Nach allem, was heute passiert war, erschien ihr ein Kurzurlaub auf Kosten der Agentur mehr als fair. Gleichzeitig spürte sie, dass sie sich nicht nur danach sehnte, ein paar Tage auszuspannen. Ein bisschen Urlaub würde nicht reichen.

Und dann war da eine Sache, die sie schon viel zu lange aufgeschoben und aus ihren Gedanken verdrängt hatte, wenn die Erinnerung zu stark geworden war. Jenny glaubte nicht an Ahnungen oder Schicksal, aber war das nicht ein Zeichen, dass sie Lucas Kampagne an die Ostsee führte?

Ich will zurück nach Hiddensee und mich verabschieden, beantwortete sie sich die Frage von vorhin. Es tat gut, etwas zu wollen, das nichts mit Marius und der Agentur zu tun hatte. Noch einmal die Insel besuchen, die ihr als Kind unendlich viel bedeutet hatte und sich richtig von ihr verabschieden. Seit diesem einen Tag hatte sie so hohe Mauern um ihre Kindheit gezogen, dass sie im Vorübergehen nicht hinüberschauen konnte.

Es ging um einen Teil ihrer Vergangenheit, der tiefer ging als ihre Beziehung zu Marius, der noch weiter zurücklag und noch mehr schmerzte. Sie hatte etwas auf Hiddensee zurückgelassen, das sie nun wiederfinden wollte. Das fühlte sie, als sie allein auf dem kalten Fußboden saß. Normalerweise ignorierte sie solche Eingebungen. *Vielleicht war das ihr Problem?* Weil ihre Eltern und

ihr Lebensgefährte gewollt hatten, dass sie immer rei-
bungslos funktionierte, als Einser-Schülerin und Muster-
studentin, in der Werbeagentur und als Ersatzmutter. Die
Erkenntnis, dass Aufgaben abhaken nicht alles im Leben
war, brachte Erleichterung und machte ihr gleichzeitig
Angst.

Sie umarmte Shadow und er leckte ihr tröstend übers
Ohr.

»Und nun?«, fragte sie den großen Mischling.

Seine dunklen Bernsteinaugen blickten zurück, als
wollte er sagen: *Du wirst schon wissen, was das Beste für
uns ist.*

Kapitel 6

1988

Nach schier endlosem Warten erzitterte der Ostseedampfer und setzte sich schwerfällig in Bewegung. Jenny stemmte die kribbelnden Füße auf den Boden und breitete die Arme aus, als würde sie selbst das Schiffsrad drehen. »Wir laufen aus!«

»Nicht so laut«, ermahnte sie ihre Mutter, obwohl die anlaufenden Maschinen ihren Ruf übertönten. »Setz dich hin und halt die Füße still!«

Jenny tat ihr zwei Sekunden den Gefallen, dann stießen ihre Fußspitzen wie von selbst gegen das festgeschraubte Tischbein. Den ganzen Tag hatten sie im Zug verbracht und jetzt sollte sie schon wieder still sitzen?

Jenny befühlte den Turnbeutel auf ihrem Schoß. Darin befand sich die Dose für ihr Pausenbrot, doch statt mit Käsebrot, Bockwurstscheiben und Apfelschnitzen war sie mit Brotstücken gefüllt. Seit Ferienbeginn freute sie sich darauf, die immer hungrigen, kreischenden Möwen auf der Überfahrt zu füttern, aber ihre Eltern wollten davon nichts hören. Stattdessen saßen sie hier und machten Bemerkungen über die Mitreisenden, die Jenny überhaupt nicht interessierten.

»Die beiden haben garantiert kein Quartier«, meinte ihre Mutti gerade. Sie deutete verstohlen auf zwei junge

Männer, die neben der Gepäckaufbewahrung standen. Ihre Rucksäcke hatten sie nicht abgelegt und einer hielt eine Metallkonstruktion auf Rädern, an die ein großes, in Plane gewickeltes Paket festgebunden war.

Jennys Vater war ihrem Fingerzeig gefolgt. »Was die wohl tauschen wollen?«, fragte er zwinkernd. »Ich tippe auf Kacheln.«

»Könnte auch ein Nachtspeicherofen sein. Sie haben Glück, dass sie ohne Quartiernachweis einen Platz auf dem Dampfer bekommen haben.«

»Vielleicht haben sie seit dem Morgen gewartet?« Ihr Vater zuckte mit den Schultern.

Das erinnerte Jenny daran, dass schon Nachmittag war. »Gehen wir gleich an den Strand?«

»Erst einmal müssen wir unsere Sachen zu den Thorsens schaffen und auspacken«, erwiderte ihre Mutti. »Das wird eine Weile dauern. Danach gibt's Abendessen im FDGB-Heim.«

Jenny hätte lieber die trockenen Brotwürfel aus ihrer Dose gegessen, wenn sie dafür mit Eric an den Strand gehen konnte. Der Gedanke an ihren Freund auf Hiddensee machte sie noch hibbeliger.

Ihr Papa holte das abgegriffene Mau-Mau-Spiel heraus, das auf keinem Ausflug fehlen durfte. Sie spielten ein paar Runden und am Ende hatte Jenny kein einziges Mal gewonnen, weil sie nicht richtig bei der Sache war. Wer wollte schon Karten im Schiffsbauch spielen, wenn oben die Möwen warteten?

»Kannst du keine fünf Minuten still sitzen?«, echauffierte sich ihre Mutter.

»Ich versuch's ja«, murrte Jenny und zog die Füße hoch.

»Füße von der Bank!«

»Es war eine lange Fahrt«, meinte ihr Vater. »Wolltest du nicht den Schwarz-Weiß-Film alle knipsen, bevor wir ankommen?«, fuhr er an Mutti gewandt fort.

»Stimmt!«, rief sie und kramte bereits in ihrer Handtasche nach der Kamera.

Jenny wusste, dass sie Farbfilme bekommen hatte und mit den bunten Bildern Heimischs neidisch machen wollte. Ihre Nachbarn hatten dieses Jahr Pech, sie hatten keinen Ferienplatz bekommen. Auch das war Jenny egal. Wichtig war nur, dass ihre Mutter endlich aufstand.

»Komm mit«, sagte diese. »Ich mache ein paar Fotos von dir auf Deck.«

»Juhu!«, frohlockte Jenny und kroch blitzschnell von der festgeschraubten Bank in den Gang, wo etliche Leute standen und sich unterhielten.

»Sie können sich gerne setzen«, meinte ihre Mutter zu einem Paar. »Passt du auf die Koffer auf?«

Ihr Papa nickte, aber Jenny war sich sicher, dass er ein Nickerchen machen würde, sobald sie außer Sichtweite waren.

»Warte!«, rief ihre Mutti, doch Jenny hüpfte die drei Stufen hinauf, während sie in ihrem Turnbeutel kramte und die nierenförmige Aludose zutage förderte. Kaum oben angelangt, blinzelte sie in die Sonne. Hiddensee war noch nicht in Sicht, aber Stralsund war schon nicht mehr zu sehen. Da – eine Möwe! Sie schob die Fingernägel unter den Deckel, der sich kurz weigerte, bevor er endlich die Brotwürfel freigab.

»Wo hast du die her?«

Jenny zuckte nur mit den Schultern und warf ein Stück Brot in die Luft, das sogleich von einer Möwe geschnappt wurde. Ihre Eltern mussten nicht wissen, dass sie gestern Nachmittag, als sie nicht da waren, die elektrische Brotschneidemaschine aus dem Küchenschrank geholt und bedient hatte. Das war ihr nämlich strengstens verboten.

»Wo hast du die her, Jenny?«

Sie überlegte kurz, ob sie behaupten sollte, Frau Heimisch von nebenan hätte ihr die Scheiben gegeben, aber Jenny wollte nicht lügen. Außerdem war sie ein bisschen stolz auf sich und ihre Voraussicht.

»Hab sie gestern abgeschnitten«, erwiderte sie wahrheitsgemäß.

»Mit der Maschine? Das hat dir der Papa verboten!«

»Ist ja nichts passiert.«

»Darum geht's nicht. Wir haben es dir verboten!«

Jenny steckte ihre Hand in die Dose, denn sie wusste, was nun kommen würde.

»Gib her!«

»Aber, Mutti ...«

»Her damit«, forderte sie unnachgiebig und nahm die Dose an sich. Während sie die Brotwürfel über die Reling schüttete, steckte Jenny schnell die linke Faust in den Turnbeutel und ließ die geretteten Stücke hineingleiten. Drinnen lag neben ihrem Geldbeutel und einem Stofftaschentuch auch das Monchhichi, das ihre Oma ihr fürs Zeugnis gegeben hatte, obwohl es nicht so toll ausgefallen war. Auch davon durften ihre Eltern nichts wissen, denn das Monchhichi hatte zu Hause bleiben sollen, damit Jenny es auf der Fahrt nicht aus Versehen verlor.

»Stell dich dorthin«, meinte ihre Mutter, ging drei Schritte zurück und hielt sich die Kamera vors Gesicht.

Jenny lehnte sich lustlos an die Reling und schielte nach den Möwen.

»Zieh nicht so einen Flunsch«, mahnte ihre Mutter. »Wir machen schließlich Urlaub. Andere Kinder wären froh darüber.«

Dabei musste Jenny ihr recht geben. Nicht alle Kinder aus ihrer Klasse konnten in den Urlaub fahren und erst recht nicht an die Ostsee. Und sie hatten dort auch keinen Freund, der auf sie wartete. Der Gedanke an Eric entlockte Jenny ein echtes Lächeln, was ihr ein Lob von Mutti einbrachte. Irgendwann hatte sie genug Bilder geknipst. Während sie den Film zurückspulte und einen neuen einlegte, holte Jenny unauffällig ein Stückchen Brot hervor und warf es in die Luft. Sofort wurde es von einer frechen Möwe weggeschnappt.

Unter der Gefahr, dass sie ebenfalls im Wasser landeten, verfütterte sie rasch die restlichen Stücke.

Mittlerweile war Hiddensee deutlich zu erkennen. Jenny streckte den Arm und die Insel lag ausgebreitet auf ihrer Handfläche. Aufgeregt hüpfte sie an der Reling entlang, kletterte hinauf und wieder herunter, ohne dass ihre Mutter etwas davon mitbekam.

»Da ist schon der Hafen von Vitte. Komm, wir wollen deinem Vater mit den Koffern helfen.«

Weil sie ohnehin gleich da waren, folgte ihr Jenny bereitwillig und wartete brav. Vorm Ausstieg bildete sich bereits eine Menschentraube. Jenny reckte völlig umsonst den Hals. Sie sah nur Rucksäcke und Hinterteile. Sie stellte sich vor, die Leute mit einem ihrer Buntstifte in den Allerwertesten zu piksen, damit sie in die Luft sprangen und sie unter ihnen als Erste zum Steg flitzen konnte. Der Gedanke brachte sie zum Kichern.

Es dauerte eine weitere Ewigkeit, dann hatten sich ihre Eltern endlich vorgearbeitet und Jenny sah die Anlegestelle. Dort stand ein winkender Junge, dem der Lockenpony über die Augen fiel.

»Eric!«, brüllte Jenny in seine Richtung.

»Nicht so laut«, schalt ihre Mutti, aber Jenny hörte sie nicht.

Sie rief seinen Namen und wedelte ebenfalls mit den Armen, ohne auf die anderen Leute auf der Fähre zu achten.

Vergessen waren das über Bord geschüttete Brot, ihr dummes Schulzeugnis und das lange Warten. Jetzt gab es nur noch Eric und Hiddensee.

Teil II

Kapitel 7

Gegenwart

Als die Fähre im Hafen von Neuendorf anlegte, war Jenny schummrig zumute. Dabei war die Luft kalt und klar, die Ostsee schimmerte friedlich in der fahlen Wintersonne und die Wellen plätscherten unaufgeregt gegen die Kaimauer. Die vertäuten Motorboote schaukelten, während sie die Fähre passierte. Jenny konnte sich nicht erinnern, in ihrer Kindheit jemals seekrank geworden zu sein, dennoch war ihr flau im Magen. Vielleicht war es nur ein mulmiges Gefühl, weil sie viel schneller nach Hiddensee zurückgekommen war, als sie geplant hatte.

Die Erinnerungen an damals ließen sich jetzt, als sie einen Fuß auf die Insel setzte, nur schwer im Zaum halten. Beim Blick über den kleinen Hafen regte sich jedoch nichts in ihr. Bestimmt hatte sich seit Ende der Achtziger viel verändert. Außerdem war sie mit ihren Eltern immer weiter oben in Vitte von Bord gegangen.

Nur wenige Leute stiegen aus. Sie schulterte ihr Gepäck und führte Shadow an der kurzen Leine vom Schiff. Ihre Sorge, die Reise könnte ihn überanstrengen, hatte sich zum Glück nicht bestätigt. Im Gegenteil, er hatte sich an Deck die Seeluft um die Nase wehen lassen und fasziniert die Möwen beobachtet. Sie ließ die schwere Tasche auf den gepflasterten Weg plumpsen, kraulte ihm ausgiebig den Hals, nahm am Ende seinen Kopf in die Hände und drückte einen Kuss darauf.

»Hat dir das gefallen, mein Kleiner? Bist du in Wirklichkeit ein Seehund?«

Er japste und versuchte, ihr übers Gesicht zu lecken, aber Jenny kannte ihn lang genug und seine Zunge traf ins Leere.

Als nächstes hielt sie Ausschau nach den Handkarren fürs Reisegepäck der Touristen. Sie standen verstreut auf einem Rasenstück. Schnell fand sie ihre Nummer, öffnete das Fahrradschloss und wuchtete Reisetasche, Stoffbeutel, ihre Laptoptasche und Shadows Rucksack mit Futter, Leckerlis, seiner Decke und seinem Lieblingsspielzeug hinein. Nach einem letzten Blick auf den Bodden nahm sie einen Weg, der rechts aus dem Hafen herausführte. Laut Karte brachte sie dieser zu ihrer Pension.

Als der gepflasterte Weg in einen Feldweg überging, ließ sie Shadow von der Leine. Auf Hiddensee gab es keine Autos, also musste sie keine Angst haben, dass er überfahren wurde. Sie kramte ihre Handschuhe aus der Manteltasche und streifte sie über. Die Sonne täuschte, ihre Hände waren schon rot vor Kälte.

Mit beiden Händen zog sie den Karren vorwärts, während Shadow am Wegesrand alles beschnüffelte.

»Falls du einen Baum suchst, hast du Pech gehabt. Aber schau mal, da ist ein Busch.«

Als würde er sie verstehen, hob er das Bein.

Bis zur Pension waren es nur ein paar hundert Meter. Mit dem beladenen Handkarren im Schlepptau kam ihr die Strecke doppelt so lang vor. Noch in der Nacht war sie mit dem ersten Zug Richtung Berlin aufgebrochen, gleich als Erstes hatte sie auf mehreren Apps ein Zimmer gesucht. Vorm Umsteigen in den Zug nach Stralsund hatte sie einsehen müssen, dass in der Stadt kein hundefreundliches Hotel mehr frei war, auch kein teures. Nach dem Erweitern des Umkreises hatte sie die kleine Pension in Neuendorf gefunden. *Vierbeiner herzlich willkommen* hatte in der Überschrift der Website gestanden.

Jenny hatte gezögert. Hiddensee einen Tagesausflug abzustatten, war eine Sache, dort zu übernachten eine andere. Ein Blick auf Shadow, der ein Dach über dem Kopf brauchte, hatte ausgereicht, dass sie die angegebene Nummer anrief. Die Stimme am anderen Ende hatte ihr allerdings mitgeteilt, dass die Pension wegen Krankheit auf unbestimmte Zeit geschlossen war. Doch Jenny hatte nicht umsonst vierzehn Jahre in der Werbebranche gearbeitet und den jung klingenden Mann schließlich überzeugt, sie und ihren Mischling ein paar Tage dort wohnen zu lassen.

Hinter einer Reihe karger Büsche wartete das reetgedeckte Haus. Jenny klingelte beim Nachbarn den Feldweg hinunter, um dort wie abgesprochen den Schlüssel in Empfang zu nehmen. Drinnen war alles in die Jahre gekommen, aber sauber. Die Wände im Flur waren mit teils vergilbten Hundefotos bedeckt, vermutlich frühere Gäste der Pension. Ein paar Katzen waren auch dabei, ein Kaninchen und sogar ein Kakadu.

Ihr Zimmer war von beengter Gemütlichkeit. Gleich neben der Tür gab es eine Kochnische mitsamt kleinem Kühlschrank. Am Ende stand ein Doppelbett, über dessen Kopfende weitere Hundeporträts hingen. Daneben ging es in ein winziges Bad. Alles kein Vergleich zu den Urlauben mit Marius, aber unter den gegebenen Umständen völlig in Ordnung.

Sie stellte Shadow eine Schüssel mit Wasser hin, holte Bettzeug und Handtücher aus einem Schränkchen im Flur und bezog die dicke Daunendecke, die sie an den Märchenfilm von Frau Holle erinnerte.

»Dann bin ich wohl die Goldmarie«, murmelte sie, denn Faulheit konnte man ihr nicht unterstellen. Nachdem sie ihre Sachen verstaut hatte, kontrollierte sie ihre E-Mails. Noch im Zug hatte sie mehrere Anwaltskanzleien in Frankfurt angeschrieben und den Sachverhalt erläutert. Wer sich zuerst meldete und Kapazitäten hatte, sollte ihre Vertretung übernehmen. Wenig überraschend hatte sie noch keine Antworten erhalten.

Auch Herrn Schulte-Dietz von *Strandkorb 66* hatte sie geschrieben, rechnete vorm neuen Jahr aber nicht mit seiner Rückmeldung. Dafür hatte ihr Luca seine Entwürfe für die Kampagne geschickt.

Jenny,
im Anhang mein umfangreiches Material für die Stralsund-Kampagne. Mach was daraus, ein Erfolg wie damals bei OfficeOrg würde dir und der Agentur gut stehen. Viel Glück!
Luca Michel
Head of Design Management

Jenny kam die Galle hoch. Alles an dieser E-Mail machte sie wütend. Offenbar war er sich für eine höfliche Anrede zu schade und den Seitenhieb auf *OfficeOrg* hatte er sich auch nicht verkneifen können. Es war ihre erste große Kampagne für *RITTER & MICHEL* gewesen und lange her. Dieser eingebildete Möchtegern-Designer tat gerade so, als hätte sie seitdem keine Erfolge zu verbuchen gehabt, was absolut nicht stimmte! War er sich eigentlich bewusst, wie oft sie für die Agentur ihre Freizeit geopfert und ihre eigenen Interessen ignoriert hatte? Wusste er, wie viel Arbeit es war, neben dem Künstlerischen auch das Geschäftliche und die Kundenkommunikation im Auge zu behalten?

Sie klickte auf *Antworten* und überlegte hin und her, was sie ihm in kühler Höflichkeit entgegnen konnte, doch neben ihr begann Shadow zu trappeln. Er hatte den ganzen Tag stillgehalten und brauchte endlich seinen Auslauf.

»Was mach ich hier eigentlich?« Statt das verbleibende Tageslicht zum Gassigehen zu nutzen, hing sie vorm Laptop und zerbrach sich den Kopf über eine dumme Mail. Plötzlich ärgerte sie sich nicht mehr über Luca, sondern über sich selbst.

Entschlossen klickte sie auf *Verwerfen* und speicherte nur die Anhänge ab.

»Los geht's«, rief sie Shadow zu, der sofort zu seiner Leine lief. Jenny steckte sich einen Keks in den Mund und schlüpfte wieder in ihren Mantel. Sie folgte dem Feldweg weiter in Richtung Ostsee. Dabei hielt sie Ausschau nach einer Gaststätte oder einem Lebensmittelladen, aber da hatte sie wohl Pech. Am Hafen gab es einen Fischimbiss, der war jedoch geschlossen bis zum Beginn der neuen Saison. Ihre Eltern hatten sich früher in der Kaufhalle in Vitte mit Äpfeln, Knäckebrot und Zwieback eingedeckt. Dort oben war mehr los gewesen, obwohl das sicher auch an der Jahreszeit gelegen hatte.

Der Feldweg zog sich die Dünen hinauf. Jenny hörte die Ostsee bereits rauschen. *Das Meer!*, dachte sie euphorisch. Sie ließ Shadow von der Leine. Ihre Aufregung schien ihn anzustecken, denn auf einmal war er hinter der Düne verschwunden. Sie beschleunigte ihren Schritt und fand ihn auf einer schmalen Metalltreppe, über die man den Strand erreichte. Anscheinend traute er sich nicht hinunter, weshalb sie ihn über die Felsen lotste, mit denen man diesen

Dünenabschnitt verstärkt hatte. Unten angekommen nahm er sein Leckerli in Empfang und Jenny sah ihn wie einen schwarzen Blitz zum Wasser jagen.

Als seine Vorderpfoten nass wurden, machte er einen erschrockenen Satz zurück und schüttelte sich gleichzeitig. Der Anblick brachte Jenny das erste Mal seit Wochen zum Lachen, was glatt in einem Hustenanfall endete. Beim Versuch, tief Luft zu holen, fühlten sich ihre Lungen wie versteinert an, nur mit Mühe konnte sie ihren Atem hineinpressen.

Nach der schlaflosen Nacht und der langen Zugfahrt war sie komplett verspannt. Während sie ihrem Hund nachlief, lockerte sie die Schultern und atmete ein paar Mal tief bis in den Bauch.

Auf der Seeseite wehte der Wind stärker als am Bodden. Trotzdem nahm sie ihre Mütze ab, damit er ihre Haare zerzauste. Wenn er ihr doch auch den Kopf freipusten könnte.

Ob sie barfuß ins Wasser sollte? Nur ganz kurz? Sie beschloss, es nicht zu übertreiben, und warf stattdessen Shadows Ball, damit er sich auspowern konnte.

Mit der Ostsee zur Rechten arbeiteten sie sich über den feuchten Sand zur Südspitze vorwärts. Shadow fand bald ein Stück Treibholz, das er nicht mehr hergab.

Jenny ließ den Ball in die Manteltasche gleiten und verteilte mit der Stiefelspitze einen Haufen Seetang. Er enthielt ein paar enttäuschend kleine Muscheln, die mit einem befriedigenden Knirschen unter ihrem Stiefel zerbrachen.

Auf ihrem weiteren Weg hielt sie sich so nah wie möglich am Wasser, ohne dass die Wellen sie erreichten. Nur einmal verschätzte sie sich und machte einen Satz wie vorhin Shadow.

Nach einiger Zeit ragte ein kleiner Leuchtturm, rot und weiß gestreift, zwischen den Dünen auf. Sie machte ein Foto und schickte es Sonja. Auch an den Leuchtturm konnte sie sich nicht erinnern. Sie wusste nur, dass es nördlich von Vitte einen viel größeren gab.

Sobald die Dämmerung einsetzte, rief sie Shadow und machte sich auf den Rückweg. Als sie die Pension erreichten, war es bereits stockdunkel, denn nur die befestigten Straßen waren von Laternen gesäumt. Trotz Mantel war Jenny durchgefroren. Sie fütterte Shadow und freute sich auf eine heiße Dusche, aber über lauwarm kam das Wasser leider nicht hinaus.

»Man kann nicht alles haben«, tröstete sie sich.

Immerhin hatte sie Tee dabei. Sie hatte die Mischung aus dem Teeladen eigentlich für ihre Eltern gekauft. ›Winterwunsch‹ stand auf dem Etikett und so duftete es auch, nach Zimt, getrockneten Beeren und ganz wenig Schwarztee, sodass er sie nicht wachhalten würde. Im Kopf erklang die belustigte Stimme ihres Vaters. *Der Tee erfüllt mir einen Wunsch, Birgit! Haha.* Für Poesie war in ihrem Elternhaus kein Platz.

Daran wollte sie jetzt nicht denken und betrachtete stattdessen die Sammlung getöpferter Tassen über der Spüle. Sie entschied sich für eine sandfarbene mit braunen Strichen und orangefarbenen Tupfen, die vermutlich den Sanddorn symbolisieren sollten, der im Norden der Insel wuchs.

Erstaunt stellte sie fest, dass sie das erste Mal seit Wochen ein Hungergefühl hatte, das sie nicht ignorieren konnte. Da sie nichts anderes dahatte, plünderte sie die Dose mit selbst gebackenen Keksen, die ebenfalls für ihre Eltern bestimmt gewesen waren. Zurück in Frankfurt würde sie ein neues Geschenk besorgen und ihnen schicken.

Weil es so still war, ließ sie ein Hörbuch laufen, während sie im Schneidersitz auf dem Bett saß und einen Keks nach dem anderen in ihren Tee tunkte. Die in die Jahre gekommene Heizung gurgelte asthmatisch, verströmte aber wenig Wärme. Shadow störte das nicht, er hatte auf dem Bettvorleger, den Kopf auf seiner Lieblingsdecke, alle viere von sich gestreckt und atmete schwer.

Nach dem letzten Keks rollte sich Jenny zum Aufwärmen unter der Decke zusammen. Sie kam nicht mehr dazu, ihre E-Mails zu kontrollieren, denn das angenehm schwere Federbett hielt sie umschlungen und bald fielen ihr die Augen zu.

Kapitel 8

Ein Platzanweiser nahm Sarah in Empfang und führte sie durch das gehobene italienische Restaurant, das ihr Chef für den Jahresabschluss der Agentur ausgewählt hatte.

»Hier entlang.« Er führte sie in den hinteren Bereich, wo es ruhiger zuging. An den anderen Tischen saßen nur Pärchen im gedämpften Licht.

»Bitte sehr. Ich wünsche einen angenehmen Abend.«

Luca erhob sich, sobald er sie erblickte, und nahm ihre Hand in die seine. »Schön, dass du da bist, Sarah.«

Sie musterte den geschmackvoll eingedeckten Tisch mit einem mulmigen Gefühl. Nur zwei Gedecke, dazwischen Kerzen. Das sah nicht nach einem Geschäftsessen aus. »Hatten Ilona und Frau Miller schon was anderes vor?«, erwiderte sie.

Statt einer Antwort grinste er nur. Alles klar. Er hatte sonst niemanden eingeladen.

Sarah war genervt von sich selbst, denn in dem Moment wurde ihr klar, dass sie das Flirten bei der Arbeit in eine Sackgasse manövriert hatte. Dabei konnte sie viel mehr, das hatte sie nach Marius' Unfall bewiesen. Hatte Überstunden gemacht, zusätzliche Aufgaben übernommen und sich in Sachen eingearbeitet, auf die Luca keinen Bock gehabt hatte. Und das alles unter Jennys eisigem Blick. Unbewusst rieb sie über ihren verheilten Arm.

Ihr Chef entfesselte derweil seinen inneren Gentleman,

indem er galant ihren Stuhl zurechtrückte. Widerwillig ließ sie sich nieder und zog ihr Kleid übers Knie.

»Ich wollte mich speziell bei dir bedanken, weil du mir in den vergangenen Wochen den Rücken freigehalten hast, obwohl du gesundheitlich angeschlagen warst«, sagte Luca und beugte sich vertraulich über den Tisch.

Bei der Anspielung auf ihren gebrochenen Arm wand sie sich unbehaglich. Zwischen den Zeilen schwang mit, dass Luca von ihrem Verhältnis mit Marius wusste. »Ist doch selbstverständlich. Alle haben nach Marius' Tod mit angepackt.«

Ihre unverbindliche Antwort schien Luca aus dem Konzept zu bringen. Hatte er erwartet, dass sie ihm sofort um den Hals fiel?

»Du kommst also gut mit Jenny klar?«, fragte er, während er in der Karte blätterte.

»Sie ist ein Profi.« Das musste Sarah ihr lassen, auch wenn sie die Frau nicht mochte.

»Natürlich. Womit wollen wir anstoßen?«

»Ähm ... für mich ein Ginger Ale.«

»Wirklich? Nichts Alkoholisches? Es ist doch ein besonderer Abend.«

Ach, ja? Sarah fühlte sich plötzlich in der Falle. »Vorerst nicht.«

»Du musst nicht auf die Preise achten, geht alles auf Spesenrechnung.«

»Später vielleicht, danke.« Sarah lächelte, ohne ihre perlweißen Zähne zu zeigen. Dass Luca einen lauschigen Abend mit ihr verbringen und ihn dann von der Steuer absetzen wollte, wurmte sie.

Sie war nicht darauf aus, was mit ihrem Chef anzufangen. Das mit Marius hatte sich so ergeben. Sarah hatte halt eine Schwäche für attraktive, großzügige Silver-

Daddys mit Humor. Sie war nicht unbedingt stolz darauf, aber schließlich war sie Single. Und er war nicht verheiratet gewesen, obwohl er ewig lang in einer festen Beziehung war. Da hätte sich Jenny auch mal fragen können, warum sie noch keinen Ring am Finger hatte, vor allem, wenn sie seine Tochter großzog ...

Mist. Luca hatte ihr eine Frage gestellt. Sie sollte ihrem Boss besser zuhören. Zur Ablenkung lächelte sie und tat so, als würde sie überlegen.

»Du musst dich natürlich nicht gleich entscheiden.«

Sarahs Gehirn rotierte. »Äh ... das ist nett von dir.«

»Du bist erst ein Jahr dabei, aber ich traue dir die Verantwortung zu.«

»Danke.«

»Natürlich müsstest du für die Übergabe eine Weile eng mit Jenny zusammenarbeiten. Meinst du, du schaffst das?«

»Ähm ... Übergabe?«

»Wenn du ihren Job übernehmen willst, musst du dich zuerst in ihre Aufgaben einarbeiten.«

»Klar.« Sarah war wie elektrisiert. Hatte er sie gerade befördert? Luca wusste ihren Einsatz also doch zu schätzen und war nicht bloß zum Anbaggern hier! Von der Assistentin der Geschäftsführung zur ... zur ... was war eigentlich Jennys Job? Sie hatte ihre Finger überall drin. So eine Position war ein geniales Sprungbrett. »Ich werde mich richtig reinhängen und freue mich, von Frau Miller zu lernen. Ich ... ähm ... hoffe, dass sie mir gegenüber aufgeschlossen ist.«

War das zu dick aufgetragen? Jenny würde ihren Job sicher nicht freiwillig hergeben und sie hoffte, dass Luca alles im Griff hatte.

»Ich werde dafür sorgen, dass sie mitspielt. Verlass dich

auf mich. Ohne Marius hätte es Jenny nie so weit gebracht.«

»Hat sie schon was Neues?«, fragte Sarah hoffnungsvoll. Das würde ihr Leben wesentlich einfacher machen.

Luca lachte verächtlich. »Sie bildet sich immer noch ein, sie würde die Agentur leiten. Natürlich wird es nicht leicht, sie loszuwerden.«

Das Servicepersonal brachte die bestellten Getränke und Sarah wartete, bis sie wieder unter sich waren.

»Hat Herr Ritter das nicht in seinem Testament geregelt?«

»Er hat keins gemacht.«

»Oh.«

»Seine Hälfte der Agentur geht automatisch auf seine Tochter über. Darum wird sich unser Anwalt kümmern.«

»Will sie einsteigen? Wie alt ist sie eigentlich?«

»Keine Ahnung. Sie studiert Medizin, also denke ich nicht, dass sie in Marius' Fußstapfen tritt. Jenny hat sie in den Ferien manchmal mitgebracht. Unerträgliches Kind, hat alles akribisch gemacht, was man ihr gesagt hat, sodass ich mich nie beschweren konnte. Aber so, dass ich hinterher nur mehr Umstände hatte.«

Malicious Compliance, die Kleine hat's drauf, dachte Sarah. »Sie könnte ihre Anteile an Jenny überschreiben, oder nicht?«

»Das wird sie nicht, glaub mir.«

»Okay.« Sie nahm einen Schluck Ginger Ale, um ihre Unsicherheit zu verbergen. Wenn Jenny in der Agentur künftig was zu sagen hatte, dann konnte sie gleich ihre Sachen packen. Schon vor der Sache mit Marius war sie nicht ihr Fan gewesen. Allerdings war sie besser als Luca geeignet, die Agentur am Laufen zu halten, das musste Sarah zugeben.

Egal, wonach man fragte, sie wusste Bescheid, und ihr Verhältnis zu den Vertragspartnern war top. Bei Luca hatte sie manchmal den Eindruck, er wusste nicht genau, für wen er eigentlich an einer Kampagne bastelte.

»Weißt du, was sie vorhat?«, hakte Sarah nach.

»Keine Ahnung. Deshalb habe ich ihr eine kleine Beschäftigung gegeben und sie ins Exil geschickt.«

»Ins was?«

»Nach Stralsund, um *Strandkorb 66* von unserer Kampagne zu überzeugen.«

»Und du meinst, sie fährt hin? Über Silvester?«

»Wenn ihr was an ihrem Job liegt.«

»Oh, ich dachte ...«

Luca rollte mit den Augen und lächelte gönnerhaft. »Schau nicht so. Das ist nur ein Vorwand. Ich muss sie eine Weile aus dem Weg haben.«

»Ach, so.« Sie war erleichtert, gleichzeitig meldete sich ihr Instinkt, dass sie sich vor Luca in Acht nehmen sollte. Wenn er mit Jenny eine miese Nummer abzog, dann zögerte er auch nicht, es bei ihr zu tun. Die Erkenntnis versetzte ihrer Euphorie einen Dämpfer. »Glaubst du, sie packt das mit *Strandkorb 66*?«

»Wenn sie es versaut, wovon ich ausgehe, sieht sie hoffentlich von alleine ein, dass ihre Zeit in der Agentur vorbei ist.«

»Das willst du bei so einem Riesenauftrag riskieren?«

»Wir haben andere. Die Agentur läuft von selbst.«

»Wirklich?«

»Natürlich. Oder hat dir Marius was anderes erzählt?«

»Nein«, sagte sie schnell und nippte an ihrem Getränk.

In Lucas Augen blitzte Misstrauen auf. Er setzte seinen Drink ab und lehnte sich vertraulich über den Tisch. »Sarah, du kannst mit mir über alles reden.«

»Ja, natürlich. Aber es gibt nichts.« Marius hatte davon gesprochen, dass sie sich zukünftig neu orientieren mussten, am besten in Richtung Influencer Marketing. Da sie nichts Genaues wusste, hielt sie Luca gegenüber den Mund. Es hatte jedenfalls nicht danach geklungen, als wäre der Laden ein Selbstläufer.

Luca beäugte sie scheinbar kritisch. Sarah lächelte und ließ dieses Mal ihre gebleichten Zähne aufblitzen. »Ich freue mich auf ein großartiges neues Jahr bei *RITTER & MICHEL*. Du kannst dir sicher sein, dass ich mein Bestes gebe.«

»Bei *Michel Media*, meine Liebe. Klingt catchy, oder?«

»Sehr.« In Wahrheit fand sie es lahm und austauschbar, aber er war der Boss. »Gibt's sonstige Änderungen, von denen ich wissen müsste?«

»Das besprechen wir im neuen Jahr.«

»Natürlich.«

»Es gibt allerdings etwas, bei dem du mir helfen könntest.«

»Sehr gern. Wobei denn?«

»Hat dir Marius davon erzählt, dass er einen Kredit auf die Firma aufnehmen wollte?«

»Nein.«

»Hatte er etwas vor, wofür er Geld brauchte?«

Diesmal nahm sie sich die Zeit zu überlegen, weil ein weiteres rasches Nein womöglich sein Misstrauen verstärkte. Schließlich schüttelte sie den Kopf. »Nein. Um wie viel geht's denn?«

»Hunderttausend Euro.«

»Puh. Müsste Jenny nicht eher darüber Bescheid wissen?«

»Vermutlich, aber sie rückt nicht mit der Sprache raus. Nicht mal, als ich ihr mit einer Klage gedroht habe.«

»Dann weiß sie nichts davon. Sie ist immer überkorrekt.« Es wunderte sie nicht, dass Marius seine Geschäftsidee mit dem Influencer Marketing nur mit ihr und nicht mit Jenny geteilt hatte. Für ihre Generation war Social Media Alltag. Sie hatte gehofft, mit ihrem Wissen weiter punkten zu können, aber Marius' Autounfall hatte all ihre Pläne zunichtegemacht.

»Hast du wegen des Geldes auf Marius' Rechner nachgeschaut?«

»Weißt du, wie viele Dateien da drauf sind, Kleine?« Luca rollte mit den Augen, als wäre das die dümmste Frage der Welt gewesen.

Dabei war es das Naheliegendste. Boah, der Typ hatte keinen Durchblick und nannte sie Kleine? Also bitte. So weit waren sie noch lange nicht. Sarah atmete tief durch und zwang sich zu einem Lächeln. »Ich könnte alles durchsehen, wenn ich wieder im Büro bin.«

»Das bringt nichts. Gleich nächste Woche habe ich einen Termin bei unserer Bank. Danach werde ich mich mit unserem Anwalt besprechen.«

»Klingt gut«, erwiderte Sarah, obwohl sie es nach wie vor saudämlich fand, nicht zuerst Marius' Laptop zu durchforsten.

»Jetzt lass uns bestellen. Du hast schon gewählt?«

Sie nickte und Luca winkte den Kellner heran. »Die Antipasto della Casa und das Tagliata di Manzo kann ich nur empfehlen.« Er zwinkerte ihr zu.

Sarah wusste nicht, was das sein sollte, außerdem hatte sie sowieso keine Lust auf eine Vorspeise, weil sie das Geschäftsessen nicht unnötig in die Länge ziehen wollte. Er hatte ihr ein Jobangebot gemacht, sie hatte angenommen und auf den Rest konnte sie verzichten. Dachte er etwa, wenn er den Mann von Welt raushängen ließ, war er für sie unwiderstehlich? Bei dem Gedanken verging ihr der

Appetit. Zukünftig musste sie nett zu Luca sein, ohne ihm Hoffnungen zu machen, und einen super Job abliefern, damit er nicht ohne sie auskam.

Als erstes musste sie eine Spur zu dem Geld finden. Wenn Marius den Kredit für die Agentur aufgenommen hatte, gab es sicher einen Hinweis auf seinem Rechner. Die Agentur war sein wahres Baby gewesen, dafür hatte er sich abgerackert. Erst von Jenny hatte sie nach einiger Zeit erfahren, dass er auch ein Kind aus Fleisch und Blut hatte. Sie schien mehr an dem Mädchen zu hängen als er.

Die Kellnerin wandte sich ihr zu und schenkte ihr ein mütterliches Lächeln. Sicher fiel ihr auf, dass sie nicht in den Pärchenreigen der anderen Tische passten. Sie bestellte eine kleine Pizza alla Diavolo.

»Aber die kannst du doch überall haben«, belehrte sie Luca gönnerhaft und orderte eine Litanei von Gerichten.

Sarah musste verhindern, dass sich der Abend endlos in die Länge zog und sie am Ende gezwungen war, ihn abblitzen zu lassen. »Entschuldigst du mich kurz?« Sie erhob sich noch im Fragen. Auf dem Gang vor den Toiletten schrieb sie ihrer besten Freundin eine Nachricht. Sie solle sie in einer Stunde anrufen, weil *etwas ganz Dringendes* vorgefallen war. Dann ging sie hinein, kontrollierte ihren Lippenstift und zog den Ausschnitt ihres Kleides hoch. Luca sollte sich keine weiteren Hoffnungen auf einen lauschigen Abend machen. Eine gute Strategie, wie sich kurz darauf herausstellte.

»Hast du an Silvester schon was vor?«, fragte er mit einem zweideutigen Lächeln, als sie sich wieder zu ihm setzte.

Dumme Frage, dachte Sarah. Wer hatte einen Tag vorher bitteschön nichts geplant? Alter Sack. *Sixty minutes and counting ...*

Kapitel 9

Als Jenny aus dem Schlaf hochfuhr, war es draußen stockdunkel. Einen Moment lang dachte sie, Shadow hätte sich ins Bett geschlichen, doch es war nur die ungewohnt dicke Bettdecke. Sie streckte ihre Hand nach dem Handy aus und bemerkte, dass es kaum noch Akku hatte. Es war kurz vor vier. Zwar fühlte sie sich heute nicht so erschlagen wie sonst, aber da war eine innere Unruhe, die sie sich nicht erklären konnte.

Statt sich wieder in die Decke zu kuscheln, setzte sie sich auf und horchte. Die Heizung zischte leise. Draußen war es totenstill, nur der Fensterladen knarrte ab und an in der leichten Brise. Nicht dass Jenny die Geräuschkulisse der Großstadt vermisste, aber die Stille beunruhigte sie. Auf einmal fühlte sie sich, als wäre sie ganz allein auf der Welt.

Entschlossen schlug sie die Decke zurück und tastete neben dem Bett nach Shadow. Grummelnd döste er weiter. Sie breitete seine Lieblingsdecke über ihm aus und streifte hastig ihren dicken Norwegerpulli und zwei Paar Socken über. Es war nicht nur dunkel und still, sondern auch kalt. Die Dreifaltigkeit des Ungemütlichen.

»Kaffee wäre toll«, murmelte sie, während im Schein der Nachttischlampe der Wasserkocher volllief. Leider hatte sie gestern keinen mitgenommen und musste sich nun mit Tee begnügen. Im Küchenschränkchen fand sie eine Dose mit Würfelzucker und ließ zwei Stück in die Tasse plumpsen. Die Wärme tat gut, während sie eingemummelt auf dem Bett saß und ihren Laptop einschaltete.

Erst einmal musste sie sich einen Überblick über Lucas Material verschaffen. Das Ziel der Kampagne war es laut seiner Aussage, Senioren eine schicke Wohnung am Meer mit sämtlichem Komfort des betreuten Wohnens schmackhaft zu machen.

Er hatte wunderschöne Fotos gemacht, das musste sie ihm lassen. Darauf wirkte die Seniorenresidenz wie ein Sterne-Ressort und die Ostsee gleichermaßen rau wie einladend. Jenny sah sich Lucas Anzeigen an, die Herr Schulte-Dietz allesamt abgelehnt hatte. Das übergreifende Motto war *Wohnen, wo andere Urlaub machen.*

Kein schlechter Ansatz, denn wer wollte das nicht? Die angebotene Betreuung erinnerte sie an die Club-Urlaube mit ihren Eltern nach der Wende. Für Jenny war es nicht so toll gewesen, aber ihre Eltern schwärmten heute noch davon, und sie gehörten altersmäßig fast zur Zielgruppe. Lucas Kampagne war sehr solide, er hatte alle Strippen gezogen. Trotzdem strahlte das Material etwas aus, das ihr missfiel, sie konnte nur den Finger nicht drauflegen.

»Das Bild mit dem Sonnenuntergang ist ein bisschen übertrieben«, meinte sie zu Shadow, der wie immer keine Meinung dazu hatte. Außerdem war Schlafen wichtiger.

Es zeigte ein älteres Paar mit Weingläsern auf dem Balkon ihrer Wohnung, während die Sonne in der Ostsee versank. Sie war sich sicher, dass Luca es als Metapher für den Lebensabend ausgewählt hatte. Nachvollziehbar, aber Senioren wollten vermutlich nicht daran erinnert werden, dass die Sonne bald für immer unterging.

Einfühlungsvermögen war nie Lucas Stärke gewesen, dabei war das fast wichtiger als der kreative Aspekt.

Schließlich mussten sie nicht nur den Werbekunden überzeugen, sondern später auch dessen Zielgruppe. Beide zusammenzubringen, erforderte Fingerspitzengefühl, das er
sich nie angeeignet hatte. Dafür war Jenny zuständig gewesen. Wenn sie ihn, sehr diplomatisch, in die richtige
Richtung geschubst hatte, konnte er alles wunderbar in
Bilder und Slogans übersetzen. Nur um die Idee später
gänzlich als seine eigene zu betrachten. Falls er sich absolut nicht der Vernunft gebeugt hatte, war Marius an ihrer
Seite gewesen und hatte ein Machtwort gesprochen. Wenigstens in dieser Hinsicht hatte sie sich auf ihren Lebensgefährten verlassen können.

»Ich weiß doch, was ich an dir habe«, hatte ihr Marius
in solchen Momenten ins Ohr geflüstert und das hatte ihr
mehr bedeutet als alles andere.

Deshalb hatte sie Luca in seinem Glauben gelassen.
Hauptsache, die Agentur lief. Vielleicht war das der
Grund, weshalb er dachte, er könnte den Laden allein
schmeißen.

Als sie sämtliches Material gesichtet hatte, fuhr sie den
Laptop herunter. Sie musste die Infos erst einmal im Kopf
hin und her wälzen. Das konnte sie bei einem Strandspaziergang nach Vitte tun. Außerdem brauchte sie noch ein
paar Dinge, wenn sie die nächsten Tage nicht mit Tee und
Keksen zubringen wollte.

Sie zog das Handy vom Stecker und rief eine Karte der
Insel auf. »Fast sechs Kilometer bis Vitte«, rief sie erstaunt. Die Kaufhalle von früher gab es nicht mehr, dafür
einen Supermarkt. Vorerst hatte sie nur Kekse zum Frühstück. Jenny leerte die Dose vollends und ebenso Shadows
Rucksack. Darin wollte sie die Einkäufe zurück nach Neuendorf tragen.

Shadow merkte, dass Aufbruchsstimmung herrschte

und wedelte aufgeregt mit dem Schwanz. Es war höchste Zeit, dass er seinem Busch einen Besuch abstattete. An der Haustür bemerkte Jenny einen ausgedruckten Fahrplan für den Inselbus. Der musste neu und eines der wenigen Fahrzeuge auf Hiddensee sein, denn sie konnte sich nur an Pferdefuhrwerke erinnern.

»Hast du's eilig?«, fragte sie Shadow. Dieser beäugte zwar die Tür, aber nur weil er dringend Pipi machen musste. Jenny ließ ihn raus und er flitzte übers Gras zu seinem Busch. Es war herrlich, ihn so zu sehen. In Frankfurt mussten sie immer und überall aufpassen. Hier konnte er ungestört herumstromern.

Jennys Wunsch, möglichst viel Zeit am Wasser zu verbringen, hatte über die Bequemlichkeit und den Inselbus gesiegt. Der Wind hatte aufgefrischt und trieb platschend Wellen an den Strand. Jenny sog den Salzgeruch ein und atmete langsam aus. Es war ein wunderschöner Morgen, die aufgehende Sonne färbte die Wolken rosa. Trotzdem machte sich ihre innere Anspannung bemerkbar. *Stell dir vor, du hast Urlaub*, redete sie sich ein.

Stresste die Kampagne sie mehr, als sie sich eingestehen wollte? Sie rief sich das Material in Erinnerung und blieb an dem Wörtchen *Lebensabend* hängen. Auch ihr eigener Lebensabend war nicht mehr weit entfernt. Im Grunde lag er genau so weit in der Zukunft wie ihre Kindheit zurücklag. Verrückt, wenn man es so betrachtete. Sie stellte sich vor, alt und grau von einem der Balkone in Lucas Werbefoto auf den Sonnenuntergang zu blicken. Wäre sie dann allein? Wäre sie zufrieden mit ihrem Leben? Würde Sonja sie besuchen kommen?

Beim Blick auf die heranrollenden Wellen ging ihr auf, was ihr an der bisherigen Kampagne missfiel. Alles an Lucas Idee suggerierte, dass das Leben stillstand. Dass die

Seniorenresidenz die Endstation war. Kein Wunder, dass Herr Schulte-Dietz die Kampagne zweimal abgelehnt hatte.

Der Gedanke an Stillstand hallte unangenehm in ihren Gedanken nach. Jenny scheute nicht vor Arbeit zurück, suchte sich Aufgaben und Ziele. Jetzt fragte sie sich, ob sie das in den vergangenen Jahren vorangebracht hatte. Drehte sie sich nicht vielmehr im Kreis?

In ihrer Kindheit hatte sie wie alle anderen davon geträumt, Schiffskapitänin oder Kosmonautin zu werden. Als Teenager wollte sie Tierpflegerin im Leipziger Zoo werden, aber das hatten ihr die Eltern erfolgreich ausgeredet.

»Für so was brauchst du kein Abi!«, war ihr Standardspruch gewesen.

Weil sie schon immer neugierig gewesen war, hatte sie schließlich in Leipzig Journalistik studiert. Als rasende Reporterin konnte sie um die Welt jetten, neue Leute kennenlernen und sie ausfragen, ohne etwas von sich selbst preisgeben zu müssen. Hatte sie zumindest geglaubt.

Ihre Mutter hatte gleich die neue Tagesschausprecherin in ihr gesehen. Birgit Miller hatte nie verstanden, warum Jenny nicht mehr aus ihrem Volontariat beim Mitteldeutschen Rundfunk gemacht hatte. Die Redakteurin hatte ihr eine feste Stelle angeboten, besser konnte man es damals nicht treffen. Aber Jenny war das Geklüngel hinter den Kulissen, das Gehabe des Chefredakteurs und die Hackordnung in der Redaktion auf die Nerven gegangen. Ihre Eltern hatten sie für verrückt erklärt, als sie sich stattdessen als Journalistin selbstständig gemacht hatte.

Tatsächlich hatte sie ein paar Jahre frei gearbeitet, bis sie Marius und Sonja kennengelernt hatte. Ihr Leben war unstet und aufregend gewesen. Sie hatte über alles Mögliche berichtet, über Handballmeisterschaften, ein neues Tigerbaby im Zoo oder Demos gegen rechts. Durststrecken hatte es auch gegeben, dann hatte sie in einem Kabarett gekellnert oder als Messehostess gearbeitet. Das hatten die Eltern den Nachbarn natürlich verschwiegen.

Nie hätte sie gedacht, mal in der Werbung zu landen und anderen Leuten Dinge aufzuschwatzen. Das hatte sich einfach so ergeben und sie war gut darin, also war sie dabeigeblieben. Natürlich hatte sie ab und zu Zweifel gehabt, aber so war es am besten für sie und ihre kleine Patchworkfamilie gewesen. Sie hatte es geschafft, sich in der Agentur etwas aufzubauen. Niemand kam dort an ihr vorbei, zumindest bisher, und darauf war sie stolz.

Frischer Ehrgeiz überkam sie, Herrn Schulte-Dietz für sich zu gewinnen, und es Luca so richtig zu zeigen. Wenn sie den Auftrag erfolgreich abschloss, würde sich Luca zweimal überlegen, ob er ihr mit Marius' Schulden und einer Innenverhältnisklage drohte.

Über Nacht war jede Menge Seetang angespült worden. Jenny teilte die Haufen mit der Stiefelspitze, in der vagen Hoffnung, einen Bernstein darin zu entdecken, gab aber bald auf, um mit Shadow Schritt zu halten. Der stürmte nämlich auf zwei Strandspaziergänger zu, die ihnen Hand in Hand entgegenkamen.

Der junge Mann ging gleich in die Hocke, um ihm den Hals zu kraulen. »Ach, du Armer, wirst du nie gestreichelt?«

»Nein, nie. Und er bekommt auch nichts zu fressen«, entgegnete Jenny.

»Du Süßer, sollen wir dich mitnehmen, hm?«

»Unsere Meerschweine werden begeistert sein«, warf seine Freundin lachend ein.

»Shadow versteht sich mit allen gut, aber ich weiß nicht, ob sein Jagddrang nicht durchkommen würde.«

»Cooler Name! Eigentlich sieht er eher wie ein Gentleman aus, im Anzug und so.« Er wies auf den großen weißen Fleck auf Shadows ansonsten schwarzer Brust.

»Nur mit den falschen Socken«, ergänzte die junge Frau mit Blick auf seine weißen Vorderpfoten.

»Das sag ich auch immer, aber er interessiert sich nicht für Moderegeln.«

Jenny mochte das Geplänkel mit anderen Hundefreunden. Marius hatte immer gemeint, wenn man sie um den Finger wickeln wollte, musste man nur etwas Nettes über Shadow oder Sonja sagen. Sie hatte nie eingesehen, warum das ein charakterlicher Fehler sein sollte.

Nach einer Weile erfuhr sie, dass die beiden nicht zum ersten Mal auf Hiddensee Urlaub machten und in Vitte wohnten.

»Dann seid ihr aber ziemlich früh losgegangen, oder?«

»Noch im Dunkeln zum Bernstein suchen.« Sie holten jeweils eine Taschenlampe aus ihren Jackentaschen.

»Oh«, meinte Jenny nur und musste schlucken. So klar stand ihr plötzlich eine Erinnerung aus ihrer Kindheit vor Augen. Ihr Freund Eric hatte auch so eine Lampe gehabt. Damit waren sie nachts auf Abenteuer gegangen und ... Sie spürte, wie ihr die Farbe aus dem Gesicht wich.

»Geht's Ihnen nicht gut?«, fragte die junge Frau.

»Alles klar«, winkte Jenny ab und riss sich zusammen. »Glück bei der Suche gehabt?«

»Meine Freundin ja, ich mal wieder nicht.«

Die junge Frau holte einen Bernstein von der Größe einer Kichererbse aus einer Metalldose.

»Wow. Ich hab noch nie einen gefunden.«

»Ist Shadow etwa kein Spürhund?«

»Er ist zum ersten Mal auf Hiddensee.«

»Dann besteht noch Hoffnung.«

»Ich glaube, er ist zu alt für einen Jobwechsel.«

Sie verabschiedeten sich und gingen wieder ihrer Wege. Shadow brachte ein Stück Treibholz und hielt es ihr hin. Offenbar hatte er Lust zu kämpfen. Jenny rangelte mit ihm, bis sie ihm den Ast entwand und warf ihn so weit wie möglich Richtung Dünen. Shadow wetzte hinterher, sodass der Sand nach allen Seiten stob. Während sie auf seine Rückkehr wartete, kribbelte die Anspannung in ihrem Körper. *Es war nur eine Erinnerung und wir waren Kinder*, dachte sie abwehrend.

Sie beschleunigte ihre Schritte und warf Stöckchen, bis Shadow zufrieden war und mit dem Ast im Maul neben ihr hertrottete. Je näher sie Vitte kamen, desto unruhiger wurde Jenny. Sie wusste, warum. Ausnahmsweise hatte es nichts mit Marius und der Agentur zu tun. Es war vielmehr die Sorge, dass in den Straßen von Vitte Gespenster der Vergangenheit lauerten.

Kapitel 10

1988

Jenny holte so tief Luft, dass sie dicke Backen bekam, und tauchte unter. Eins ... zwei ... drei ... sie zählte so schnell wie möglich. Eric hatte mit ihr gewettet, dass sie es nicht schaffte, unter Wasser bis hundert zu zählen. Das Salzwasser gluckste an ihren Ohren. Sie verschränkte die Beine zum Schneidersitz und wedelte leicht mit den Händen. Die Ostsee verhinderte, dass sie zu Boden sank, als säße sie auf Aladins verzaubertem Teppich. Zwölf ... dreizehn ... vierzehn ...

Jenny blinzelte vorsichtig, das Salzwasser brannte sofort in ihren Augen, aber sie erhaschte einen Blick auf Eric, der schnorchelnd über ihr schwebte. So einen Schnorchel hatte er ihr letztes Jahr in seinem Buch übers Tauchen gezeigt und diesen Sommer hatte er einen fürs Zeugnis bekommen, obwohl er nur eine Eins in Sport hatte und eine Drei in Mathematik.

Ohne ihre Oma wäre Jenny dieses Schuljahr leer ausgegangen, denn unter den Kopfnoten links und auf der rechten Seite hatte jeweils eine dicke Drei geprangt. Auch ihre Beurteilung war nicht so toll ausgefallen. Die Hoffnung, ihre Mutter würde von den Einsen in Deutsch, Sport, Zeichnen und Heimatkunde abgelenkt werden, hatte sich gleich zerschlagen.

»Eine Drei in Musik?«, hatte sie ungläubig gefragt.

»Hab schrecklich gesungen«, hatte Jenny gemurmelt. In Wahrheit hatte sie damals eine Fünf bekommen, weil sie das Lied vom kleinen Trompeter nicht hatte vortragen wollen. Der Text war so traurig, dass sie Angst gehabt hatte, vor der Klasse in Tränen auszubrechen. Es war so ungerecht, der kleine Trompeter war der liebste und beste und trotzdem wurde er erschossen. Warum fand das niemand sonst in ihrer Klasse traurig?

»Du musst dir mehr Mühe geben«, hatte ihre Mutti gemahnt. »Eine Drei in Musik muss wirklich nicht sein. Außerdem hattest du im Halbjahr in Mathe noch eine Eins. Und dann eine Drei in Betragen, wir sind doch keine Asozialen. Warum musst du immer so vorlaut sein?«

Aber das war jetzt nicht mehr wichtig. Achtunddreißig ... neununddreißig ... vierzig ... Jenny merkte, wie ihr langsam die Luft ausging. Verbissen zählte sie weiter, bis sich ihre Kehle zusammenzog. Sie schoss durch die Wasseroberfläche und sog die warme Ostseeluft ein. Eric blickte sie erwartungsvoll an. Einen Moment lang war sie versucht zu sagen, sie hätte es bis hundert geschafft, aber einen Freund durfte man nicht anflunkern. Also schüttelte sie den Kopf.

»Probier' mal den hier«, sagte Eric und hielt ihr seinen Schnorchel hin. »Damit kannst du unter Wasser bis tausend zählen!«

Er half ihr, den Schnorchel und die übergroße Taucherbrille seiner Mama anzulegen. Eine für Kinder hatten sie leider nicht bekommen. Jenny tauchte vorsichtig den Kopf ins Wasser und zog ihn wieder heraus. Sie versuchte es ein paar Mal, während Eric zuschaute. »Das läuft prima.«

Als sie sich daran gewöhnt hatte, durch den Schnorchel

zu atmen, streckte sie sich auf dem Wasser aus und ließ sich treiben. Ab und zu blinzelte sie. Sie sah den Grund und wie sich dort der Sand setzte, dazwischen blinkten kleine weiße Muscheln, und modriger Seetang wand sich, als wäre er ein großer, grün-brauner Wurm. Wenn sie ganz ruhig lag, würden vielleicht ein paar Fische vorbeischwimmen.

Wasser lief in die Brille, aber Jenny tauchte noch nicht auf. Sie konzentrierte sich auf das Gluckern und Rauschen in ihren Ohren. Hier unten sah nicht nur alles anders aus, auch die Geräusche waren wie aus einer anderen Welt. Die Ostsee schien beruhigend zu flüstern. Sie machte Jenny und Eric keine Vorschriften. *Wenn ich unter Wasser bleibe, höre ich Mutti nicht rufen, dass ich rauskommen und mich abtrocknen soll,* dachte Jenny.

Die Brille war fast vollgelaufen, also schloss Jenny die Augen und ließ sich weitertreiben, bis sie jemanden neben sich bemerkte. Das musste Eric sein. Bestimmt wollte er seinen Schnorchel wiederhaben.

Sie ließ die Beine auf den Grund gleiten und richtete sich langsam auf. Eric nahm den Schnorchel entgegen und blies ihn aus. »Jetzt hast du's bis hundert geschafft, oder?«

»Oh, hab nicht gezählt.«

»Nicht schlimm. Schau mal«, sagte er und zeigte Richtung Horizont.

Jenny erblickte ein Schiff in einiger Entfernung und daneben noch eins, und noch eins. Insgesamt zählte sie sieben. »Was wollen die?«

»Die gehören zur Grenzbrigade«, erklärte Eric.

Jenny hatte das Wort schon gehört, sich jedoch nie Gedanken darüber gemacht. Aus Erics Mund klang es irgendwie seltsam. Die Schiffe sahen nicht einladend aus wie der Dampfer, der sie hergebracht hatte, oder die Fischerboote, die Aal und Scholle aus der Ostsee holten. Diese hier waren schwer und grau, und Jenny stellte sich vor, dass Menschen in den Schiffsbäuchen lagen, wie Sprotten in einer Büchse. Der Gedanke gruselte sie so sehr, dass sie den Blick in die entgegengesetzte Richtung wandte. Sie sah ihre Väter ins Wasser waten.

»Wer hat Lust auf Kinderweitwurf?«, fragte ihr Papa.

»Ich!«, riefen Jenny und Eric einstimmig. Die nächste halbe Stunde verbrachten sie damit, sich von ihren Vätern durchs Wasser ziehen oder sich mit dem Fuß in den verschränkten Händen rittlings ins Wasser werfen zu lassen.

»Schluss für heute«, meinte Herr Thorsen schließlich.

»Nur noch einmal«, bettelte Eric.

»Einmal«, wiederholte sein Vater und machte eine Räuberleiter.

»Ich bin ein Fisch und bleib für immer im Wasser«, kreischte Eric vor seinem letzten Köpper von den Schultern seines Papas.

Jenny stellte sich einen Aal mit dem Gesicht ihres Freundes vor und musste lachen. Prustend tauchte sie unter und schlug eine Rolle vorwärts, und noch eine, so lange sie konnte. *Eric ist ein Aal und ich bin ein Rollmops*, dachte sie und das Lachen zwang sie zum Auftauchen. Salzwasser brannte in Hals und Augen.

»Kommt raus, gleich gibt's Abendbrot«, rief ihre Mutter, was bedeutete, dass der Tag am Strand vorbei war.

Jenny gab einen unwilligen Laut von sich. Sie ließ sich im Wasser treiben und schaute den Schiffen zu. Vom vielen Rollen schlagen war ihr ein bisschen schwindelig. Sie schnappte nach Luft und paddelte mit den Armen, bis ihre Füße auf Grund stießen. Ihre Zehen gruben sich in den körnigen Sand und die Wasseroberfläche beruhigte sich mit der Zeit. Jenny zwang sich, ganz still zu stehen. Kleine, kaum sichtbare Wellen schwappten gegen ihr Kinn und sie fragte sich, ob das die Schiffe der Grenzbrigade waren, deren dicke, graue Bäuche auf die Ostsee drückten.

Da traf sie eine volle Breitseite, denn Eric landete neben ihr im Wasser und strampelte mit den Beinen.

»Na, warte«, rief Jenny und patschte so doll, wie sie konnte, zurück.

Als ihr Papa sie schließlich aus dem Wasser holte, war ihre Haut schrumpelig und ihr Magen knurrte laut. Die Aussicht aufs Abendbrot freute sie nun doch, hoffentlich gab es wieder Bouletten.

Kapitel 11

Gegenwart

Jenny stand vor dem Supermarkt und kam sich dumm vor. *Am 31.12. geschlossen,* sagte das Schild an der Glastür. »Mist!« Sie war davon ausgegangen, dass es die gleichen Öffnungszeiten waren wie in Frankfurt, dabei war auf Hiddensee nichts wie anderswo.

»Und jetzt?«, fragte sie Shadow, der sich um Futter und Snacks keine Sorgen machen musste. Jenny sah sich um. Die Straße hoch ging es zum Hafen. Dort waren sie in den Sommerferien immer mit dem Fährboot angekommen und Eric hatte an der Kaimauer auf sie gewartet …

Sie verscheuchte den Gedanken, wobei ihr die Tatsache half, dass sie Vitte nicht wiedererkannte. War es zu lange her, hatte sich zu viel verändert oder hatte sie die Welt als Kind mit völlig anderen Augen gesehen? Vermutlich alles zusammen. Die Zeit heilte keine Wunden, aber sie verflog und schob die Ereignisse von damals in sichere Ferne.

»Wir müssen erst mal was Essbares für Frauchen auftreiben.«

Shadow blickte treuherzig zu ihr auf und sie bogen Richtung Hafen ab. Jenny hoffte, dass es dort eine Art Kiosk gab, der auch geöffnet war. Nach wenigen Schritten entdeckte sie etwas viel Besseres. *Tante Hedwig* stand über einem kleinen Café auf der linken Seite, das gleichzeitig einen Hofladen beherbergte. Sie trat ein und sah, dass alle Plätze besetzt waren. Selbst die Stehplätze am Fenster waren überbelegt. Die vielen Leute machten Shadow nervös, und der Geräuschpegel war nach dem langen, einsamen Spaziergang dröhnend laut.

Deshalb trat sie unverrichteter Dinge nach draußen. Falls sie nichts anderes fand, hatte sie nach der Frühstückszeit vielleicht mehr Glück. Unschlüssig stand sie auf der Straße. Shadow schnupperte und als er den Weg zurücktrippelte, folgte sie ihm einfach. Manchmal war es schön, wenn einem die Entscheidung abgenommen wurde.

Die Straße führte an eine Dreier-Kreuzung, an der sich Jennys Erinnerung zu regen begann. Auch die Gebäude kamen ihr bekannt vor. Mit ihrem Freund Eric war sie vor vielen Jahren hier vorbeigekommen, da war sie sich sicher. Sie gab der Ahnung nach, bog scharf links auf einen schmalen, unbefestigten Weg ab und tatsächlich ragte vor ihr ein großes Backsteingebäude auf. Eric hatte sie hierhin mitgenommen, um ihr seine Schule zu zeigen. Anscheinend war sie immer noch in Betrieb.

Sein Haus muss in der Nähe sein, dachte Jenny mit einem mulmigen Gefühl. Sie schloss die Augen und atmete tief durch.

Es ist nur ein Haus und du musst ja nicht hingehen, redete sie sich ein und kam sich vor wie ein Feigling. Natürlich musste sie hingehen. Es nicht zu tun, fühlte sich an wie ein weiterer Verrat an ihrem Kindheitsfreund. Zögernd setzte sie sich in Bewegung und hielt Shadow nicht davon ab, an jedem Grashalm zu schnüffeln.

Ihre Beine wurden mit jedem Schritt schwerer und als sie Richtung Strand abbog, bekam sie kaum noch Luft. Trotzdem zwang sie sich weiter, bis vor ein großes Haus mit einer windgebeutelten Kiefer im Garten. Hier hatte Jenny mit ihren Eltern drei Sommer lang Urlaub gemacht. Hier war Eric groß geworden. Sein Zimmer, in dem sie so oft übernachtet hatte, zeigte nach hinten in den Garten.

Seitdem waren sechsunddreißig Jahre vergangen.

Trotzdem sprudelten die Erinnerungen hervor, als wäre alles erst letzten Sommer passiert. Sie sah sich mit ihrem Wasserball unterm Arm aus der Tür stürmen, die Rufe ihrer Mutti ignorierend, sie solle nicht so schnell rennen. Da war Erics Vater im Türrahmen, wie er sie nachts nach ihrem verbotenen Abenteuer in Empfang nahm. Er hatte geschimpft, ihren Eltern aber nichts verraten. Und sie sah den grünen Barkas vor dem Haus stehen.

Jenny wollte die aufsteigenden Tränen herunterschlucken, doch es ging nicht. Hinter dem Fenster rechts oben unter dem Dach war das Fremdenzimmer gewesen, in dem ihre Eltern gewohnt hatten.

»Es tut mir so leid«, schluchzte sie leise. »Ich hätte nichts sagen sollen. Wie soll ich es wiedergutmachen?« Die Worte blieben ihr im Hals stecken, nur Tränen strömten hervor. Sie wollte die Straße hinunterrennen, aber ihre Füße schienen auf dem Gehsteig verwurzelt. Sie bemerkte Shadows feuchte Zunge an ihrer Hand und ließ es geschehen. Als er an ihrem Ärmel zog, geriet sie fast aus dem Gleichgewicht. Mit wackligen Beinen kniete sie neben ihm nieder und legte den Kopf an seinen Hals. Sein weiches warmes Fell war schon oft ihre Zuflucht gewesen.

Als sie sich einigermaßen beruhigt hatte, warf sie einen letzten Blick auf das Haus. Das Dach war neu gemacht worden, aber das Haus und der Garten sahen verwittert aus. So weit hätten es die Thorsens nicht kommen lassen. Jenny konnte ihnen nicht verdenken, dass sie nach der

Wende nicht nach Hiddensee zurückgekehrt waren. Sie selbst hatte über dreißig Jahre dafür gebraucht. Und selbst wenn sie noch hier lebten – würden Erics Eltern sie sehen wollen?

Nein, mit Sicherheit nicht.

»Komm«, sagte sie mit belegter Stimme und führte Shadow zu den Dünen. Sie hatte das Gefühl, mit jedem Schritt nicht nur das Haus, sondern auch die Vergangenheit zurückzulassen.

Am Strand waren etliche Spaziergänger unterwegs, weshalb sie Shadow diesmal nicht von der Leine ließ. Trotz der Kälte setzte sie sich in den Sand und Shadow folgte brav. Sie vermisste ihren Freund, ebenso die sorglose Zeit und die ungestüme Jenny, die sie einmal gewesen war. Der Wind strich ihr kalt übers Gesicht. Nach einer Weile fühlten sich ihre Hände in den Mantelärmeln klamm an. Von dort aus kroch ihr die Kälte in die Knochen.

Trotzdem kramte sie ihr Handy hervor und tippte mit steifen Fingern Erics Namen in die Suchmaschine. Das letzte Mal hatte sie ihn vor zwei Jahren gegoogelt, als sich Shadow eine Viruserkrankung eingefangen hatte und nicht klar war, ob er die Nacht überstehen würde. Laut seiner Facebook-Seite war Eric damals in Italien gewesen, um die versunkene Stadt Baiae zu fotografieren. Vor einem halben Jahr hatte er geschrieben, dass er gerade an einem Fotoband seiner Unterwasser-Aufnahmen und an anderen Projekten arbeitete. Worum es ging, stand dort nicht. Seitdem hatte er nichts mehr gepostet. Ging es ihm gut?

Mittlerweile zitterte sie vor Kälte, trotzdem konnte sie sich nicht zum Weitergehen aufraffen. Stattdessen starrte sie auf ihr Handy und war in Erics Foto, das ihn in Tauchermontur zeigte, versunken. Sein Lächeln war immer noch das Gleiche. Sollte sie ihm eine Nachricht schreiben?

Doch das Gerät vibrierte und Sonjas Name schob sich über Erics Gesicht. Überrascht blinzelte Jenny, putzte sich hastig die Nase und räusperte sich, bevor sie ranging.

»Hallo, mein Schatz.«

»Hallo, Mama. Wie geht's dir?«

»Super. Und dir?«

»Weiß nicht. Ich hab irgendwie keinen Bock auf Party.«

»Ist was passiert?«

»Eigentlich nicht. Vielleicht bin ich nur nervös, weil die Uni bald wieder losgeht.«

»Aber bis dahin solltest du Spaß haben.«

»Klar. Bist du sicher, dass es dir gut geht? Du hörst dich so komisch an.«

»Ja, alles in Ordnung«, log Jenny. »Vielleicht liegt es am Wind. Es gab eine kleine Planänderung wegen Silvester.«

»Ach?«

»In der Agentur ist ein dringender Auftrag liegengeblieben und ich musste nach Stralsund.«

»Stralsund? Dann bist du um die Ecke!« Sie klang ehrlich erfreut und Jenny fragte sich, ob sie genauso reagieren würde, wenn ihre eigene Mutter plötzlich in der Nähe auftauchen würde.

»Keine Sorge, Kleines, ich suche dich nicht auf deiner Silvesterparty heim. Außerdem wohne ich auf Hiddensee.«

»Hiddensee?«

»Woanders hat Shadow kein Zimmer mehr gekriegt.«

»Verstehe. Auf Hiddensee war ich noch nie. Wie wär's, wenn ich dich morgen besuchen komme?«

Jenny wurde warm ums Herz. »Willst du nicht lieber ausschlafen?«

»So viel Schlaf brauche ich nicht. Bist du von Stralsund aus rüber?«

»Ja.«

»Ich schaue gleich nach dem Fährplan. Genial! Eigentlich wollte ich euch nur guten Rutsch wünschen und jetzt sehen wir uns morgen.«

»Ich freue mich schon.«

»Ich mich auch.«

»Pass auf dich auf, ja? Und feiert schön!«

»Ihr auch!«

Das war genau der Anruf, den Jenny gebraucht hatte. Ächzend erhob sie sich, klopfte den Sand vom Mantel und trampelte so lange, bis sie ihre Füße wieder spürte. Das Handy in ihrer Manteltasche summte. Sonja wollte wissen, ob sie in Kloster, Vitte oder Neuendorf aussteigen sollte. Ihr Eifer herzukommen, zauberte Jenny ein Lächeln ins Gesicht. Mit klammen Fingern schrieb sie zurück.

Die Vorfreude auf Sonja erfüllte ihr Herz und verdrängte die Gespenster der Vergangenheit. Noch etwas steifbeinig durchschritt sie die Dünen. *Sonja ist die Zukunft*, dachte sie. *Das Haus der Thorsens gehört zur Vergangenheit*. Deshalb nahm sie einen anderen Weg zurück in die Stadt, damit es genau dort blieb.

Kapitel 12

Als Jenny zum *Tante Hedwig* zurückkam, waren die Frühstücker fort und zum Mittagessen war es noch zu früh. Shadow schnarchte unter dem Tisch, während sie ihre Hände an der Kaffeetasse wärmte und sich wünschte, sie hätte ihren Laptop mitgebracht. In der gleichermaßen heimeligen wie anregenden Atmosphäre des Cafés hätte sie gut ein paar Sachen abarbeiten können.

Heimelig, dachte sie. »Das ist es!«

Wie so oft kam ihr die entscheidende Idee für eine Kampagne, wenn sie in Gedanken ganz woanders war. Hektisch suchte sie nach einem Stift. Weil sie statt ihrer Umhängetasche nur Shadows Rucksack dabeihatte, fand sie natürlich keinen. In ihrer Manteltasche lag nur ein alter Lipliner. Egal. Sie schnappte sich die Serviette und schrieb: *Zuhause an der Ostsee.* Schlicht und einfach. Zwei Wörter mit Anziehungskraft. Zu schlicht für Luca, aber im Grunde ging es genau darum. Die alten Leute wollten ein schönes Zuhause, keinen Dauerurlaub in der Fremde.

Jenny war sofort in ihrem Element, notierte ein paar Bildideen und dachte sich weitere Slogans aus. Am Ende faltete sie die Serviette zufrieden zusammen. Sie fühlte sich hundemüde, am liebsten hätte sie es Shadow gleichgetan und sich unter dem Tisch zusammengerollt. Das Hundeleben hatte schon einige Vorteile.

Stattdessen biss sie in ihr unberührtes Schinken-Käse-

Sandwich aus geröstetem Schwarzbrot und sah sich im Ladenbereich um, wo es neben praktischen Ostsee-Souvenirs auch Lebensmittel zu kaufen gab. Das Sandwich war dick mit Schinken und würzigem Käse belegt, der beim Rösten zerlaufen war. Genau das Richtige nach einem langen Strandspaziergang.

Sie ließ Shadow unter dem Tisch liegen, der nur müde ein Augenlid hob, und ging die Regale und Körbe mit Waren ab. Am Ende steckte sie ein Brot, ein Stück Büffelbrie, Butterkäse, zwei Paar Kalbswiener, ein Glas Brathering und eine Salami ein, die sie an die Bratwürste erinnerte, die ihre Eltern früher mit auf Wanderungen genommen hatten. Außerdem ein Glas Heidehonig, Sanddorncookies für Sonja, Nudeln, eine Packung Eier, Kräutersalz und eine Flasche Rotwein, der zum Büffelbrie empfohlen wurde. Krümelkaffee gab es leider nicht, aber dafür starken Schwarztee und Kandiszucker. Zu guter Letzt ließ sie sich zwei Stück Mandeltarte aus der Kuchentheke einpacken und bezahlte.

Weil der Bus erst in einer Stunde kam, rief sie die Karte auf und führte Shadow an der Leine durch die Dünenheide zurück nach Neuendorf. Als sie in der Pension ankamen, waren sie beide völlig erledigt. Shadow legte sich demonstrativ auf den Bettvorleger und Jenny breitete seine Lieblingsdecke über ihm aus. Sie selbst flüchtete unters Federbett und fiel augenblicklich in einen verspäteten Mittagsschlaf.

Als sie aufwachte, fühlte sich Jenny orientierungslos. Draußen war alles dunkel. Fast wünschte sie sich, Silvester verschlafen zu haben. Aber das alte Jahr dauerte noch ein paar Stunden an, es war erst später Nachmittag. Shadow atmete schwer. Hätte ihr Magen nicht geknurrt, wäre sie einfach liegen geblieben.

Ihr Handy blinkte und zeigte eine Nachricht von unbekannter Nummer an. Jenny fragte sich, wer das sein konnte, und rief sie umgehend auf.

Liebe Frau Miller,
ich hoffe, Sie und ihr Hund fühlen sich wohl. Falls Ihnen zu kalt ist, gehen Sie durchs Gemeinschaftszimmer. In dem Abstellraum dort ist eine Gastherme. Drehen Sie das rechte Rad eine Stufe höher und lassen Sie die Heizung eine Weile voll aufgedreht. Ich wünsche Ihnen beiden einen guten Rutsch. Da Sie mit meinem Sohn noch kein Abreisedatum vereinbart haben, hoffe ich, wir sehen uns im neuen Jahr.
Freundliche Grüße
Frieda Knop

Das musste die Besitzerin der Hundepension sein. Vermutlich verbrachte sie die Feiertage mit ihrem Sohn auf dem Festland. Sie fotografierte Shadow auf dem Bettvorleger, schickte ihr das Bild, bedankte sich und lobte die Unterkunft.

Als sie das Federbett zurückschlug, umfing sie Eiseskälte. Ein Wunder, dass sich an den Fenstern noch keine Eisblumen gebildet hatten. Sie warf sich den Mantel über, um nach der Gastherme zu sehen. Wieder oben bollerte die Heizung bereits vielversprechend.

Danke für den Tipp, dachte sie und freute sich über die fürsorgliche Nachricht. Ob ihr später eine heiße Dusche vergönnt war?

Zuerst fuhr sie ihren Laptop hoch. Überraschenderweise hatte sich Herr Schulte-Dietz gemeldet und schlug ein Treffen am zweiten Januar vor. Rasch sagte sie zu. Jetzt kam Bewegung in die Sache und Jenny wusste, wie sie das alte Jahr ausklingen lassen würde: mit Arbeit.

Jenny nahm sich fest vor, das im neuen Jahr zu ändern.

Statt sich umgehend in die Kampagne zu stürzen, testete sie erst einmal die Dusche. »Yes!« Wunderbar warmes Wasser ergoss sich über ihre Schultern und den Rücken. Auch ihr Zimmer war mollig warm, als sie fertig war. Sie holte den Laptop vom Bett und stellte ihn auf den Klapptisch neben der Küchenzeile. Die bekritzelte Serviette legte sie daneben.

Ein Blick aufs Handy zeigte keine neuen Nachrichten an. Sie schrieb Sonja, ob sie Lust habe, auf Hiddensee zu übernachten und am zweiten nach Stralsund zurückzufahren. Danach rief sie ihre Eltern an.

»Ich kann nicht glauben, dass du Silvester lieber allein verbringst«, lautete die Begrüßung ihrer Mutter.

»Hallo, Mutti. Erstens ist Shadow bei mir und zweitens bin ich nicht in meiner Wohnung. Ich habe etwas Dringendes für die Agentur zu erledigen und bin unterwegs.«

»Warum hast du das nicht gleich gesagt?« Jenny konnte direkt die Erleichterung heraushören. Jetzt hatte sie eine Ausrede für die anderen Gäste parat, weshalb ihre Tochter nicht mitfeierte. Und sie musste nicht mehr darüber nachdenken, dass sie der Grund für Jennys Fernbleiben gewesen war. Wenn sie es überhaupt getan hatte. Jenny versuchte, sich nicht zu ärgern. So waren ihre Eltern eben.

»Wo bist du denn?«

»Wir sind in Stralsund.« Irgendetwas hielt sie davon ab, ihr die Wahrheit zu sagen. Sie wollte sich nicht mit ihrer Mutter über Hiddensee unterhalten. Plötzlich war sie genervt. Warum hatte sie nicht einfach eine Nachricht geschrieben?

»An der Ostsee, wie schön. Und was machst ...«

»Eigentlich habe ich nur angerufen, um euch einen guten Rutsch zu wünschen. Feiert schön.« Sie würgte ihre Mutter ab, bevor sie weitere Fragen stellen konnte, und warf das Handy aufs Bett.

Neben dem Klapptisch stand Shadows vollgepackter Rucksack. Der Hals der Rotweinflasche ragte einladend heraus. Jenny durchwühlte die Schubladen der Küchenzeile nach einem Korkenzieher und sah sich den Korken schon mit einem Küchenmesser herausschälen, wie einst zu Studentenzeiten, als sie fündig wurde. Mit einem *Plopp* flutschte er heraus und sie goss zwei Fingerbreit in ein Wasserglas. Das war meilenweit entfernt von den Silvesterpartys mit Marius, aber der Wein roch gut, schmeckte noch besser und stieg ihr schnell zu Kopf. Außer ein paar Keksen und dem Schinken-Sandwich hatte sie nichts gegessen. Da sie die Nudeln für Sonja aufheben wollte, blieb für heute Abend nur kalte Küche.

Beim Schneiden des Brotes krachte die knusprige Kruste und ließ ihr das Wasser im Mund zusammenlaufen. Zum ersten Mal seit Wochen hatte sie nicht nur Hunger, sondern auch Appetit. Zu Silvester durfte es ruhig etwas Besonderes sein. Jenny drapierte die Brotscheiben auf dem Schneidebrett, würfelte Bratwurst und Büffelbrie, und legte noch eine der Kalbswiener dazu. Leider hatte sie keinen Sanddorn-Senf mitgenommen und es fehlten Cornichons und Oliven, aber eine Steigerung zu Tee und Keksen war es allemal.

Neben dem Laptop fanden ihre Häppchen geradeso Platz auf dem Klapptisch. Während sie sich durchprobierte, sammelte sie ihre Gedanken und verfasste eine Präsentation für Herrn Schulte-Dietz. Jenny mochte diesen Schritt, in dem sie ihre Ideen sortierte und ausformulierte.

Sie fand es spannend, sich in ihren Werbekunden hineinzuversetzen, seine Reaktion zu lenken und mögliche Einwände vorwegzunehmen.

Nach einer Weile machte sich Shadow bemerkbar und sie stellte erstaunt fest, dass es kurz vor neun Uhr war. »Musst du im alten Jahr noch mal raus?«, lachte Jenny. Sie schloss die Präsentation und schlüpfte in ihren Mantel.

Kapitel 13

Draußen war es knackig kalt. Shadow lief erst zu seinem Busch und stromerte dann über die Wiese. Nach seinem Schläfchen war er wieder voller Energie. »Na, komm«, rief Jenny ihm zu. Ein kleiner Abendspaziergang würde ihr den Kopf freipusten, schließlich hatte sie den Rest Wein und weitere Arbeit vor sich.

Es war stockdunkel, zur Orientierung dienten ihr lediglich eine entfernte Straßenlampe und die beleuchteten Fenster der weit verstreuten Häuser. Vor dem Haus, in dem sie gestern ihren Schlüssel abgeholt hatte, versammelten sich die Nachbarn. Ein paar Kinder standen mit Wunderkerzen da und die Erwachsenen zündeten Vulkane und eine Funkenfontäne. Sofort nahm sie Shadow an die Leine. Zwar flogen keine Böller, aber man wusste nie. Sobald er auftauchte, verloren die Kinder das Interesse am Feuerwerk und wollten ihn streicheln. Brav setzte er sich hin.

»Hat Frieda doch Gäste?«, fragte eine Frau mittleren Alters.

»Ja, glücklicherweise dürfen wir bei ihr übernachten. Wir sind spontan an die Ostsee gefahren. Ich bin übrigens Jenny und das ist Shadow.«

»Geht's ihr wieder besser?«, wollte die Frau wissen, nachdem sich alle vorgestellt hatten.

»Sie ist schon lang aus dem Krankenhaus raus, aber ihr

Sohn wollte sie über die Feiertage lieber bei sich haben«, antwortete Herr Gross, der Nachbar mit dem Schlüssel.

Jenny erfuhr, dass Frieda Knop wegen einer gebrochenen Schulter im Krankenhaus gelegen und ihre Pension vorübergehend hatte schließen müssen.

»Eigentlich hatte sie Gäste erwartet. Kommen jedes Jahr die gleichen. Wir haben schon zusammen gefeiert.«

»Kurz vor zwölf gibt's Jagertee«, sagte Frau Gross. »Kommen Sie doch vorbei.«

Jenny war gerührt. »Danke für die Einladung. Hoffentlich bin ich dann noch wach.«

Sie verabschiedeten sich und die Kinder quietschten vor Vergnügen, als die Erwachsenen ein paar Bienchen fliegen ließen.

Zurück in der Pension drückte Jenny den Korken in die Weinflasche und setzte Tee auf. Noch knapp zwei Stunden. Wenn sie ihre Arbeit nicht mit ins neue Jahr nehmen wollte, brauchte sie einen klaren Kopf. Sie überflog ihre Präsentation und ergänzte ein paar Kleinigkeiten, bis sie zufrieden war. Jetzt ging es darum, ihre Idee zu visualisieren, damit Herr Schulte-Dietz einen passenden Eindruck von der Kampagne bekam. Er wollte Anzeigen in verschiedenen Tageszeitungen schalten, seiner Homepage ein neues Gesicht geben und Werbung in öffentlichen Verkehrsmitteln machen.

Sie rief die Internetseite der Seniorenresidenz auf. Solide, aber verbesserungswürdig, befand sie. Ihr Blick blieb am Namen der Seniorenresidenz hängen. *Strandkorb 66.* Zunächst hatte sie gedacht, es wäre nur eine Anspielung auf das Renteneintrittsalter, aber in ihrem Kopf geisterte noch eine andere Assoziation herum, sie konnte sie nur nicht greifen. Sie gab *66 Jahre* in die Suchmaschine ein.

»Ha! Wusste ich's doch.« Der erste Eintrag bezog sich

auf ein Lied von Udo Jürgens. Sie klickte darauf und erkannte das Intro sofort, obwohl sie nicht unbedingt ein Schlagerfan war. Aber Herr Schulte-Dietz vielleicht? Im Rhythmus wippend machte sie sich ein paar Notizen zum Text und wie sie den ohne Lizenzgebühren für ihre Kampagne nutzen konnte. Das Lied verklang und *Ein ehrenwertes Haus* setzte ein. Anscheinend war sie auf einer Playlist gelandet, aber das störte sie nicht.

»Silvester mit Shadow und Udo, uhu uhuhu«, summte sie vor sich hin und musste lachen.

Mit der Musik im Hintergrund stürzte sie sich in die Gestaltung ihrer Demo-Anzeigen. Luca hatte tolle Fotos gemacht, damit ließ sich etwas anfangen. Sie öffnete zwei davon in InDesign. Eigentlich war das die Aufgabe von Ilona, ihrer Grafikerin, aber Jenny hatte sich im Laufe der Jahre genügend Kenntnisse in der Bildbearbeitung angeeignet, um ihr zuzuarbeiten, wenn die Zeit drängte. Noch so etwas, das sie Luca voraushatte.

Am Ende hatte sie zwei Anzeigen entworfen, die sie in ihre Präsentation einfügte. Als sie auf Speichern klickte, zeigte die Datumsanzeige: 01.01.2025. Das neue Jahr war bereits zwei Minuten alt. Draußen tranken sie Jagertee.

Da hatte sie wohl die Party mit ihren temporären Nachbarn verpasst. Vermutlich war die Einladung ohnehin reiner Höflichkeit entsprungen, redete sich Jenny ein. Das leise Bedauern spülte sie mit einem Schluck Rotwein herunter. Es gab auch ohne Nachbarn etwas zu feiern. Die Präsentation war fertig, und morgen, besser gesagt heute, kam Sonja zu Besuch. Sie hatten den ganzen Tag Zeit für sich.

Jenny klickte ein Lied weiter, denn Udo sang von *Liebe ohne Leiden* und das musste sie sich nicht geben. Draußen war es still. Kein Feuerwerk hatte sie auf das neue Jahr aufmerksam gemacht. Freute sie sich auf 365 neue Tage? Sollte sie schnell noch einen guten Vorsatz fassen? Wenn ihr das letzte Jahr eines gezeigt hatte, dann, dass alles anders kam, als sie es sich vorgestellt hatte. Was sollte es da nützen, sich etwas vorzunehmen?

Gerade deshalb, dachte sie trotzig. Nur was? Sollte sie Luca überzeugen, dass er im Unrecht war und sie den Platz als Partnerin an seiner Seite verdiente? Sie bezweifelte es. Dass sie Marius' verschwundenes Geld fand und alles gut wurde? Unwahrscheinlich. Ihre Eltern überzeugen, dass es Wichtigeres gab als die Meinung der Nachbarn? Ja, klar.

»Wenn das Chaos geregelt ist, schreibe ich Eric auf Facebook«, flüsterte sie in ihr Glas und trank einen Schluck darauf. Sie stellte sich vor, was er antworten würde. *Warum hast du dich nicht viel früher gemeldet? Ich freue mich so. Ich habe dich so vermisst.* Würde er das schreiben oder waren es in Wahrheit ihre Worte? Was wäre, wenn er sich gar nicht meldete? Tja, das war dann auch eine Antwort. Es hatte keinen Sinn, sich in eine Wunschvorstellung hineinzusteigern.

Obwohl sie keine Nachrichten erwartete, hangelte sie nach ihrem Handy. Sonja hatte noch mal geschrieben. Auch ihre Grafikerin Ilona wünschte ihr einen guten Rutsch und schlug vor, sie könnten im neuen Jahr zusammen weggehen. Bisher hätte Jenny den Vorschlag ignoriert. Schließlich war sie mit einem der Inhaber liiert gewesen, da war die Vermischung von Beruflichem mit Privatem ohnehin vorprogrammiert. Das war sehr edelmütig von ihr gewesen, aber was hatte es ihr gebracht? Sie stand allein da. Also schrieb sie Ilona, dass sie sich freue, und schlug ein nettes Café vor.

Die letzte Nachricht stammte von einer ehemaligen

Kommilitonin, zu der sie vor zwei Jahren wieder Kontakt aufgenommen hatte. Sie war das, was für Jenny einer Freundin am nächsten kam.

Liebe Jenny,
bist du gut ins neue Jahr gerutscht? Ich hoffe, wir sehen uns
wieder öfter und unser Besuch auf dem Leipziger Weih-
nachtsmarkt ist geritzt? Ruf an, wenn du quatschen willst.
Liebe Grüße
Kati

Jenny schrieb zurück, dass sie aus dem Weihnachtsmarkt wieder eine Tradition machen würden, leerte ihr Glas und freute sich, dass drei liebe Menschen an sie gedacht hatten. Keine schlechte Bilanz für 2024, nachdem sie die letzten Jahre fast ausschließlich für ihren Job gelebt hatte. Sie schaffte es nicht einmal mehr, Zähne zu putzen und fiel völlig erledigt ins Bett.

Eine Fährfahrt entfernt saß Jennys Tochter ebenfalls vorm Laptop. Auf dem Bildschirm flimmerte eine E-Mail, über der sie lange gegrübelt hatte. Sie hatte das Schreiben im alten Jahr begonnen, zigmal umformuliert und immer wieder gelesen. Jetzt konnte sie es getrost abschicken. Der Cursor schwebte über dem Senden-Button.

Sonja lauschte. Auf dem Wohnheimflur war es ruhig geworden. Dafür rauschte draußen die erste Rakete vorbei. Zum Fenster waren es nur drei Schritte, trotzdem schaffte sie es, über ihren Rucksack zu fliegen, den sie immer noch nicht ausgepackt hatte.

»Scheiße«, rief sie und trat noch mal nach, obwohl der arme Rucksack nichts für ihre Misere konnte.

Unten leerten ihre Kommilitonen Bierflaschen im Rekordtempo, um sie als Startrampen zu benutzen. Sonja überlegte rauszugehen, schließlich war sie nicht nach Greifswald zurückgefahren, um allein vorm Laptop zu sitzen. Nur hörte seit ihrer Ankunft das unheilverheißende Magenkneifen, das sich in den vorangegangenen Monaten nur ab und zu gemeldet hatte, überhaupt nicht mehr auf. Während sie an der E-Mail getüftelt hatte, war es etwas besser geworden. Endlich hatte sie sich zu einer Entscheidung durchgerungen, sie musste sie nur noch abschicken. Warum war der letzte Schritt so schwer?

Es klopfte an ihrer Tür und bevor sie etwas sagen konnte, steckte Lena aus ihrer Lerngruppe den Kopf herein. Auf ihrer Nase prangte eine silberne Spaßbrille, die darauf hinwies, in welches Jahr sie gleich starten würden.

»Warum kommst du nicht runter?«

»Hab noch was zu erledigen.«

»Jetzt?«

Sonja zuckte abwehrend mit den Schultern.

»Geht's dir gut?«

»Klar.«

»Du siehst irgendwie nicht so aus.« Lena trat ein.

Sonja wechselte unruhig von einem Bein aufs andere. Es war nett, dass sich ihre Kommilitonin Sorgen machte, aber leichter wurde es dadurch nicht. Einen Moment war sie versucht, Lena alles zu erzählen. Da surrte eine Rakete vorbei und sie blieb stumm. Sie musste Lena echt nicht den Jahreswechsel versauen. »Ähm ... ich komm gleich runter zu euch, okay?«

»Okay. Brauchst du einen Schluck hiervon?« Sie hielt eine Flasche Sauren Apfel hoch.

»Unten vielleicht.«

Ihre Mitstudentin schien nicht überzeugt.

»Ich komme gleich. Lass einen Schluck für mich drin.«

»Das höre ich gern.« Sie tänzelte endlich zur Tür. »Also bis gleich.«

Sonja atmete erleichtert auf, als sie die Tür hinter sich zuzog. Im Grunde war ihr schleierhaft, wie man so ausgelassen trinken und feiern und böllern konnte. Im Gegenzug verstanden sie unten nicht, warum sie sich in ihrem Zimmer vergrub. Sonja schnitt besser ab als die meisten anderen Studenten und alle dachten, dass für sie alles einfach war. Schön wär's. Sie konnte noch nicht mal auf den verdammten Senden-Button drücken, nachdem sie ewig lang an dieser Mail geschrieben hatte.

Es waren nicht nur die Worte, die ihr Angst machten, sondern vielmehr der Abschied, der mit ihnen verbunden war. Von ihrem Kindheitstraum und der Sonja, die sie immer sein wollte. Sie hatte versucht, mit Jenny darüber zu reden, aber sich nicht dazu durchringen können.

An allem war ihr Vater schuld. Leider war er nicht da, um ihn anzuschreien oder Sachen nach ihm zu werfen. Ihr Papa war überhaupt nicht mehr da, nachdem er sein Auto und seinen Körper irreparabel zu Schrott gefahren hatte.

»Ich arbeite auch für dich so hart, damit du in ein erfolgreiches Geschäft einsteigen kannst, wenn du erwachsen bist«, mit diesen Worten hatte er sie oft vertröstet. Als ob sie die Leute mit Werbung verarschen wollte wie er und sein Partner. Um ihm zu zeigen, dass auch sie hart arbeitete, hatte sie sich in der Schule immer angestrengt und sich nie beschwert, obwohl sie oft mit Magenkneifen in den Unterricht gegangen war. Irgendwann hatte sie sich an das Unwohlsein gewöhnt, und als es an der Uni wieder anfing, hatte sie erst nicht darauf geachtet. Hatte gelernt, Klausuren geschrieben und Praktika absolviert, bis sie nicht mehr konnte.

Warum, verstand sie nicht, wusste nur, dass alles zu viel war. Es war eben nicht so einfach wie in den Arztromanen, wo aus Kompetenz und Verständnis immer eine Lösung erwuchs.

Dass man krank oder kaputt war und dann kam jemand und machte einen wieder heil, hatte sie seit ihrer Kindheit fasziniert. Sie wünschte sich so sehr, diese Person für andere zu sein. Aber es ging einfach nicht.

Sonja wandte sich vom Feuerwerk ab und las erneut ihre E-Mail. »Jetzt drück halt drauf«, redete sie sich gut zu. Sie versuchte es mit einem Deal mit sich selbst. *Wenn ich sie abschicke, kann ich runtergehen und feiern ...*

Kapitel 14

1988

Zweieinhalb Tage lang hatten das Meer und der Himmel die gleiche erdrückende Farbe gehabt wie die Schiffe der Grenzpatrouille, die allerdings vom Horizont verschwunden waren. Jenny war noch öfter ermahnt worden als sonst, nur Frau Thorsen hatte verständnisvoll gemeint, die Kinder bekämen bei dem ununterbrochenen Regen einen Lagerkoller.

Ihre Eltern hatten sich mit einer Familie aus dem FDGB-Heim getroffen, Rommé gespielt und sich stundenlang unterhalten. Jenny hatte irgendwann keine Lust mehr gehabt auf Mikado oder Knips und war im Flur herumgehüpft. Nachdem sie beim Rolle-rückwärts-Üben auf dem Flurvorleger den Garderobenständer umgeworfen hatte, musste sie sich zum Mittagsschlaf hinlegen. Trotz ihres Protestes waren ihr bald die Augen zugefallen. Danach hatte sie ausmalen müssen und zum Abendessen hatte es Quarkkeulchen gegeben. Pfui! Nicht mal der lustige Kellner mit den langen Haaren und den Jesuslatschen, der sie immer *wertes Fräulein* nannte, hatte ihr den Tag retten können.

Heute Morgen wären Jenny beinahe die Tränen gekommen. Ihre erste Woche auf Hiddensee war fast vorbei. Würde es die ganze Zeit weiterregnen?

Nachmittags hatten sie im Inselkino *Lütt Matten und die weiße Muschel* geschaut und allmählich hatte der Regen nachgelassen. Jetzt schwappten die Wellen der Ostsee wieder friedlich und einladend an den Strand. Leider war es schon zu dunkel, daher saßen Jenny und Eric unter seiner Bettdecke, wo er ihr im Schein seiner Taschenlampe zeigte, wie man einen doppelten Palstek machte.

»Ist gar nicht schwer«, ermunterte er sie zum wiederholten Mal. Er hatte schon drei perfekte Knoten aus rauer Paketschnur geschlungen. »Die braucht man, um jemanden zu sichern, wenn er den Mast runterklettert.«

Jenny fand die Vorstellung, in einem Segelboot über die Ostsee zu gleiten, aufregender als den dummen Knoten, der ihr einfach nicht gelingen wollte. An Fingerfertigkeit mangelte es nicht, wohl aber an Geduld. »Wir haben keinen Mast und kein Boot.«

»Doch, meine Eltern haben eins.«

»Wo?«

»Das darf ich nicht sagen.«

»Warum nicht?«

»Darum. Welche findest du am schönsten?« Er breitete die drei Knotenschlingen zwischen ihnen beiden aus.

Jenny hatte den Eindruck, dass ihr Freund von dem Boot ablenken wollte. Ob er nur geflunkert hatte? »Die sind alle gleich schön.«

»Aber wenn du dir eine aussuchen müsstest, welche würdest du nehmen?«

Jenny zeigte auf die Mittlere, weil sie keinen Unterschied erkennen konnte.

»Hier, für dich«, sagte Eric und streckte ihr die geknotete Schlinge entgegen.

»Danke!« Jenny ließ ihre eigene verkorkste Schnur auf

den Boden gleiten und zog die Schlinge von Erics doppeltem Palstek größer, damit ihr Handgelenk durchpasste.

Dieser löschte urplötzlich die Taschenlampe und streckte sich im Bett aus. Da erst hörte Jenny das leise Knarren auf der Treppe und tat es ihm gleich. Kurz darauf ging die Tür auf und gleich wieder zu. Es war längst Schlafenszeit.

»Wir müssen morgen früh an den Strand«, flüsterte Eric nach einiger Zeit. »Am besten noch vor dem Frühstück.«

»Warum?«

»Weil die Wellen bestimmt Bernstein angespült haben. Wenn wir morgen früh die Ersten sind, finden wir welchen.«

»Können wir nicht jetzt danach suchen? Du hast doch eine Taschenlampe.«

»Der Strand ist nachts gesperrt.«

»Ja, Mist.« Jenny überlegte, wie sie sich in der Frühe wegschleichen konnte, denn ihre Eltern erlaubten ihr sicher nicht, ohne sie an den Strand zu gehen. Im Haus war es mittlerweile totenstill. Die Eltern waren endlich schlafen gegangen.

Eric schaltete die Taschenlampe wieder ein und ließ den Strahl zu einem alten Senfglas auf der Fensterbank gleiten, das halb mit goldbraunen Steinen gefüllt war. Jenny hatte sie gleich am ersten Tag bewundert. Manche waren hell wie Zitronenbonbons, manche dunkelgelb wie Waldhonig, und einer glänzte fast rötlich im Sonnenlicht, wie ein Rubin aus einer Schatztruhe. Die meisten Steine waren winzig, aber einer war so groß wie die Kuppe von ihrem kleinen Finger.

Jenny stellte sich vor, wie nach dem Sturm riesige Brocken Bernstein den Strand bedeckten. Zu schade, dass sie

sie nicht sofort einsammeln konnten. Eric schien auch enttäuscht zu sein.

Behände glitt Eric vom Bett und holte das Glas. Im Licht der Taschenlampe funkelte der Bernstein verheißungsvoll. »Mein Freund Sven hat mal einen gefunden mit einer Fliege drin.«

»Wie groß war der denn?«, rief Jenny erstaunt und schlug sich sofort die Hand vor den Mund. Hoffentlich hatten ihre Eltern nichts gehört.

»Wie ein Pfennigstück oder so.«

»Und da passt eine ganze Fliege rein?«

»Keine Schmeißfliege, nur eine Obstfliege.«

»Ach, so.«

»Solche Bernsteine sind total selten.«

»Und du würdest gern einen haben?«

Eric nickte.

»Weißt du was? Du wirst jetzt schlafen und ich bleibe wach. Sobald es hell wird, wecke ich dich und wir schleichen uns raus.«

»Du musst auch schlafen.«

»Ich bin nicht müde.«

»Ich auch nicht.«

»Hm.«

»Wenn die Wolken weggehen würden ...«, überlegte Eric weiter.

»Was dann?«

»Dann könnten wir im Mondlicht suchen.«

»Wozu brauchst du das, wenn du die hast?« Jenny deutete auf seine Taschenlampe.

»Die bemerken sie gleich.«

»Wer denn?«

»Die Grenzpatrouille.«

»Aber die Schiffe sind weit weg. Wenn wir sie kommen sehen, laufen wir fort.«

»Nicht die Schiffe. Die Grenzer am Strand. Die laufen nachts lang und verhaften alle, die sie finden.«

»Ach, so?« Jenny hatte immer geglaubt, dass ihre Eltern die Regel aufgestellt hatten, dass sie nach Einbruch der Dunkelheit nicht mehr ans Wasser durften. Nicht, dass sie für alle galt. »Warum verhaften sie die Leute?«

»Weil sie denken, dass sie abhauen wollen.«

»Aber wir wollen nicht abhauen.«

»Nein.«

»Dann verhaften sie uns auch nicht.«

»Weiß nicht.«

»Warst du nachts schon mal am Strand?«

»Nein, hab mich nicht getraut.«

»Dann kannst du es nicht wissen.«

»Stimmt. Wenn wir zu zweit sind, kann einer Ausschau halten.« Eric war nicht mehr völlig dagegen. Sicher war auch er neugierig.

Jenny formte mit ihren Händen einen Fächer und legte sie um den Kopf der Taschenlampe. Ihre Finger glühten unheimlich, aber im Zimmer wurde es dunkler. »Wir könnten die Taschenlampe nur beim Suchen kurz anschalten.«

Eric blickte sie an, kaute auf seiner Unterlippe und nickte schließlich.

»Warte.« Jenny schlich zum Schlafzimmer ihrer Eltern und hockte sich davor. Ihr Papa schnarchte. Auf Zehenspitzen schlich sie zurück. »Die Luft ist rein.«

»In Ordnung. Wir müssen aber ganz vorsichtig sein. Wenn mich meine Eltern erwischen, krieg ich Stubenarrest.«

»Ich auch.« Jenny grinste. Erstens hatte eine drohende

Strafe sie noch nie von irgendetwas abgehalten und zweitens war Stubenarrest mit Eric nicht schlimm.

Kapitel 15

Um keinen Lärm zu machen, waren sie barfuß losgezogen. Der Strand war stockdunkel, aber der sandige Untergrund fühlte sich vertraut an und außerdem war Eric bei ihr. In der Ferne sah Jenny den Suchscheinwerfer, der vom Dornbusch im Norden der Insel sein Licht über die Ostsee gleiten ließ. *Ob die grauen Schiffe nachts so den Weg finden?* Stolpernd folgte sie ihrem Freund und wollte ihn danach fragen, aber er zischte ihr ins Ohr, sie solle leise sein.

Nahe am Wasser blieben sie stehen. Die Ostsee leckte an ihren Zehenspitzen. Allmählich gewöhnten sich ihre Augen an die Dunkelheit. Eric schaute eine Weile den Strand hinauf und hinunter. Schließlich führte er sie zu einer Ansammlung frischen Seetangs. Er hatte ihr erzählt, dass Bernstein oft auf den Blättern an Land gespült wurde. Jenny dämpfte das Licht der Taschenlampe, während ihr Freund akribisch die grünen Stränge durchwühlte.

»Das war nix«, erklärte er schließlich und knipste die Taschenlampe wieder aus.

Jenny tastete sich zum nächsten Haufen mit Seetang vor. Die Bernsteinsuche war ziemlich mühselig. Von faustgroßen Stücken mit Riesenfliegen, die im Mondlicht glänzten, keine Spur. Wolken tauchten den Strand immer wieder in vollkommene Dunkelheit und das Licht der Taschenlampe, die Jennys Hände beschirmten, durchdrang kaum den Seetang.

»Willst du mir nicht lieber euer Boot zeigen?«, fragte Jenny nach einer Weile erfolglosen Suchens.

»Darf ich nicht.«

»Warum nicht? Und sag jetzt nicht *Darum.*«

»Ist kein richtiges Boot, bloß ein Schlauchboot.«

»Echt?! Du flunkerst nicht?«

»Nein!«

»Können wir es mit zum Strand nehmen?«

»Nein, das geht nicht.«

»Kannst du nicht deine Eltern fragen?«

»Nein!«

»Ist ja gut«, murrte Jenny und wühlte lustlos mit einer Hand im Seetang.

Eric knipste die Taschenlampe aus. »Meine Eltern wollen nicht, dass jemand davon weiß.«

»Was wollen sie dann mit dem Boot? Wenn sie damit nicht fahren?«, flüsterte Jenny in die Dunkelheit.

»Das darf niemand wissen.«

»Ich auch nicht?«

Sie spürte mehr, als dass sie sah, wie sich Erics Hände in den Seetang gruben und mit den grünen Streifen spielten. Warum machte er so ein Geheimnis daraus? Bisher hatten sie einander alles anvertraut. Jenny hatte ihm erzählt, dass sie eine Drei in Betragen bekommen hatte. Als einziges Mädchen in ihrem Jahrgang, diese Bemerkung hatte sich ihre Klassenlehrerin bei der Zeugnisausgabe nicht verkneifen können. Und dass sie gemeint hatte, mit ihrer Schrift könne sie kein richtiges Mädchen sein, als sich Jenny über ihre Vier in Schönschreiben beschwert hatte, denn die Jungen krakelten schlimmer als sie und bekamen immer eine Drei. Und wie ihre Mutter ihr vor allen anderen eine gelangt hatte, nachdem sie auf der Jugendweihfeier ihrer Cousine im Garten das gute Kleid beim Klettern im Rosenspalier eingerissen hatte. Dabei war es nur ein kleiner Riss gewesen, den ihre Oma gleich genäht hatte.

»Versprichst du mir, dass du es keinem weitererzählst?«, flüsterte Eric so leise, dass sie ihn kaum noch verstand.

»Versprochen.«

»Meine Eltern wollen mit dem Boot zu meiner Tante fahren.«

Jenny kannte Erics Tante nicht, denn sie wohnte in Hamburg. Das war eine Stadt im Westen. Sie wusste nur, dass die Tante ihm immer tolle Sachen schickte. Wie einen Nassanzug und Taucherflossen, echte Matchbox-Rennautos, Überraschungseier und einen dicken Filzer, der aussah wie eine Maus.

»Aber dort dürft ihr nicht hinfahren.«

»Nein. Deshalb darfst du es keinem weitererzählen.«

»Und wann fahrt ihr los?«

»Keine Ahnung.«

»Aber ihr kommt wieder, oder?«

»Ich glaube, das geht nicht mehr, wenn wir erst bei meiner Tante sind.«

»Dann will ich mitkommen.«

Eric sagte nichts und ihr war klar, dass es unmöglich war. Ihre Eltern würden es nie erlauben. Sie hielt sich das kommende Schuljahr vor Augen und dass es nichts nützen würde, die Tage bis zu den Sommerferien zu zählen, weil Eric dann weg sein würde. Daran wollte sie nicht denken.

»Wollen wir weitersuchen?«, fragte sie lieber.

»Pst!« Eric legte sich flach auf den Sand und Jenny tat

es ihm gleich. In der Ferne sah sie zwei Taschenlampen leuchten, viel stärker als die ihres Freundes. Das musste die Grenzpatrouille sein.

Jenny drückte ihre Wange in den Sand. Ein Haufen Seetang schirmte sie ab und sie hoffte, dass sich die Wolken nicht plötzlich verzogen. Mit einem Auge schielte sie zu den Gestalten, die nur noch einen Steinwurf entfernt waren. Über den Lichtern der Taschenlampen, die den Sand entlangglitten, sah sie zwei orangerote Punkte, die sich auf und ab bewegten wie Glühwürmchen. Die beiden rauchten. Das Gemurmel entfernte sich, aber Eric lag immer noch mucksmäuschenstill da.

Kapitel 16

Gegenwart

Eric wachte auf und wusste nicht, ob er im Schlaf nach seiner Mama gerufen hatte. Mit verklebten Augen und ausgedörrter Kehle lauschte er im Dunkeln nach den anderen Jungen. Einer wimmerte leise unter der dünnen Decke. Er wollte den Arm nach ihm ausstrecken, um ihn zu trösten, aber er konnte sich keinen Millimeter rühren.

Endlich bekam er die Augen auf und sah, dass er sich nicht im Schlafsaal befand, sondern im Klassenzimmer der heimeigenen Schule. An der Tafel stand eine Matheaufgabe. Für einen Moment war er erleichtert, weil das der Unterricht bei dem netten Lehrer war. Dieser jedoch blickte seinen Schüler böse an, weil er nicht aufstand, um die soeben gestellte Frage zu beantworten.

Eric wollte gehorchen, doch sein Hinterteil schien mit dem Stuhl verwachsen zu sein. Schon hob der Lehrer drohend die Hand und Buch, Schreibheft, Stifte und Lineal wurden von der Bank gefegt. Immer noch festgewachsen bückte sich Eric und versuchte schnell, alles aufzuheben. Doch es nützte nichts. Sobald die Sachen ordentlich auf der Bank lagen, fegte der Lehrer sie weg. Und nicht nur Erics Sachen flogen zu Boden, sondern auch die aller anderen. Seine Klassenkameraden funkelten ihn böse an.

Das wirst du uns heute Abend büßen. Er verstand die Welt nicht mehr.

Draußen auf dem Flur rief jemand seinen Namen. *Eric?* Es war Jenny. Er durfte nicht zurückrufen, weil der Lehrer sonst die ganze Klasse bestrafen würde. Was machte Jenny da draußen? Seine Klassenkameraden waren aufgestanden und boxten ihn, während er immer noch festklebte. Hatte er doch zurückgerufen? Der Lehrer war weg. Die kleinen wütenden Fäuste trommelten auf ihn ein. Jetzt wollte er rufen, aber die Worte blieben ihm in der Kehle stecken ...

Mit einem Ruck zog er die Decke zurück, schwang die Beine über die Bettkante und blinzelte heftig. Unter seinen Füßen spürte er den weichen Bettvorleger und zog mit den Zehen an den langen Fäden, bis sein Atem sich beruhigte. Das schwache Licht des Morgens überzeugte ihn vollends, dass er sich in seinem alten Zimmer befand.

Schwer atmend wartete er darauf, dass die kalte Luft den Schweiß auf seiner Haut trocknete und sich sein Herzschlag normalisierte. Er streckte die Hand nach seinem Bernsteinglas auf der Fensterbank aus und hielt es gegen einen Streifen Licht.

Nach einer Weile stand er auf und zog die Vorhänge zur Seite. Die Pflanzen im Garten waren von Raureif überzogen und die Zweige der windschiefen Kiefer schienen den Sonnenaufgang zu begrüßen. Er schlüpfte in einen Kapuzenpulli und ging nach unten, wo seine Eltern schon schwer beschäftigt waren. Seine Mutter sah ihm den Albtraum sofort an, hakte aber nicht nach, da sie irgendwann akzeptiert hatte, dass er nicht darüber reden wollte. Außerdem war der letzte Albtraum dieser Art schon über ein Jahr her. Sie legte die Hand an seine Wange und der Knoten in seiner Brust löste sich.

»Setz dich zu mir, dein Papa macht gleich Frühstück«, sagte sie und beantwortete weiter Neujahrsgrüße auf dem Handy.

»Sehr wohl. Aber erst mach ich den Abwasch fertig. Kaffee kann sich der junge Herr selbst nehmen.« Sein Vater schlurfte von der Spüle zum Küchentisch, in der einen Hand das Küchentuch, in der anderen eine Tasse und stellte sie vor Eric hin. Der Abwasch gehörte zu seinem täglichen Trainingsprogramm. Beim Reden nuschelte sein Vater ein wenig, aber das lag daran, dass sie gestern Abend spät ins Bett gegangen waren. Und vielleicht an dem Bier, dass er ausnahmsweise zum Heringssalat getrunken hatte.

Eric goss sich Kaffee ein und schaute zu, wie er das restliche Geschirr abtrocknete. Über dem Spülbecken befand sich das Küchenfenster. Sein Vater beobachtete die Straße vor dem Haus.

»Gibt's was zu sehen?«, fragte Eric.

»Dein Papa hält Ausschau nach Jenny.«

»Aha.« Anscheinend ließ sich sein Vater nicht davon abbringen, gestern Jenny vor dem Haus gesehen zu haben. Hatte er deswegen geträumt, dass sie nach ihm rief? Dabei war es nicht das erste Mal gewesen. In der Zeit, als sie alle bei seiner Tante in Hamburg gelebt hatten, hatte er Jenny oft im Schlaf gehört.

In seinem Kaffee spiegelte sich das Küchenlicht. Eric nahm einen Schluck und seine Gedanken wanderten zurück. Während seines ersten Sommers zurück auf Hiddensee hatte er ständig nach Jenny Ausschau gehalten. Bevor die Mittagsfähre eintrudelte, war er zum Hafen gelaufen und nachmittags am Strand entlanggeschlendert bis hoch nach Kloster. Als die Sommerferien vorbei waren und keine Jenny aufgetaucht war, hatte er mit seinen Eltern einen Plan gefasst.

Gemeinsam hatten sie am Küchentisch gesessen und über einem Straßenatlas gebrütet, den sein Papa besorgt hatte. Von den Quartiersnachweisen kannten sie Jennys Adresse, aber ihre Heimat Karl-Marx-Stadt hieß nun Chemnitz und auch viele Straßennamen waren nicht mehr gleich. Also hatten sie eine alte DDR-Karte mit dem Straßenatlas verglichen. Am Ende waren sie sicher gewesen, Jennys neue Adresse herausgefunden zu haben. Eric hatte an einem Brief getüftelt und ihn schließlich mit klopfendem Herzen zum Postamt gebracht. Monatelang hatte er vergebens auf Antwort gewartet. War es doch die falsche Adresse gewesen? Oder die falsche Hausnummer? War Jennys Familie umgezogen? Immerhin war der Brief nicht als unzustellbar zurückgekommen, also musste er irgendwo gelandet sein.

In den Sommerferien darauf hatte er jeden Tag an Jenny gedacht, sich vorgestellt, wie er sie zum Eisessen einlud, wie sie am Strand saßen, sich den Sonnenuntergang anschauten und er den Arm um sie legte.

Im Laufe der Jahre hatte er seine erste Freundin gehabt, seinen Schulabschluss gemacht und war in die weite Welt aufgebrochen. Jenny war in den Hintergrund gerückt, aber nie aus seinen Gedanken verschwunden. Als er für seinen ersten großen Fotoauftrag im Internet recherchiert hatte, war ihm die Idee gekommen, Jennys Namen in die Suchmaschine einzugeben. Das Ergebnis hatte ihm einige Zeitungsartikel geliefert, die sie geschrieben hatte. Beim Lesen war es, als würde sie zwischen den Zeilen zu ihm sprechen. Geradeheraus, mit einem Augenzwinkern und voll Begeisterung für das jeweilige Thema.

Am liebsten hätte er sich damals bei ihr gemeldet. Was

hatte ihn davon abgehalten? Dass er gerade mit einer neuen Freundin angebandelt hatte oder die Angst, dass diese Nachricht genauso unbeantwortet blieb wie sein Brief?

Dann hatte seine Karriere als Unterwasserfotograf Fahrt aufgenommen, er war nie lange an einem Ort geblieben.

Als er das nächste Mal ihre Stimme hörte, hatte vor Bergen in der Nordsee seine Tauchausrüstung im kalten Wasser versagt, sodass er plötzlich keine Luft mehr bekommen und mit der Bewusstlosigkeit gerungen hatte. Aus seinem letzten Albtraum hatten Jennys Rufe ihn geweckt, als sein Vater aus dem Krankenhaus gekommen war.

So sehr sein Vater dies auch glaubte, er konnte Jenny nicht wiedererkannt haben. Eric wusste, dass sie nicht mehr die Jenny von früher war. Nach der Sache vor Bergen hatte er wieder einmal ihren Namen gegoogelt und dieses Mal ihr Foto auf der Homepage einer Werbeagentur entdeckt. Sie war jetzt Kommunikationsmanagerin und keine freie Journalistin mehr, was ihn aus unerfindlichen Gründen enttäuscht hatte. Auf ihrem Foto im Hosenanzug und weißer Bluse mit blondierten Haaren und einem unverbindlichen Lächeln hatte sie gewirkt wie eine Fremde.

An der Spüle hob sein Vater gerade das Bein wie ein Flamingo, wozu ihm sein Physiotherapeut geraten hatte. Er wackelte beträchtlich. Eric erhob sich alarmiert, doch sein Vater stellte das Bein rechtzeitig wieder ab. Mit dem anderen versuchte er es gar nicht. Was gut war, denn er trocknete zeitgleich die Messer ab.

»Willst du sie denn nicht wiedersehen?«, fragte er, als er sie fürs Frühstück auf dem Tisch verteilte.

»Wen?«

»Jenny.«

»Schon.«

»Ihr wart in den Sommerferien unzertrennlich.«

»Hm.«

»Du hast die Tage bis zu ihrer Ankunft gezählt wie die Tage vor Weihnachten.«

»Ja.«

»Jenny hat den ganzen Blödsinn mitgemacht, zu dem du sie angestiftet hattest.«

»Die musste man nicht anstiften …«

»Nein. Die Kleine hatte es faustdick hinter den Ohren.«

»Die beiden haben sich gegenseitig nichts genommen«, erinnerte sich seine Mutter mit einem Lächeln.

»Und ihr habt uns ganz schön ins Schwitzen gebracht.« Sein Vater dachte vermutlich an den verbotenen Strandausflug mitten in der Nacht. Als sie zurück ins Haus geschlichen waren, hatte er sie abgefangen und Eric hatte zum ersten Mal gefürchtet, sein Papa würde ihm eine langen. Das war nicht passiert, obwohl seine Hände vor Wut gezittert hatten.

»Was haben ihre Eltern immer mit dem armen Mädchen geschimpft. Dabei war sie einsichtig, wenn man nur vernünftig mit ihr geredet hat.«

»Sie war eben ein Kind.«

»Ihre Eltern waren jedenfalls nichts wert.«

»Henrik.«

»Ist doch so.«

»Ich wüsste gerne, wie es Jenny geht und was sie macht.« Seine Mutter legte das Handy beiseite. Anscheinend waren alle Nachrichten beantwortet.

Sein Vater war immer noch mit dem Besteck beschäftigt, heute schien er tütteliger zu sein als sonst. Deshalb schob Eric ein paar Aufbackbrötchen in den Ofen und fing an, den Tisch zu decken.

»Das ist meine Aufgabe!«

»Weiß ich doch.«

»Dann such dir deine eigene. Überleg lieber, was du als nächstes machen willst.«

»Dasselbe wie letztes Jahr.«

»In Kloster kellnern? Und nach verlorenen Schiffsschrauben tauchen, wenn es wieder wärmer wird?«

»Warum auch nicht? Lass den Jungen doch machen,« mischte sich seine Mutter ein.

»Das bringt ihn alles nicht weiter.«

»Die Leute bezahlen mich fürs Tauchen.«

»Und was ist mit dem Fotografieren?«

»Sag mal, willst du meinen Jungen aus dem Haus treiben?«

»Natürlich nicht. Ich denke nur an all die aufregenden Orte, an denen er getaucht ist, und frag mich, wann er weiterzieht.«

Eric gesellte sich zu seinem Vater und gab vor, ebenfalls die Straße zu beobachten. In Wahrheit wollte er ihn rechtzeitig stützen, sollte er erneut ins Schwanken geraten. Als Kind war sein Papa an seiner Seite gewesen, um ihm Dinge zu zeigen und zu erklären, ihm mit allem zu helfen. Dass sich ihr Verhältnis nun umgekehrt hatte, machte Eric melancholisch. »Keine Ahnung. Kann ich nicht ein bisschen Zeit mit meinem alten Vater verbringen?«

»So alt bin ich noch gar nicht.«

»Sagst du.«

»Wollen wir zum Mittagessen nach Kloster laufen? Ich wette, ich hänge dich und deine Mama locker ab.«

»Um was wetten wir?«

»Der Verlierer geht morgen früh in den Supermarkt«, bestimmte seine Mutter und wedelte mit dem Einkaufszettel.

»Morgen früh gehen alle zum Supermarkt«, murrte Eric.

»Wenn ich aus den Weihnachtsmännern Kalten Hund machen soll, müsst ihr einkaufen.«

»Dann strengst du dich besser an, Junge.« Grinsend holte sein Vater die Brötchen aus dem Herd und zog die Gardine an ihren Platz, jedoch nicht ohne einen Blick hinauszuwerfen.

Kapitel 17

Das voll besetzte Fährboot nach Hiddensee legte ab. Für Sonja gab es kein Zurück mehr. Erstens wurde sie von einem älteren Ehepaar mit Trolley eingekeilt und zweitens hatte sie ihr Studium geschmissen und musste es ihrer Mama beichten.

»Frohes Neues!«, sagte ein Mann mit stark gerötetem Gesicht, anscheinend ein Bekannter der beiden, und setzte sich ihr gegenüber. *Entweder Rosacea oder die Leber*, mutmaßte Sonja, als sich sein Hautton nach einiger Zeit im Warmen nicht normalisierte. Weil sie ihn nicht anstarren wollte, um seinem Hautbild auf den Grund zu gehen, blickte sie aus dem Fenster. Und überhaupt, warum diagnostizierte ausgerechnet sie, die Studienabbrecherin, wild die Leute, als hätte sie nichts Besseres zu tun?

Sie hatte noch anderthalb Stunden, ihre dummen Gefühle in Worte zu fassen. Warum musste das so schwer sein? Sich das enttäuschte Gesicht ihrer Mama vorzustellen, war am schlimmsten. Ihr schlechtes Gewissen dröhnte lauter als das Schiff, das den Strelasund gleich hinter sich ließ. Sie wusste nicht mal, was sie stattdessen machen wollte.

Nach der E-Mail ans Studierendensekretariat letzte Nacht hatte sie sich das erste Mal seit Monaten gut gefühlt. Erleichtert und ein bisschen stolz. Letzteres verstand sie nicht. Worauf sollte sie bitte schön stolz sein?

»Du hast aufgegeben. Toll gemacht!«, murmelte sie ihrem Spiegelbild zu.

Hinter der Scheibe erstreckte sich die Ostsee eisig und abweisend. Dass sie nicht zum Badespaß einlud, konnte man ihr im Winter nicht ankreiden. Sich selbst konnte Sonja dafür jede Menge vorwerfen. Sie hatte die letzten anderthalb Jahre vergeudet, jemandem den Studienplatz weggenommen, die Zeit ihrer Professoren und das Geld ihrer Eltern verschwendet. Sie machte ihrer Mama das Leben noch schwerer, als es ohnehin schon war. Im Selbstvorwürfefinden war sie echt spitze. Vielleicht konnte man darauf eine Karriere aufbauen?

Ihre Mitreisenden schauten sie komisch an. Hatte sie vor sich hin gebrabbelt? Ups.

»Entschuldigung, darf ich mal?«, fragte sie und quetschte sich zwischen den Passagieren nach draußen auf Deck. Das Herumsitzen und Warten machte sie wahnsinnig. Vielleicht sollte sie eine Nachricht schreiben, dann konnte sich Jenny darauf einstellen, dass sie eine Studienabbrecherin als Tochter hatte.

Sie kramte ihr Handy aus der vollgestopften Umhängetasche und begann zu tippen, fand jedoch nicht die richtigen Worte und steckte es wieder weg. Nein, das musste sie ihr selbst sagen. Wenigstens so viel Mut musste sie aufbringen. Bestimmt würde sie es persönlich nehmen. Es war Jenny immer wichtig gewesen, ein gutes Vorbild zu sein. Das war sie auch. Sie gab immer hundert Prozent und ließ nie irgendjemanden hängen. Anders als Sonja, die nicht mal bis zum Physikum durchgehalten hatte …

Der Fahrtwind ließ sie bald bibbern, trotzdem blieb sie auf Deck. Dort fror die Kälte ihre Gedanken ein und die Anstrengung, Hände und Füße warmzuhalten, lenkte sie überdies ab. Als ihr fast die Nase abfiel, kam Land in

Sicht. Sie strich sich die Haare aus den Augen und meinte einen großen und einen kleinen schwarzen Punkt an der Hafenmauer zu erkennen und winkte.

Es schien eine Ewigkeit zu dauern, bis das Schiff anlegte und beim Gang hinunter versagten ihr fast die Beine.

»Deine Lippen sind ganz blau«, rief Jenny und drückte sie fest.

Jetzt oder nie, dachte Sonja.

Doch ihre Mama kam ihr zuvor. »Halb erfroren und übernächtigt bist du. Hast du schön gefeiert?«

»Ging so. Du siehst auch fertig aus. Gab's hier etwa 'ne Party?« Sie blickte sich ungläubig um, denn außer Wasser auf der einen Seite und ein paar verstreuten Häusern auf der anderen konnte sie nichts entdecken.

»Es hätte so was wie eine Party gegeben, aber ich hab sie leider verpasst, weil ich noch ein paar Sachen für die Agentur erledigen musste.«

»An Silvester?«

»Ja, ich weiß. Dafür habe ich heute frei und wir haben den Tag für uns.«

»Du bist hierher gefahren, um an Silvester zu arbeiten?«

»Es musste sein ...«

»Schön, ich hab' währenddessen das Medizinstudium geschmissen!«

»Was?« Jenny riss ungläubig die Augen auf, wollte offensichtlich etwas hinzufügen und presste schließlich die Lippen aufeinander.

»Ich hab hingeschmissen. Und ja, ich hab's dem Studisekretariat schon mitgeteilt. Nein, ich überleg es mir bis Semesterende nicht noch mal. Ich will nicht mehr. So!« Sie konnte Jenny ansehen, dass ihr alles Mögliche durch den Kopf ging und hielt das Schweigen kaum aus.

Welches Argument würde sie parieren müssen? *Aber du wolltest doch immer Ärztin werden ... Wie schade, mit deinem super Abi ... Vielleicht brauchst du nur eine Pause, nachdem was mit deinem Papa passiert ist ... Und wie soll es jetzt für dich weitergehen?*

Stattdessen gab es eine Umarmung von ihrer Mama. »Ist okay.«

Vor Überraschung war Sonja wie versteinert. Sie musste blinzeln und als sie die Umarmung erwiderte, fühlte sie sich plötzlich wieder wie ein kleines Mädchen. »Echt?«

»Ja.«

»Ich dachte, wenn ich erst wieder mit den anderen an der Uni bin ...«

»Du musst mir nichts erklären.«

»Hm.« Nun kamen die Tränen. Ihre Erleichterung war grenzenlos. »Ich könnte es schon irgendwie schaffen, aber ...«

»Musst du nicht.«

Sonja löste sich aus der Umarmung, um ihre Mama anzusehen, und fing ihren liebevollen Blick auf, der sie vollends beruhigte. In ihrem Kopf wirbelten die richtigen Worte umher, aber die konnte sie nicht in einen Satz packen. Also musste ein Wort reichen. »Danke.«

»Dafür nicht.«

»Du bist wirklich nicht böse?«

»Überhaupt nicht. Hauptsache, es geht dir gut.«

»Jetzt schon.«

Jenny deutete mit der Hand nach unten. »Bloß Shadow ist böse, weil er nicht begrüßt wird.«

»Oh, mein armer kleiner Shadow, wie konnte ich dich übersehen?« Sonja ging in die Hocke und kraulte ihn intensiv am Hals und den Rücken entlang, wie er es gern hatte. Irgendwann war er zufrieden und zog an der Leine. Sie erhob sich und wusste nicht so recht weiter.

»Komm, wir bringen erst mal deine Sachen in die Pension.«

»Okay.«

»Hast du Hunger?«

»Jetzt, wo du fragst ... ich sterbe fast.« Der Knoten in ihrem Bauch hatte sich aufgelöst und der frische Wind hatte ihren Kopf freigepustet. Sonja fühlte sich wie neugeboren und war entsprechend hungrig.

»Wann hast du gefrühstückt?«

»Hab nichts runtergekriegt.«

»Dachte ich mir. Während du dich aufwärmst, koche ich uns was Schönes. Was sagst du zu Mandeltarte zum Nachtisch?«

Sonja war von der Wendung des Gesprächs überfordert und blickte verwirrt über die Wiese. »Gibt's hier ein IKEA?«

Statt einer Antwort erntete sie Gelächter. »Viel besser. Komm, Kleines.«

Kapitel 18

Auf der Kochplatte blubberte das Nudelwasser, wodurch die Scheiben in dem kleinen Zimmer prompt anliefen. Jenny umrundete das Bett und öffnete das Fenster einen Spalt breit. Draußen kämpften Sonja und Shadow um einen Ast, den er am Morgen vom Strand mitgebracht hatte. Jenny beobachtete sie eine Weile hinter der Gardine.

In Sonjas rabenschwarzem Haar verfing sich der Wind, während sie den Ast an sich brachte und über die Wiese schleuderte. Shadow wetzte bereits los, während er noch durch die Luft flog.

Jenny hätte den Moment gern eingefangen. Marius hatte meistens hundefreie Urlaube weit weg organisiert, auf Segelbooten, Skihütten und in teuren Hotels. Manchmal war auch ein Kunde dabei gewesen, den er überzeugen wollte. Jenny hatte diese Ausflüge nie richtig genießen können, weil sie den Arbeitsmodus nicht hinter sich lassen konnte und sie darüber hinaus ein schlechtes Gewissen hatte, obwohl Shadow bei der Hundesitterin gut versorgt gewesen war.

Jetzt wünschte sie sich, in diesem Punkt nicht klein beigegeben zu haben. Im Urlaub hätte ihr die Familie am wichtigsten sein sollen. Vielleicht wäre dann vieles anders gekommen.

Während die Nudeln fertig kochten, schnitt sie die restlichen Kalbswiener sowie den Butterkäse in kleine Stücke. Nur schade, dass sie keine Zwiebeln dahatte.

»Und keinen Ketchup!« Jenny kramte ihren angefangenen Einkaufszettel hervor und notierte beides. Sie hatte sich bereits im Internet überzeugt, dass der Supermarkt morgen geöffnet hatte. Da Sonja nun nicht zurück an die Uni musste, konnte sie für ein paar Besorgungen mit Shadow nach Vitte laufen, während sie selbst mit Herrn Schulte-Dietz in Stralsund beschäftigt war. Am Abend würde sie wieder zurück sein und sie konnten zusammen kochen.

Unten fiel die Eingangstür ins Schloss, kurz darauf lieferten sich die beiden ein Wettrennen auf der Treppe. »Riecht das lecker!« Sonja warf ihre Daunenjacke aufs Bett und verschwand im Bad.

Jenny goss die Nudeln ab und stellte fest, dass sie kein Öl zum Anbraten der Würstchen hatte. Kurzerhand schüttete sie Wurst- und Käsestücke in den Topf mit heißen Nudeln, streute großzügig Kräutersalz aus dem *Tante Hedwig* darüber, schloss den Deckel und schüttelte alles kräftig durch. Ihre Tochter erwartete keine Sterneküche von ihr und war zufrieden, wenn sich nur genug Käse im Essen befand.

»Fehlt nur Ketchup«, seufzte Sonja, als sie sich am Klapptisch gegenübersaßen.

Jenny musste lachen. Ihre Kleine war groß geworden und traf allein wichtige Entscheidungen, aber manche Dinge änderten sich nie.

»Was? Jeder braucht einen Grund zum Leben, oder? Meiner ist Ketchup.«

»Ich hoffe, das Leben hat dir noch ein bisschen mehr zu bieten.«

Sonja ließ die Gabel sinken. »Keine Ahnung. Hab mir

ehrlich gesagt noch keine Gedanken gemacht, wie es jetzt weiter gehen soll.«

»Das meinte ich gar nicht. Eher so allgemein.«

»Hm.«

»Du musst dich nicht sofort entscheiden.«

»Ich hab schon Schwämmchen gekriegt beim Gedanken, dass ich mich nach dem Zweiten Staatsexamen für eine Fachrichtung entscheiden muss. Haha.«

»Dann ist es ja gut, dass du jetzt schon gemerkt hast, dass das Medizinstudium nichts für dich ist.«

»So kann man's auch sehen.«

»Was auch immer du machst, ich bin damit einverstanden.«

»Und wenn ich als Clown zum Wanderzirkus gehe?«

»Ich kauf dir 'ne rote Nase.«

»Okay. Ich hatte echt Angst, es dir zu sagen, weißt du?«

Jenny musste schlucken. Die Tatsache, dass Sonja ihre Sorgen so lange für sich behalten hatte statt sich ihr anzuvertrauen, stimmte sie traurig. Hatte sie ihrer Tochter etwa nicht vermittelt, dass sie immer zu ihr kommen konnte? »Aber warum denn? Hattest du Angst, dass ich schimpfe?«

»Nein, es ist nur ... Ich konnte irgendwie selbst nicht glauben, dass es das nicht ist. Dass die Verantwortung mir Angst macht.«

»Das verstehe ich.«

»Wirklich?«

»Aber ja. Ich habe auch manchmal meine Zweifel.«

»Aber du drückst dich nie und gibst immer zweihundert Prozent.«

»Tja ...« Jenny wusste nicht, was sie darauf antworten sollte.

»Was meinst du, was Papa gesagt hätte?«

Jenny musste sich die Erwiderung verkneifen, dass es ihm vermutlich egal gewesen wäre, was seine Tochter mit ihrem Leben anfing. Insgeheim hatte er sicher gehofft, dass sie in die Agentur einsteigen würde. Manchmal wünschte sich Jenny, ihre Kleine hätte sich für die Werbebranche interessiert, dann hätten sie und ihr Vater zumindest eine Gemeinsamkeit gehabt.

»Ja, du hast recht. Vermutlich hätte er nichts gesagt«, konstatierte Sonja trocken.

»Nein, mit Sicherheit hätte er dich bei einem anderen Studium unterstützt, dir angeboten, in der Agentur zu arbeiten, oder dich auf Weltreise geschickt.«

»Hm. Nicht schlecht, aber Wegfahren ist auch keine Lösung. Was hättest du an meiner Stelle gemacht?«

Jenny überlegte eine Weile. »Egal, ob nach den ersten Semestern oder dem Physikum, ich hätte es genauso gemacht wie du.«

»Du hättest es damals nicht durchgezogen?«

»Nein. Glaub es oder nicht, ich war nach dem Studium in einer ähnlichen Situation. Ich hatte nach dem Volontariat das Angebot, bei einem Fernsehsender unterzukommen. Die Arbeit hat Spaß gemacht, aber das Drumherum war mir zu viel. Es ist mir nicht leichtgefallen, es Mutti und Papa zu sagen. Der Tag, als ich mich stattdessen selbstständig gemacht habe, war vermutlich der schlimmste ihres Lebens.«

»Kann ich mir vorstellen.«

»Deshalb waren sie auch so froh, als dein Vater mich aufgelesen und mir einen richtigen Job gegeben hat.« Jenny konnte einen Hauch Bitterkeit in der Stimme nicht unterdrücken.

»Papa konnte froh sein, dass er dich getroffen hat.«

»Und ich ihn.« Sie strich Sonja über die Wange. »Ich bin furchtbar stolz auf dich.«

»Wirklich? Du bist nicht enttäuscht?«

»Überhaupt nicht. Du tust, was für dich richtig ist. Ich bin mir sicher, du wirst deinen Weg gehen.«

»Ach ja?«

»Ja.« Das Lernen war bei Sonja immer ein Selbstläufer gewesen, sie konnte sich gut organisieren und blieb hartnäckig an Sachen dran. Jetzt brauchte sie erst mal eine Pause und das war okay.

»Papa hat immer gemeint, ich soll mir an dir ein Vorbild nehmen und nicht an ihm.«

»Das hat er mir gegenüber nie erwähnt.«

»Aber er hatte recht.« Sie spießte einen Batzen Nudeln auf. »Vielleicht kannst du die nächsten Tage meine Berufsberaterin sein?«, fragte sie mit vollem Mund.

»Mit Vergnügen. Vielleicht finde ich ja auch was Neues?«

»Und was machen sie dann in der Agentur?«

Jenny zuckte scherzhaft mit den Schultern. »Die kommen auch allein klar.«

»Wie lange bleibst du noch hier?«

»Eigentlich wollte ich nach dem Termin zurück nach Frankfurt.«

»Schade eigentlich.«

»Wann musst du denn aus dem Wohnheim ausziehen?«

»Ich warte noch auf Antwort vom Studisekretariat. Ist jedenfalls alles schon gepackt.«

»Dann bleiben wir vorerst hier und machen Ostsee-Urlaub, oder was meinst du?« Ein paar Tage allein mit ihrer Tochter klangen großartig.

»Ich bin dabei!« Sonja widmete sich weiter ihren Nudeln und hatte Mühe, die massiven Käsefäden aufzurollen.

Jennys Gedanken wanderten zu ihren Eltern. Sie musste ihnen Sonjas Entscheidung mitteilen und wusste genau, wie ihre Mutter argumentieren würde und welche Vorwürfe sie parat hatte, falls das nichts nützte. Aber damit würde Jenny sie diesmal nicht durchkommen lassen.

»Gut, dass du Silvester hierher gefahren bist und nicht zu Birgit und Jürgen«, meinte Sonja, als könnte sie Gedanken lesen.

»Tja.«

»Jetzt muss ich ihnen sagen, dass ich lieber Clown werde statt Chirurgin.«

»Nein, das sag ich ihnen«, prustete Jenny los. Der Gedanke, ihre Eltern ins Bockshorn zu jagen, erheiterte sie über die Maße.

»*Wir hobm leidor gein rischtiges Engelgind. Worum kann nisch wenigstens ihr Ersotz unsre Erwortungen erfülln?*«, sächselte Sonja.

Jenny lachte trocken. Ihre Zusammenfassung war sprachlich und inhaltlich auf die Spitze getrieben, aber falsch lag sie leider nicht. Birgit und Jürgen waren nicht die Ersatzgroßeltern, die sich Jenny für sie gewünscht hatte.

Sonja kratzte die Käsereste vom Teller und rieb sich zufrieden den Bauch.

»Mandeltarte zum Nachtisch?«, fragte Jenny.

Ihre Kleine lag mit Shadow auf dem Bett, wo sich ihre gleichmäßigen Atemzüge mit seinen Seufzern abwechselten, die Jenny sonst erheiterten. Jetzt drehte sich ihr Gedankenkarussell in der Stille des Neujahrsnachmittages.

Hätte sie Sonjas Unsicherheit spüren müssen? Fehlte ihr dafür der siebte Sinn, weil sie nicht ihre richtige Mutter war?

Es tat ihr unendlich leid, dass Sonja sich mit ihrer Entscheidung allein gefühlt hatte. Warum hatte sie Angst gehabt, es ihr zu sagen? So eine Mutter hatte sie nie sein wollen.

Sie dachte an ihren Abschied am Bahnhof vor ein paar Tagen. Sonja hatte ein bisschen bedrückt gewirkt, aber das Medizinstudium wäre das Letzte gewesen, das Jenny für ihr Unglück verantwortlich gemacht hätte. Waren ihr noch andere Dinge entgangen? Sie hätte besser zuhören und mehr nachfragen müssen.

Offenbar hatte sie ihrer Kleinen nur unzureichend vermittelt, dass es okay war, Nein zu sagen, auch wenn es andere enttäuschte. *Das hätte sie von mir lernen sollen*, dachte Jenny und dass es anscheinend nicht so war, verwirrte sie. Dabei war sie keine Jasagerin. In der Agentur ging sie Luca und früher Marius oft auf die Nerven, indem sie Ideen und Entscheidungen vehement hinterfragte.

Ihre Gedanken wanderten zu ihren eigenen Eltern. Die beiden hatten immer getan, was sie für das Beste hielten, genau wie Jenny. Dass es nicht immer das Richtige war, erfuhr man erst im Nachhinein. Es war ein ständiger Lernprozess, der nie endete. Sie nahm sich vor, in Zukunft geduldiger zu ihrer Mutti zu sein.

Noch etwas nagte an Jenny und das ging tiefer, als sie sich eingestehen wollte. Nachdem Sonja ihre Entscheidung getroffen hatte, hinterfragte sie ihre eigenen. Bereute sie etwas? War sie irgendwann falsch abgebogen? Sie hatte sich entschieden, Journalismus zu studieren und sie hatte ebenso entschieden, ihn aufzugeben, um Marius zu unterstützen, damit sie beide mehr Zeit für Sonja hatten.

Sie hatte an ihrer Beziehung festgehalten, obwohl sie sich oft allein gefühlt hatte. Es war ihre Entscheidung gewesen, an die Ostsee zu fahren und in der Vergangenheit herumzustochern ...

Jenny zog die Beine an und legte den Kopf auf die Knie. Draußen färbte sich der Himmel rötlich, während sie immer noch ihre Gedanken wälzte. Eine Weile wusste sie nicht, was Anfang und Ende ihrer Überlegungen war, bis ihr ein Licht aufging. Was wenn die falsche Entscheidung nicht hinter ihr lag, sondern genau vor ihr? Sie war an die Ostsee gefahren, um mal runterzukommen. Stattdessen hatte sie auf Hiddensee genauso weitergemacht wie bisher. Die plötzliche Ruhe auf der winterlichen Insel hatte sich unnatürlich angefühlt, als würde gleich etwas Schlimmes passieren. Also hatte sie sich wie gewohnt in die Arbeit gestürzt. Ihr fielen immer tausend Aufgaben ein, die sie noch erledigen konnte, statt in sich reinzuhorchen und herauszufinden, was sie wollte. Ein paar Strandspaziergänge hatten nichts daran geändert.

Schlagartig wusste sie, was sie zu tun hatte. Sie klappte entschlossen ihren Laptop auf, loggte sich ins E-Mail-Programm ein und fing an zu schreiben:

Guten Tag Herr Schulte-Dietz,

ich hoffe, Sie sind gut im neuen Jahr angekommen. Leider muss ich Ihnen mitteilen, dass ich unseren Termin morgen aus familiären Gründen nicht wahrnehmen kann. Im Anhang finden Sie meinen Entwurf für Ihre Werbung. Wenden Sie sich mit weiteren Fragen bitte an Herrn Michel.

Ich wünsche Ihnen und Ihrem Haus ein glückliches Jahr 2025.

Mit freundlichen Grüßen

Jenny Miller

Ohne zu kontrollieren, klickte sie auf *Senden*, steckte den Laptop in seine Tasche und verstaute ihn im Kleiderschrank.

Die Entscheidung fühlte sich gut an, ihre Gedanken drehten sich nicht mehr im Kreis. Jenny hatte Lucas Auftrag erledigt, nun musste sie lernen, auch mal loszulassen. Sie brauchte endlich Zeit für sich. Die Agentur würde den Rest der Woche ohne sie auskommen und vielleicht erinnerte sich Luca, was er an ihr hatte.

So leise wie möglich brühte Jenny eine Tasse *Winterwunsch* auf, ließ reichlich Kandiszucker hineinplumpsen und legte die Beine auf den leeren Klapptisch. Von dort aus betrachtete sie ihre beiden Liebsten. Sonja schlief tief und Shadow ebenso, scheinbar steckte ihm der gestrige Marsch nach Vitte in den alten Knochen.

Jenny blies auf ihren Tee und sog den Duft von getrockneten Beeren und Zimt ein. Laut der Verkäuferin im Teeladen verkörperte der Aufguss die Seele eines Winterabends vorm knisternden Kamin. Ein bisschen zu poetisch und nicht besonders originell, fand sie. Aber schließlich hatte die Strategie der Verkäuferin funktioniert, denn sie hatte den Tee für ihre Eltern gekauft. Vor ihrem nächsten Besuch musste sie neuen besorgen.

Sie nahm einen vorsichtigen Schluck. Der Geruch erinnerte an Trockenfrüchte und Kekse. Verpflegung, die man für einen Ausflug ins Unbekannte einpacken würde und sich zwischen zwei Abenteuern schnell in den Mund steckte. Vor ihrem inneren Auge sah sie die Lichter von Taschenlampen und Hände, die in Seetang wühlten. Mondschein, der mit den Wolken kam und ging, das Rauschen der unsichtbaren Ostsee. Aufregung kribbelte in ihrer Brust, die Lust, etwas gänzlich Unvernünftiges zu tun.

Draußen wurde es bereits dunkel. Was Sonja und Shadow wohl zu einer nächtlichen Bernsteinsuche sagen würden?

Kapitel 19

1988

»Wenn wir beim Klausner ankommen, kriegst du ein Eis«, versuchte ihre Mutter, sie zu locken.

»Ich will kein Eis.«

»Dann eben nicht.«

Jenny war stinkig. Eric verbrachte den Tag mit seinem Vater am Strand, wo sie den Nassanzug beim Schnorcheln ausprobieren wollten. Statt zu schwimmen und ihnen zuzugucken, musste sie mit ihren Eltern auf dem Dornbusch wandern gehen. Seit sie die Pferdekutsche nach Kloster gebracht hatte, war Jenny langweilig. Der Himmel war klar und ihre Eltern verrenkten sich die Hälse, weil man an einem Tag wie diesen von der Steilküste bis ans andere Ufer gucken konnte. Das gehörte zu Dänemark, wo man nicht hinfahren durfte, aber gucken war erlaubt.

»Fotopause. Stellt euch dort zwischen die Bäume. Passt auf, dass ihr nicht die Klippe runterfallt.«

»Ja, Frau Lehrerin«, neckte ihr Papa.

Jenny hatte große Lust, einen Flunsch zu ziehen und das dumme Foto ihrer Mutter zu ruinieren. Aber dann würden ihre Eltern ihr niemals erlauben, noch Zeit am Strand zu verbringen, selbst wenn sie es früh zurückschafften. Stattdessen verzog sie das Gesicht wie ein Clown.

Nach ein paar Fotos mussten sie die Stelle räumen, damit ihre Mutter den Ausblick einfangen konnte.

»Hoffentlich hab ich Mön draufgekriegt.«

»Näher wirst du dem kapitalistischen Ausland nicht kommen.«

»Tja, wär schon schön, mal hinzufahren.«

»Gestern Nacht haben es welche versucht.«

»Wie kommst du darauf?«

»Hast du die Kampfhubschrauber nicht gehört?«

»Nein. Haben sie sie geschnappt?«

»Keine Ahnung ...«

Sie entfernten sich vom Steilufer und betraten den dichten Dornbuschwald. Auf lang gezogenen Stufen passierten sie Bäume, die aussahen, als wollten sie ihre Wurzeln aus dem Erdreich ziehen und davonlaufen. Genau wie Jenny. Stufen zählend trottete sie hinter ihren Eltern her und fragte sich, was mit den Leuten passierte, wenn sie geschnappt wurden. Bisher hatte sie das nie interessiert. Bis Eric ihr von den Plänen seiner Familie erzählt hatte.

Ob diese Leute dann für immer hierblieben? Das wäre ja eine schlimme Strafe, wenn sie genau das nicht wollten. Wie wenn sie Senfsoße essen musste, obwohl sie ihr nicht schmeckte. Oder wurden sie irgendwo hingebracht, wo nur Leute wohnten, die wegwollten?

Wie aus dem Nichts kam die Angst, Eric und seine Eltern könnten weggehen, während sie hier oben herumbummelte. Sie hatte ihm weder das Versprechen abgerungen zurückzukommen noch hatte sie ihm Tschüss gesagt. Widerwillig nahm sie die nächste Stufe. Sie hatte das Zählen vergessen. Ihre Beine fühlten sich auf einmal schwer an. »Können wir nicht zurückgehen?«

»Warum denn?«

»Meine Beine tun weh.«

»Ach, komm. Gleich hast du es geschafft und dann essen wir was.«

»Aber ich hab keinen Hunger.«

»Auf einmal?«

»Sie sieht wirklich ein bisschen malad aus.« Ihre Mutti trat zu ihr herunter und befühlte ihre Stirn. »Fieber hast du keins. Na komm, es ist nicht mehr weit. Steh nicht im Weg.« Andere Urlauber nahmen die Treppe in die entgegengesetzte Richtung und drängten dicht an ihnen vorbei.

»Ich will mich lieber hinlegen. Können wir wirklich nicht zurückgehen?«

»Nicht bevor wir gegessen haben. Danach geht's dir bestimmt besser.«

Jenny ließ sich von ihren Eltern die letzten paar Stufen hinaufziehen. Das Rumoren der anderen Essensgäste im Klausner war bereits zu hören. Mit Glück setzten sie sich an den letzten freien Tisch und ihr Papa bestellte dreimal Bockwurst mit Kartoffelsalat. Am liebsten wäre sie aufgesprungen und die Treppe hinuntergerannt, aber der Weg zurück nach Vitte war weit und sie wusste nicht, ob sie allein zurückfand. Und wenn sie zurückfand, und Eric wäre nicht mehr da? Würde er ihr schreiben? Wäre es bei seiner Tante viel toller? Vielleicht würden sie ihm dort so viel Spielzeug kaufen, dass er seine Freundin darüber vergäße?

Als der Kellner mit dem Mittagessen kam, hatte sie einen so großen Kloß im Hals, dass sie keinen Bissen herunterbrachte. Stattdessen kullerten ihr Tränen über die Wangen.

»Ist dir schlecht?«, fragte Mutti erschrocken.

Sie schüttelte den Kopf.

»Aber was hast du denn?«

»Ich will nicht, dass Eric weggeht.« Jenny schniefte, konnte aber nicht mehr verhindern, dass ihr der Rotz aus der Nase lief und sich mit ihren Tränen vermischte. Sie wischte alles am Kragen ihres T-Shirts ab und wurde ausnahmsweise nicht dafür ausgeschimpft.

»Wo soll er denn hingehen? Sei nicht dumm.«

»Sie gehen zu seiner Tante nach Hamburg und können nicht zurückkommen.«

Ihre Eltern blickten sich an und ihr Papa schüttelte den Kopf.

»Er geht nirgendwo hin.«

Jenny schluchzte trocken. »Versprochen?«

»Versprochen. Sei jetzt still, die anderen Gäste schauen schon.« Ihre Mutti strich ihr über die Haare und Jenny beruhigte sich.

»Jetzt iss was. Danach gehen wir zurück und ihr könnt noch ein bisschen schwimmen.« Ihr Papa reichte ihr ein Taschentuch. »Putz dir die Nase.«

Jenny tat, wie ihr geheißen und schaffte sogar die Hälfte von ihrer Bockwurst. Als sie nach Vitte zurückkamen, winkte ihr Eric mit seinen Taucherflossen zu.

Kapitel 20

»... aufwachen, Jenny. Na, komm. Raus aus dem Bett.«

Jenny blinzelte verschlafen. Für einen Augenblick fürchtete sie, ihre Mutter würde sie wecken, weil sie zur Schule musste. Neben ihr regte sich etwas. Eric. Sie waren noch auf Hiddensee.

»Aufstehen. Mach schon.«

Muttis Ton war schärfer geworden. Jenny kroch aus dem Bett und wurde über den Flur ins Gästezimmer gezogen, in dem die Eltern schliefen. Unten hörte sie Rumoren. Waren das neue Feriengäste? War die Mutti deswegen so aufgeregt?

»Aber ich verstehe nicht ...«, hörte sie Frau Thorsen. Ihre Stimme klang, als hätte jemand sie doll geschimpft. Dann wurde Jenny ins Zimmer ihrer Eltern geschubst. Ihr Vater zog die Tür mit einem Ruck zu und blieb mit verschränkten Armen davor stehen. Er blickte finster zu Boden und schien wie festgefroren.

»Du kannst bei uns weiterschlafen. Leg dich hin«, sagte ihre Mutti.

»Aber ich bin nicht mehr müde. Warum kann ich nicht bei Eric bleiben?«

»Dann zieh dich an, wenn du nicht mehr schlafen willst.«

»Warum denn?«

»Frag nicht. Los jetzt.«

»Aber ...«

»Los jetzt. Wir wollen einen Ausflug nach Neuendorf machen. Diesmal gehen wir zu Fuß.«

»Aber da waren wir doch schon.« Der Leuchtturm war viel kleiner als der auf dem Dornbusch und sonst gab es dort nichts.

»Zieh dich an. Ich sag es nicht noch mal.«

Widerwillig gehorchte Jenny. Wenn sie zurück zu Eric wollte, musste sie erst einmal tun, was die Eltern wollten. Während sie sich ihre kurzen Hosen überstreifte, vernahm sie schwere Schritte auf der Treppe.

Ihr Vater wandte sich um, da ging die Tür auf und ein Mann in grüner Uniform blickte streng ins Zimmer. »Sie bleiben hier drin«, befahl er. Der Papa nickte. Jenny kämpfte mit dem zu eng gewordenen Kragen ihres blauen Frotteeshirts, der sich nicht über ihre Nase ziehen ließ und verhedderte sich vollends. Als die Tür wieder zu ging, flutschte der Kragen mit einem Ruck über ihre Nase und ihre Arme wurden in die Ärmel geschoben, als wäre sie noch ein kleines Kind.

»Wer ist das?«

»Setz dich aufs Bett und warte, bis wir fertig sind.«

Jenny setzte sich und zog am Kragen. Das Frottee scheuerte heute unangenehm auf ihrer Haut. Draußen wurde eine Tür aufgerissen. Bestimmt war der Uniformierte jetzt in Erics Zimmer und seine Eltern waren nicht bei ihm. Sie sprang auf und setzte zur Tür, aber ihr Papa versperrte den Weg.

»Ich will zu Eric«, rief Jenny.

»Das geht nicht. Setz dich wieder hin.«

»Warum nicht?« Sie drehte sich hilfesuchend zu ihrer Mutti um. Die füllte eine angebrochene Packung Zwieback in eine Brotdose und blickte dabei nicht auf. »Mutti, ich muss zu Eric!« Sie rührte sich nicht. Jenny verstand nicht, warum der Zwieback so wichtig war.

»Papa, lass mich raus«, bettelte sie.

»Das geht nicht, Kleine.« Wenn er sie sonst so nannte, klang seine Stimme zärtlich, doch jetzt wirkte sie streng, fast abweisend.

Draußen hörte sie Gepolter und die Stimmen wurden lauter. Waren noch mehr Leute in Uniform im Haus? Jenny ahnte mehr, als dass sie wusste, dass das nichts Gutes bedeuten konnte.

»Ich will nicht!« Das war Eric. Von unten hörte Jenny seine Mama rufen.

»Eric?«, rief sie zurück und versuchte vergeblich, sich an den Beinen ihres Vaters vorbeizudrücken.

»Eric!«

»Sei still!«

Aber Jenny hörte nicht auf ihn und brüllte unbeirrt weiter. So lange sie Erics Stimme hörte und er ihre, wäre alles gut.

Jenny wurde herumgerissen und die Hände ihrer Mutter schlossen sich wie Schraubzwingen um ihre Oberarme. »Sei endlich still, oder sollen sie dich auch mitnehmen?«

»Ich will zu meinem Freund«, schluchzte Jenny, während der Griff ihrer Mutter so fest war, dass es beinahe wehtat.

»Du hast viele Freunde in der Schule, die siehst du bald wieder.«

Jenny schüttelte den Kopf.

»Doch natürlich.«

»Nein! Ich hab Tino geschubst, weil er Michis Federmappe aus dem Fenster geworfen hat. Dann hab ich sie geholt und Frau Heinzmann hat geschimpft, weil Zeichnen schon angefangen hatte, und Michi wollte trotzdem nicht mein Freund sein!«

»Dann benimmst du dich eben mal und schubst niemanden rum.«

Jenny wusste nicht, was sie darauf sagen sollte. In ihrer Klasse verstand sie niemand. Immer kriegte sie Ärger, auch wenn sie es gut meinte. Warum kapierte ihre Mutti nicht, dass Eric ihr einziger Freund war?

Ihr Schweigen schien die Eltern zu besänftigen.

»Ist jetzt wieder gut, Jenny?«

Sie nickte, doch sobald sich die Hände ihrer Mutter lösten, stürmte Jenny Richtung Tür und brüllte weiter. Doppelt, dreimal so laut wie vorher. Sollte der Mann in der Uniform sie doch mitnehmen. Sie trommelte auf die Brust ihres Vaters ein, der immer noch die Tür versperrte. Der schubste sie von sich und einen Augenblick später hatte sie sich eine gefangen. Ihre Wange brannte und die Luft blieb ihr weg.

»Schluss jetzt! Mit deinem Geplärre bringst du uns alle in Schwierigkeiten.«

Im Haus war es still geworden. Zu still. Jenny musste einsehen, dass die Tür für sie versperrt war. Sie krabbelte übers Bett und drückte ihre Nase an der Fensterscheibe platt.

Auf der Straße stand ein großes grünes Auto, dabei durften auf Hiddensee keine Autos fahren. Waren Eric und seine Familie darin? Sie verrenkte sich den Hals, konnte aber nichts erkennen. Zwei Männer in Uniform brachten ein graues, glänzendes Paket und zwei lange Paddel aus Holz. Das Schlauchboot. Ging es nur darum? Waren sie neidisch und wollten auch eins haben?

Die Männer stiegen ein und das Auto fuhr los. Sie sah die Mutti dem Papa zunicken und er ging endlich von der

Tür weg. Statt hinauszustürmen, ließ sich Jenny auf den Boden plumpsen. Plötzlich hatte sie Angst, in Erics Zimmer zu gehen. Sie spürte, dass etwas Schreckliches passiert war.

»Was für eine Aufregung. Und das einen Tag, bevor wir nach Hause fahren«, sagte ihre Mutti fröhlich. Dabei sah ihr Gesicht aus, als hätte sie schlechte Nachrichten bekommen. Danach sortierte sie seelenruhig schmutzige Wäsche. Ihr Papa kam ans Fenster, blickte dem Auto nach und strich ihr über den Kopf. Ihre Eltern redeten über den Ausflug und taten, als wäre nichts gewesen.

Jenny verstand die Welt nicht mehr.

Teil III

Kapitel 21

Gegenwart

Eric hatte den Vormittag vorm Laptop gehockt, ein paar Dinge für seine Tauchlehrer-Lizenz erledigt und einen Lehrgang zum Atemschutzgerätewart angefragt. Damit wollte er seine Möglichkeiten als Taucher erweitern. Nun drängte es ihn an die frische Luft, auch wenn es nur zum Supermarkt die Hauptstraße hoch ging. Absichtlich langsam zog er die Schnürsenkel nach, denn neben ihm kämpfte sein Vater mit seiner Winterjacke.

»Na, komm schon«, grummelte er, weil er den Reißverschluss nicht eingehakt bekam. Als entschlossener und tatkräftiger Mensch konnte er nicht akzeptieren, dass sein Körper ihn ausbremste. Eric dachte an die Zeit nach der Reha zurück, als ihn solche Kleinigkeiten endlos frustriert hatten. Mittlerweile hatte er sich mit seinem neuen Tempo abgefunden, aber Eric und seine Mutter mussten trotzdem der Versuchung widerstehen, ihm ständig Dinge abzunehmen. So wie jetzt.

Um ihm Zeit zu verschaffen, fuhr Eric sich vorm Flurspiegel durch die Locken und grinste belustigt über sich selbst. Auf seinem Kopf gab es nichts zu ordnen, er hatte nicht mal einen richtigen Haarschnitt. Neben sich hörte er den Reißverschluss ratschen.

»Hast du den Einkaufszettel?«, fragte sein Vater, während er die Jackentasche durchsuchte.

Eric wedelte mit dem Zettel und ließ ihn in seiner Anoraktasche verschwinden. »Wollen wir einen Umweg über den Strand nehmen?«

»Links oder rechts herum?«

»Was ist für dich ein kleiner Umweg?« So winzig war Hiddensee nun auch nicht.

Sein Vater lachte.

Sie gingen dicht am Wasser entlang und Eric heftete seinen Blick wie immer auf den Sand, um Nachschub für sein Bernsteinglas zu finden.

»Habe mich zur Verlängerung meiner Tauchlehrer-Lizenz angemeldet«, meinte er nach einer Weile. »Ging mir schon länger im Kopf herum und wenn alles planmäßig läuft, kann ich mit Beginn der Sommersaison Tauchtouren anbieten.«

»Wo?«

»Hier natürlich.«

»Hm.«

Eric bückte sich und durchwühlte frisch angespülten Seetang, während sein Vater langsam weiterging. Doch es war nur eine Glasscherbe. Rasch schloss er wieder auf. »Ein Kumpel aus Teneriffa hat sich über Neujahr gemeldet.«

»Und?«

»Hat mir einen Job angeboten.«

Sein Vater hielt im Gehen inne und bremste ihn dadurch aus. Scheinbar nachdenklich schaute er zum Horizont. »Den solltest du annehmen.«

»Warum?«

»Du wolltest schon immer die Welt sehen.«

»Hab ich doch.«

»Stimmt. Aber ich will nicht, dass du nur meinetwegen hierbleibst.«

Eric stieß seine Schulter spielerisch gegen die seines Vaters. »Mache ich nicht.«

»Wirklich?« Sein Papa hatte sich ihm zugewandt und betrachtete ihn forschend.

Eric wollte schnell verneinen, überlegte es sich aber anders. »Als Mama angerufen hat, dass du nach einem Schlaganfall auf der Intensivstation liegst, hatte ich Angst, dich nie wieder zu sehen. So wie damals im Heim ...«

Der Blick seines Vaters wurde weich. »Da ist viel wieder hochgekommen.«

»Ja.«

»Davon hast du uns nichts erzählt.«

»Es gab Wichtigeres.«

Sein Vater seufzte. »Ich hab mich hundsmiserabel gefühlt, als ich im Krankenhaus aufgewacht bin. Mein einziger Gedanke war, dass sich deine Mama jetzt mit einem Krüppel herumschlagen muss, und dass ich besser gleich gestorben wäre. Als du nach Hause gekommen bist, war mir klar, dass ich mich anstrengen muss, schnell wieder gesund zu werden.«

»Wir sind beide froh, dich noch zu haben.«

»Weiß ich doch. Ich will nur sagen, mir geht's wieder gut und du sollst dich nicht meinetwegen hier vergraben.«

»Tue ich nicht. Ich hab Lust, mir hier was aufzubauen, das länger hält als eine Saison.«

Sein Vater straffte die Schultern und blickte ihn fest an. »Das freut mich. Deine Mama und ich unterstützen dich, das weißt du. Am allerwichtigsten war uns immer, dass du alle Möglichkeiten hast. Daran hat sich nichts geändert.«

»Ich weiß.«

»Dann muss ich kein schlechtes Gewissen haben, dass du nur wegen deines alten, kranken Papas hierbleibst?«

»Überhaupt nicht.«

Eine Weile gingen sie schweigend nebeneinander her.

»Wenn wir damals schon so eine Ausrüstung gehabt hätten, dann wäre uns einiges erspart geblieben.«

Das sagte sein Vater nicht zum ersten Mal. Dabei hätten sie unmöglich in die Freiheit tauchen können, auch nicht bis zum nächstgelegenen Punkt, der Insel Mön, das hätte keiner von ihnen durchgehalten. Vielleicht war es nur der Gedanke, buchstäblich unterzutauchen, wenn sich ein Patrouillenboot genähert hätte, der ihn faszinierte.

Sie verließen den Strand und schlenderten die Hauptstraße entlang Richtung Supermarkt. Eric fischte den Zettel aus seiner Tasche und hoffte, dass sie nichts umgeräumt hatten. Dabei war er von seinen Auslandsaufenthalten einiges gewöhnt. Sich auf fremdländischen Märkten durchzuschlagen, wenn man die Sprache nur rudimentär beherrschte und die meisten Sachen nicht kannte, war aufregend. Der typische deutsche Supermarkt war dagegen zeitraubend und unnötig kompliziert. Wer brauchte zehn verschiedene Sorten Nudeln?

»Ich habe vergessen, die Zutaten für meine neue Spezialmischung aufzuschreiben«, bedauerte sein Vater.

Eric lachte. »Was denn diesmal? Möwenschnäbel, Sanddorndornen, im Mondschein angespülter Seetang? Weiß nicht, ob's die im Markt gibt.«

»Mach dich nur lustig. Ich brauche Essigessenz und Klarspüler. Ein neues Microfasertuch wäre auch nicht schlecht.«

»Merk ich mir.«

Seit sein Vater die Hausarbeit übernommen hatte, machte er eine Wissenschaft daraus, folgte Instagram-Accounts, die sich ausschließlich mit Putzen beschäftigten, und tauschte Tipps in den Kommentaren. Wenn er sich in eine Aufgabe verbiss, zog er sie in Perfektion durch. Selbst seine Mama hatte zugeben müssen, dass die Badfliesen wie neu aussahen.

Das hatte Eric immer an seinem Vater bewundert. *Wenn damals nicht alles rausgekommen wäre, hätten wir es garantiert über die Ostsee in den Westen geschafft*, dachte er. Sein Vater hatte im Keller an einem zerlegbaren Sperrholzgerippe für ein Segelboot gearbeitet, bevor er für sein Erspartes, über achttausend Ostmark – für seine Eltern damals unheimlich viel Geld –, ein Schlauchboot ergattert und dafür ein Segel aus Zeltstangen improvisiert hatte. Erics Tante hatte einen Nassanzug für Kinder besorgt, den man in der DDR nicht ohne Weiteres hatte kaufen können. Außerdem hatten seine Eltern monatelang Protokoll über den Rhythmus der Strandstreifen und die Position der Grenzboote geführt. Der Plan war gewesen, von der Boddenseite aus um die Südspitze zu paddeln, um im Gellen-Fahrwasser von einem der vorbeifahrenden skandinavischen Schiffe aufgesammelt zu werden. Sie hatten nur auf den Spätsommer und diesiges Wetter gewartet, das den Suchscheinwerfern die Sicht erschwerte …

»Du hörst mir gar nicht zu«, beschwerte sich sein Vater.

»Ich bin in Gedanken schon beim Kalten Hund. Was hast du gesagt?«

»Dass ich jetzt drinnen alles putzen muss, weil ich keine Zeit dafür hab, wenn es wieder wärmer wird. Dann muss ich mich dringend um den Garten kümmern. Der

Zaun sieht vielleicht aus! Und die Fensterrahmen müssen abgeschliffen und lasiert werden.«

»Bin dabei.«

»Sehr gut. Jetzt wo du bleiben willst, spanne ich dich als Hilfsarbeiter ein.«

»Mach das. Ich such schon mal 'ne schöne Farbe für die Fensterrahmen aus. Himmelblau oder so. Und den Zaun mal ich lila an.«

Sein Vater drohte spielerisch mit dem Zeigefinger. »Lass das mal lieber nicht die Mama hören.«

»Das wird 'ne Überraschung.« Eric freute sich, seinen Vater so enthusiastisch zu sehen.

Das Haus bedeutete ihnen allen viel. Seine Eltern hatten nach der Wende darum gekämpft, es wiederzubekommen. Dorthin zurückzukehren, nachdem sie zwei Jahre auf engem Raum bei seiner Tante gelebt hatten, war ein kleiner Triumph gewesen. Eine Möglichkeit, mit der Vergangenheit abzuschließen, und ein Zeichen, dass alles wieder gut werden würde.

Das Fremdenzimmer hatten sie nach der Wende nicht mehr vermietet. Stattdessen war es ein Gästezimmer geworden. Eric überlegte, sich dort ein Büro einzurichten.

Ein bisschen wehmütig machte ihn der Gedanke an seine Taucherkumpel auf Teneriffa oder Kreta schon. Im Gegensatz zu früher war es weniger Fernweh als die Sehnsucht nach dem Sommer. Der lange Winter auf Hiddensee schlug ihm aufs Gemüt und es war erst Anfang Januar. Er konnte es kaum erwarten, wieder abzutauchen. Unter Wasser ließ er die Welt hinter sich. Dort verstummten die Geräusche und es reichte Zeichensprache aus, um sich über das Wesentliche zu verständigen. Eine Sprache, die keine Möglichkeit bot, sich zu verplappern oder zu verraten. Unter Wasser war alles leicht, man selbst schwerelos und die Welt überschaubar.

Als Kind, in dem Jahr ohne seine Eltern, hatte er oft die Luft angehalten, die Augen geschlossen und sich vorgestellt, er wäre unter Wasser. Vor allem nachts, wenn er nicht einschlafen konnte. Erst Jahre später hatte er seinen Eltern davon erzählt, nach einem Sommertag am Strand. Es war, als hätte das Meer die Angst und die Hilflosigkeit aus ihm herausgespült. An diesem Tag war Hiddensee wieder sein Zuhause geworden.

Mittlerweile waren sie am Supermarkt angekommen und sein Vater redete mit jemandem. »Beißt er?«, fragte er ein hochgeschossenes Mädchen, das bibbernd neben einem schwarzen Labrador hockte.

»Überhaupt nicht. Er ist froh, wenn ihn endlich jemand streichelt. Stimmt's, Shadow?«

Der Hund ließ die Zunge hängen und blickte treuherzig. Sein Vater ging in die Hocke, ohne zu schwanken, und streichelte das Tier. In dem Moment merkte man ihm den Schlaganfall nicht an.

Ich glaube, wir brauchen einen Hund, dachte Eric nicht zum ersten Mal. Das musste er mit seiner Mutter besprechen. Einen lila Zaun ließ sie ihm durchgehen, aber mit einem Hund wollte er sie nicht überraschen.

Kapitel 22

Warum habe ich keinen Wagen genommen?, fragte sich Jenny nicht zum ersten Mal. Ihre Einkaufsliste war übersichtlich, aber im Vorbeigehen hatte sie noch dies und das für Sonja mitgenommen. Ihre Arme quollen bereits über, dabei brauchte sie noch Milch. Sie ließ den Blick über die Regale schweifen, in der Hoffnung auf einen leeren Karton, aber der Markt war tadellos aufgeräumt. Da klingelte ihr Handy. Mist! Hastig legte sie alles auf der Tiefkühltruhe ab und fischte ihr Handy aus der Manteltasche.

»Hallo, Jenny. Ich wollte mich nur mal melden.«

»Schön, Mutti.«

»Ist es gerade ungünstig? Du klingst so gehetzt?«

»Ich bin einkaufen.«

»Oh, dann mach ich's kurz. Wir treffen uns später mit Heimischs. Soll ich ihnen schöne Grüße von dir ausrichten?«

»Von mir aus.« Jenny hatte die früheren Nachbarn ihrer Eltern schon ewig nicht mehr gesehen.

»Ich sage Frau Heimisch dann, dass es mit dem Praktikum für ihre Enkelin nicht klappt, weil du zu beschäftigt bist.«

»Welches Praktikum?«

»Du wolltest doch ein Praktikum in deiner Agentur organisieren.«

»Wollte ich?«

»Wir haben vor Silvester darüber geredet.«

Jenny erinnerte sich dunkel.

»Für ihre Enkelin wäre es natürlich toll«, meinte ihre Mutter.

Jenny verlagerte das Gewicht der Sachen auf ihrem Arm, damit die Flasche Sonnenblumenöl nicht herunterrutschte. »Hat das nicht Zeit?«

»Doris hat mich an Silvester danach gefragt. Sie war enttäuscht, dass du nicht mit uns gefeiert hast.«

»Du weißt doch, ich hatte zu tun.«

»Sicher. Wir treffen uns nur heute mit Doris und ihrem Mann und ich dachte, ich könnte sie mit einer guten Nachricht überraschen.«

»Ich muss mit Luca darüber reden, wenn ich wieder im Büro bin.«

»Kannst du ihn nicht anrufen?«

»Das geht leider nicht.«

»Schade.«

Sofort lenkte Jenny ein. »Ich kümmere mich darum. Versprochen. Bis zu den Semesterferien sind es noch ein paar Wochen.«

»Ihre Enkelin müsste nur Bescheid wissen. Sie will sicher auch planen.« Es war schon immer eine Stärke ihrer Mutter gewesen, nicht klein beizugeben.

Jenny fand es ja nett, dass sie der Enkelin ihrer Nachbarn helfen wollte, aber in dem Moment wünschte sie sich, dass sich ihre Mutti mal um sie kümmerte. Was albern war, schließlich war sie schon lange selbstständig gewesen, bevor sie von daheim ausgezogen war.

»Ich schicke dir meine E-Mail-Adresse von der Arbeit. Die gibst du Frau Heimisch und ihre Enkelin soll eine Kurzbewerbung schreiben«, erklärte Jenny, um das Gespräch in eine pragmatische Bahn zu lenken.

»Eine Bewerbung? Für ein Praktikum?«

»Das wird mir helfen, meinen Chef zu überzeugen. Mehr kann ich im Moment auch nicht machen.«

»Tja, dann ist das wohl so.«

»Ja.« Jenny hoffte, dass die Diskussion damit beendet war.

»Doris lässt dich jedenfalls schön grüßen. Sie hat immer auf dich aufgepasst, wenn wir weggegangen sind. Weißt du noch? Sie hat immer ›Mensch ärger dich nicht‹ mit dir gespielt und dir Milchreis gekocht.«

»Ja. Grüß sie schön.« Frau Heimisch war immer nett zu ihr gewesen und Jenny bekam ein schlechtes Gewissen. Sie erstickte es im Keim. Wenn ihre Enkelin ein Praktikum machen wollte, dann musste sie sich halt kümmern. Jennys Möglichkeiten waren begrenzt. »Ich muss jetzt weiter einkaufen. Sonja wartet draußen mit Shadow.«

»Sonja? Hast du nicht gesagt, sie ist in Greifswald?«

Mist! Jenny hatte wirklich keine Lust, ihrer Mutter von Sonjas Studienabbruch zu erzählen. Wenn sie jetzt damit anfing, musste sie sich anhören, wie schlau und fleißig Heimischs Enkelkind angeblich war, und dafür hatte sie nicht die Geduld.

»Wir machen uns zusammen noch ein paar schöne Tage, weil ich in ihrer Nähe bin«, versuchte sie abzuwiegeln.

»Aber ihr habt doch Weihnachten miteinander verbracht.«

»Na, und?«

»Nichts. Es wundert mich nur. Du konntest in dem Alter nicht weit genug von deinen Eltern weg sein.«

Tja, was sagt uns das?, dachte Jenny genervt.

»Es ist ja nett von dir, dass du dich immer noch um sie kümmerst«, fuhr ihre Mutter fort.

»Natürlich. Ihr Vater ist vor ein paar Wochen gestorben.«

»Ihre Mutter könnte ja mal einspringen.«

»Ich bin ihre Mutter.«

»Du weißt, wie ich es meine.«

»Ja, leider«, flüsterte Jenny.

»Was hast du gesagt?«

»Bestell Heimischs schöne Grüße. Tschüss.«

Sie stopfte das Handy zurück in ihre Manteltasche und stapelte ihre Einkäufe so effizient, dass die Milch problemlos darauf Platz hatte. Vergeblich versuchte sie, sich nicht über das Gespräch zu ärgern, vor allem über den Teil mit Sonja. Ihre Kleine hatte mal gemeint, sie würde ihre leibliche Mutter, ohne zu zögern, gegen eine Flasche Ketchup eintauschen. Allerdings müsste sie dazu wissen, wo sie sich gerade aufhielt, nur deshalb habe sie es noch nicht getan.

Jenny hatte damals nicht gewusst, ob sie lachen oder weinen sollte. Sie war der Frau in vierzehn Jahren nie begegnet, nicht einmal zu Marius' Beerdigung.

Sie beschloss, sich nicht weiter zu ärgern. Ihre Eltern waren auch nicht perfekt, aber wenigstens verlässlich. Sie konnte jederzeit anrufen oder zu ihnen fahren, dass sie nicht oft Gebrauch davon machte, war eine andere Geschichte.

Um Sonja eine weitere Freude zu machen, lief sie zurück zum Gang mit den Süßwaren und suchte die Regale nach Knusperflocken ab. In dieser Hinsicht kam Sonja ganz nach ihr. Sie inhalierte so eine Tüte in Nullkommanix. Jenny entdeckte sie ganz unten im Regal, ging mühsam in die Knie und schaffte es, zwei Tüten auf ihre restlichen Einkäufe zu befördern.

Auf dem Weg zur Kasse hielt sie am Gang mit den Spirituosen inne. Nach dem Gespräch mit ihrer Mutter hatte sie große Lust auf ein Glas Rotwein. Der wäre außerdem ein großartiger Beistand, wenn sie später ihre E-Mails checkte. Die Sache mit *Strandkorb 66* war leider noch nicht abgehakt. Zwar hatte Herr Schulte-Dietz heute Morgen verständnisvoll reagiert, aber wenn Luca merkte, dass sie den Termin mit ihrem Kunden abgesagt hatte, würde er ziemlich ungemütlich werden.

Jenny war mit der Sorge aufgewacht, dass er seine Drohung mit der Klage wahr machen würde. Dass sich noch keiner der angeschriebenen Anwälte zurückgemeldet hatte, verstärkte den Druck in der Sache. Allein der Gedanke an Luca trieb ihren Puls wieder in die Höhe.

Ihre Einkäufe balancierend griff sie wahllos eine Flasche Rotwein.

In der Kassenschlange kam sie sich armselig vor. Erst vorgestern hatte sie eine Flasche allein vernichtet, nicht das erste Mal seit Marius' Tod. Also, meistens nur ein Glas, das ihr beim Einschlafen half. Aber wollte sie das wirklich zur Gewohnheit werden lassen? Wegen der dummen Weinflasche war sie jetzt völlig überfordert. Unschlüssig ließ sie ein paar Leute vor. Sie hatte nur rasch einkaufen und nicht in eine Sinnkrise verfallen wollen.

Der Gedanke an Sonja, die draußen bei Shadow bibberte, brachte sie zur Vernunft. »Sorry, hab was vergessen«, murmelte sie und drängelte sich an der Schlange vorbei, um den Rotwein zurückzustellen.

Ich hätte ihn auch an der Kasse lassen können, dachte Jenny, als sie wieder vorm Regal stand. Wo hatte sie die verdammte Flasche herausgenommen? Ihr wurde heiß unter dem Mantel, das grelle Supermarkt-Licht schickte schmerzhafte Blitze über ihre Stirn und das Hintergrund-Gedudel ging ihr auf die Nerven. Sie wollte raus, damit

die Meeresluft auf angenehme Weise ihre Gedanken ein-
fror. Besser, als es jeder Rotwein konnte. Sie streckte den
Arm aus, um die Flasche in eine beliebige Lücke zu stellen, als jemand ihren Namen rief.

Kapitel 23

»Jenny!«

Der Klang ihres Namens und die Stimme, die ihn aussprach, brachten sie vollends aus dem Konzept. War sie alarmiert oder angenehm überrascht? Reglos verharrte ihre Hand in der Luft.

»Ich hab dir doch gesagt, dass ich Jenny gesehen habe. Glaubst du mir nun?«, sagte Herr Thorsen. Er stand neben ihr, nur eine Armlänge entfernt. Sie hatten sich über dreißig Jahre nicht gesehen und dennoch wusste Jenny sofort, dass er es war.

Nach einer gefühlten Ewigkeit ließ sie die Hand sinken und wandte sich ihm zu. Ihr Herzschlag dröhnte in ihren Ohren. Außerdem schien sie das Gefühl in ihren Armen verloren zu haben, denn die Hälfte ihrer Einkäufe glitt zu Boden. Sie schaffte es, den Hals der Weinflasche zu umklammern. Trotzdem hörte sie Glas brechen und auf den Fliesen breitete sich Sonnenblumenöl aus. *Mist!*

»Ich hole jemanden«, sagte ein Mann mit dunklen Locken.

Eric? Schon war er im Gang verschwunden.

Jenny blickte auf die fettige Pfütze, in der sich die heruntergefallene Müslipackung voll Öl saugte und rotbackige Äpfel zwischen den Scherben lagen wie hilflose Schiffbrüchige. Sie wurde von der irrationalen Furcht überwältigt, gleich mächtig ausgeschimpft zu werden.

Vor ihrem inneren Auge spulten sich Szenen aus ihrer Kindheit ab, Tintenspritzer auf dem guten Tischtuch ihrer Mutter, ein zerschlagener Teller in einer Lache Linsensuppe, den man ihr vor die Füße geworfen hatte, der Kakaofleck auf ihrer Pionierbluse in der ersten Reihe beim Appell ...

Herr Thorsens Stimme neben ihr sagte: »Tut mir leid, Jenny. Ich wollte dich nicht erschrecken.«

Wieder hörte sie ihren Namen, aber die anderen Worte ergaben kaum Sinn. Es war eher sein besonnener Tonfall, der sie zurück in die Gegenwart holte. Das befürchtete Donnerwetter war ausgeblieben, was blieb, war ein Gefühl der Unsicherheit. Wovor hatte sie Angst? Dass er sich wegen der Sauerei und der Umstände beschwerte oder ihr Vorwürfe machte, weil sie ihn vor so langer Zeit in irreparable Schwierigkeiten gebracht hatte? Sie musste endlich etwas sagen. Sonst konnte Jenny gut mit Worten umgehen, hatte sogar eine Karriere daraus gemacht. Wo waren die Sätze, die sie sich zurechtgelegt hatte?

»Gib mal her«, sagte Herr Thorsen, nahm ihr die restlichen Einkäufe ab und stapelte sie in seinen Wagen.

Das war so lieb von ihm. Erics Vater war schon immer nett zu ihr gewesen. Sie wollte sich bedanken, aber ihr Hals war staubtrocken.

»Eric holt einen Verkäufer. Das ist ruckzuck weggewischt«, beruhigte sie Herr Thorsen. »Mit ein bisschen Shampoo blitzen die Fliesen wie neu. Selbst schon ausprobiert ... «

Er erzählte noch etwas von Backpulver für Fliesenfugen und sein pragmatischer Ansatz half ihr, den Schock abzuschütteln. »Tut mir leid«, presste sie hervor und schaffte es, endlich den Blick vom Boden zu lösen und ihn anzusehen. Herr Thorsen sah so aus wie früher, nur mit grauen

Haaren und tieferen Lachfalten. Irgendetwas stimmte mit seiner linken Seite nicht.

»Ach, was. Kann doch mal passieren«, sagte er.

Ja, aber mir nicht, dachte Jenny beschämt. Sie wollte etwas gegen die Sauerei am Boden unternehmen, alles wieder in Ordnung bringen. Ihr fiel ein, dass sie Shadows Rucksack trug, und kramte eine Rolle mit Kotbeuteln heraus. Da kam Eric um die Ecke, einen Mitarbeiter mit Putzwagen im Schlepptau.

»Tut mir leid für die Umstände«, entschuldigte sich Jenny, während sie in die Knie ging und einen der Beutel von der Rolle riss.

»Halt auf«, sagte Eric, las wie selbstverständlich Äpfel und Scherben aus der Pfütze auf und ließ sie in den Beutel gleiten. Ungläubig folgte ihr Blick seinen Händen.

Fehlen nur die Papierschiffchen, dachte sie unpassenderweise. Eric hatte damals welche gefaltet, weil es tagelang geregnet hatte. Im Nieselregen hatten sie die Boote in den Pfützen schwimmen lassen. Sie wollte den Gedanken artikulieren, aber die Kluft zwischen dem unbeschwerten, unbeirrbaren Mädchen von damals und der Frau, die sich wegen ihrer Ungeschicklichkeit schämte, war mit Worten nicht zu überwinden.

Energisch verknotete sie die Tüte und übergab sie dem Mitarbeiter. Der Rest war ruckzuck aufgewischt. Wo das Öl ausgelaufen war, sahen die Fliesen dunkler aus, aber vielleicht spielte das Licht ihren Augen einen Streich. Jenny bedankte sich und bot an, die Sachen zu bezahlen, aber der Verkäufer winkte ab, stellte sein Warnschild auf und verschwand.

»Oh, Mann«, fasste Jenny die Situation auf völlig unzulängliche Weise zusammen. Nach über dreißig Jahren stand sie tatsächlich Eric und seinem Vater gegenüber.

»Hi, Jenny!« Eric grinste und er sah aus, als wollte er sie drücken. Zu Jennys Enttäuschung hob er nur eine ölig glänzende Hand.

»Hi.« Jenny kramte in ihrer Manteltasche und reichte ihm ein Taschentuch.

Er ließ sie nicht aus den Augen, während er sich die Finger abwischte. »Du hast ein Taschentuch dabei? Das wär dir früher nie passiert.«

Jenny schnaubte. »Dass du dich gerade daran erinnerst.« Wie oft war sie ermahnt worden, weil sie sich die Hände gewohnheitsmäßig am Hosenboden abgewischt hatte?

»Nicht nur daran.«

Verlegen strich sie eine Haarsträhne hinters Ohr. »Ist lange her, was?«

»Sechsunddreißig Jahre.«

»Entschuldigt ihr mich kurz? Bin gleich wieder da«, meinte Herr Thorsen und verschwand in einem anderen Gang.

»Wie geht's euch?«, fragte Jenny, die den Blick nicht von Eric abwenden konnte. Dieser überragte sie mittlerweile um einen Kopf und strich sich die unordentlichen Locken aus dem Gesicht. Er sah genauso verwegen aus wie auf den Fotos und weckte in Jenny den Wunsch, sich ins Abenteuer zu stürzen. So wie früher.

»Gut. Und dir?«

»Na ja ... Ich sollte nicht hier sein.« Sie wusste nicht, warum sie das gesagt hatte.

»Wo solltest du sonst sein?«

Sie zuckte mit den Schultern. Es war unfassbar, dass Eric wirklich und wahrhaftig vor ihr stand und mit ihr redete. So oft sie sich ein Wiedersehen ausgemalt hatte, war er ihr nie im Supermarkt über den Weg gelaufen.

»Wie lange bist du schon hier?«, wollte er wissen.

»Drei Tage. Kommt mir allerdings länger vor.«

»Schon schwimmen gegangen?«

Jenny musste grinsen. »Ähm ... ich könnte flunkern, aber das macht man nicht.«

»Also nicht.«

»Ich habe kurz daran gedacht, die Zehen reinzustecken.«

»Warum hast du's nicht gemacht?«

»Ich wollte vernünftig sein.«

»Echt jetzt?« Eric sah sie so entgeistert an, dass Jenny mit einem Mal aufging, wie absurd die Begründung eigentlich war.

Ich wollte vernünftig sein. Erstens: Warum eigentlich? Und zweitens: Wollte sie? Wann war es das Maß aller Dinge geworden, vernünftig zu sein? Im Nachhinein ärgerte sie sich, dass sie die Zehen nicht schon dreimal in die Ostsee gesteckt hatte.

»Ich versteh's auch nicht«, gab sie zu. »Aber ich hol's nach.«

Er grinste, als wollte er sagen *Das ist die Jenny von früher.*

»Dafür war ich im Dunkeln mit Sonja Bernstein suchen.« Sie blickte ihn an und er lächelte wissend.

»Wer ist Sonja?«

»Meine Tochter. Sie wartet draußen. Sicher fragt sie sich schon, wo ich bleibe.«

Wie aufs Stichwort schlurfte Herr Thorsen zurück in den Gang, im Arm eine Flasche Öl, eine Packung Müsli und eine Papiertüte, in der sich sicher Äpfel befanden.

»Brauchst du noch was?«

»Nein. Das wäre doch nicht nötig gewesen. Vielen Dank«, sagte sie gerührt. Wegen seiner simplen Geste kamen ihr fast die Tränen. Am liebsten hätte sie ihn und Eric fest gedrückt.

»Ich tippe auf Schlaganfall«, erklärte Sonja, als sie Eric und seinem Vater nachblickten.

»Hemiparese der linken Körperhälfte. Scheint sich aber gut erholt zu haben. Gegebenenfalls leichte Taubheit in der linken Hand, keine Sprachstörung, soweit erkennbar.«

»Das beruhigt mich.« Jennys erster Eindruck hatte getäuscht. Herr Thorsen hatte sich äußerlich sehr verändert, ganz unabhängig vom Alter. Er ging vorsichtiger, manch kleine Handgriffe wirkten fahrig. Im Vergleich zu früher wirkte er fast gebrechlich.

Eric fiel es sichtlich schwer, sich seinem Tempo anzupassen. Im Gehen innehaltend verlagerte er seinen Einkaufsbeutel umständlich auf die rechte Schulter, damit sein Vater mithalten konnte, dabei warf er ihr einen Blick zu. Mit klopfendem Herzen fing sie ihn auf.

Jenny wollte ihm so viele Fragen hinterherschicken, die sie sich über die Jahre zurechtgelegt hatte. Ob er endlich einen Bernstein mit Fliege gefunden hatte. Wie er Unterwasserfotograf geworden war und ob er ihr verzieh, dass ihr sein Geheimnis damals herausgerutscht war. Vielleicht hatte sie später Gelegenheit dazu. Sie hatte Herrn Thorsen versprochen, bei ihnen vorbeizukommen.

Eric konzentrierte sich wieder auf seinen Vater und die beiden verschwanden aus ihrem Sichtfeld.

»Hat vermutlich viel Physiotherapie gemacht, Gangrehabilitation und so was. Jetzt gilt es, das Risiko eines erneuten Schlaganfalls zu senken. Dazu musst du unter anderem Blutdruck und Cholesterin überprüfen. Ich frag mich, ob es hier einen Arzt gibt, der ihn regelmäßig checkt, oder ob er dafür aufs Festland muss.«

Jenny betrachtete liebevoll ihre Kleine, die ganz in ihrem Element war.

Sonja bemerkte ihren Blick, »Was? Fragst du dich jetzt, warum ich das Medizinstudium aufgegeben habe?«

»Eigentlich nicht.«

»Was dann?«

»Nichts. Ich freue mich einfach, dass wir zusammen hier sind.« Sie wandte sich in die entgegengesetzte Richtung, wo es zum *Tante Hedwig* ging.

»Du kennst die zwei von früher?«

»Wir waren in den Sommerferien ein paar Mal bei den Thorsens.«

»Was habt ihr gemacht?«

»Schwimmen, Ausflüge, das Übliche halt.«

»Und was noch? Du erzählst nie von früher.«

»Da gibt's nicht viel zu erzählen.«

»Du willst nicht behaupten, dass früher alles besser war?«

»Ganz sicher nicht.« Jenny hatte sich nie viel Zeit genommen, an früher zu denken. Sie erzählte keine Anekdoten aus ihrer Jugend, ging nie zu Klassentreffen und schaute sich keine alten Fotos mit ihren Eltern an. In der Vergangenheit zu schwelgen, lag nicht in ihrer Natur. Sie war jemand, der stets nach vorn blickte, nie zurück.

Dennoch verstand sie Sonjas Neugier. »Manches war einfacher, weil wir Kinder waren. Alles war überschaubarer, die Dinge haben länger gedauert. Wir haben uns über Kleinigkeiten gefreut, weil unsere Eltern nicht immer alles kaufen konnten. Dass sie überhaupt jedes Jahr einen Ferienplatz an der Ostsee bekommen haben, war eine Leistung.«

»Waren die so teuer?«

»Nein, aber sie wurden zugewiesen. Du konntest nicht einfach einen buchen, so wie heute.«

»Wer hat die zugeteilt?«

»Ich glaube, das lief übers Kombinat von meinem Vater, oder über den FDGB, das war der ... warte mal ... der Freie Deutsche Gewerkschaftsbund. Die hatten überall Ferienheime. In Vitte gab es auch eins, da mussten wir früher immer zum Abendessen hin.«

Sonja hob überrascht die Brauen. »Ihr musstet? Klingt nicht nach Urlaub.«

»Es war alles geregelt und für einen Platz im Restaurant musste man lange anstehen. Und dich hätte ich nicht mitnehmen können«, ergänzte sie an Shadow gewandt und kraulte seinen Hals. Zufrieden trottete er neben ihnen her.

»War das überall so?«

»Ich denke schon.«

»Das hätte mir nicht gefallen.«

»Du hättest es nicht anders gekannt und wärst genauso happy gewesen wie ich. Nur wenige meiner Klassenkameraden sind damals ans Meer gefahren.«

»Wo haben die anderen Ferien gemacht?«

»Ein paar sind mit ihren Eltern auf den Campingplatz, manche waren im Ferienlager oder bei den Großeltern, schätze ich mal.«

»Oh, Gott, bitte nicht zwei Wochen bei Birgit und Jürgen in Chemnitz!«

Jenny hatte dem leider nichts entgegenzusetzen. *Wenn sich meine Eltern nur um Sonja kümmern würden statt um das dumme Praktikum*, dachte sie resigniert.

»Obwohl Chemnitz gar nicht so übel ist«, räumte Sonja ein. »Wäre bloß nicht meine erste Wahl zum Verreisen.«

»Das sagst du jetzt. Manche Familien haben auch Wohnungen getauscht. Ich glaube, das Reiseziel war da nicht so wichtig. Hauptsache mal raus.«

»In der DDR gab's Couchsurfing?«

»Sozusagen.«

Shadow beschnüffelte den leeren Fahrradständer vorm *Tante Hedwig*. Sie hatten Glück, drinnen war nicht viel los. Sonja sah sich begeistert um, während es Shadow an seinen alten Platz zog.

»Ich lade dich ein«, erklärte sie, nachdem sie die Theke inspiziert hatte.

»Aber das musst du doch nicht!«

»Will ich aber. Was hättest du gern?«

»Milchkaffee. Suchst du mir was kleines Süßes dazu aus?«

»Geht klar.«

Jenny kraulte Shadow hinter den Ohren. Eric und sein Vater hatten ihn begeistert gestreichelt, bevor sie sich verabschiedet hatten. Dabei war der letzte Rest Befangenheit von Jenny abgefallen. Es war der Shadow-Effekt, dass sich in seiner Gegenwart alle wohlfühlten. Zur Belohnung holte sie eine Kaustange aus seinem Rucksack. Zufrieden verzog er sich damit unter die Bank.

Jenny legte ihren Mantel ab und lehnte sich entspannt zurück. Bei ihrem ersten Besuch war sie zu müde und gestresst gewesen, um der Atmosphäre groß Beachtung zu schenken. Sie konnte sich vorstellen, stundenlang hier im Kaffeeduft zu sitzen und die Leute zu beobachten.

Sonja manövrierte gekonnt zwei zum Bersten gefüllte Tabletts an den Tischen vorbei. Marius wäre es lieber gewesen, wenn sie in der Agentur ausgeholfen hätte, statt in einer Pizzeria zu kellnern, aber Sonja hatte darauf beharrt, ihr eigenes Ding zu machen.

»Was hast du alles mitgebracht?«

»Erst mal Waffeln mit Sahne und Schokosoße und danach können wir uns die Banane-Johannisbeer-Schnitte und das Käsetörtchen teilen, wenn du magst.«

Jenny schüttelte den Kopf darüber, was Sonja unter einer süßen Kleinigkeit verstand. Nach dem ersten Bissen musste sie allerdings zugeben, dass die Waffeln phänomenal waren.

»So was konntet ihr früher also nicht machen«, sinnierte Sonja.

»Waffeln? Das war kein Problem. Ein Waffeleisen hatte meine Mutter. Und einen Pommes-Schneider. Nachdem sie ihn unterm Ladentisch bekommen hatte, gab es eine Zeit lang nichts anderes.«

»Ich meinte eigentlich, ihr konntet nicht einfach ins Café gehen und was bestellen.«

»Ach, so. Nein, so was hier gab's damals nicht. Und falls doch, dann hatten sie nicht so viel Auswahl. Ich weiß noch, zum Abendessen gab es zwei Sachen, zwischen denen wir wählen konnten. Und da war dieser lustige Kellner, der sich immer Fantasiegerichte für uns Kinder ausgedacht hat. *Ihre gebratene Nacktschnecke, junge Dame. Alles schön aufessen,* hat er dann gesagt. Obwohl es eigentlich eine Boulette war.«

»Aha.«

Sonja war unbeeindruckt, aber Jenny gluckste, als sie an den Typen zurückdachte. Er hatte schulterlange Haare getragen und über dem weißen Hemd immer eine ausgefranste Jeansweste mit Buttons angehabt. Für ihre Eltern war er ein Gammler gewesen, aber Jenny hatten seine Marotten fasziniert. Einen wie ihn gab es nur in den Ferien auf Hiddensee.

Sonja wischte den letzten Rest Sahne mit einem Stück

Waffel auf. Statt sich über die anderen Sachen herzumachen, spielte sie nachdenklich mit der Serviette.

»Waren die Augen mal wieder größer als der Magen?«, neckte Jenny.

»Von wegen! Wir sind den ganzen Vormittag über den Strand gestapft und dann musste ich ewig vorm Supermarkt Hunger schieben, mein Bauch ist komplett leer. Mir ist nur ein ganz schrecklicher Gedanke gekommen.«

»Oh? Erzähl.«

»Wenn es die DDR noch gäbe, wärst du nicht meine Mama geworden. Dann hätte ich echt abgekackt. Sorry, aber ist so.«

Jenny vergaß ihre Waffel. An diese Möglichkeit hatte sie nie gedacht. Es war extrem unwahrscheinlich, dass sie Marius und seiner Tochter unter den Umständen begegnet wäre. Vermutlich wäre sie nie aus Chemnitz weggekommen und hätte irgendetwas studieren müssen, das gerade gebraucht worden war. Sicher nichts, dass sie in Richtung Werbung gebracht hätte. Kein Marius, keine Sonja. »Ich bin glücklich, dich zu haben. Das weißt du, oder?«

»Klar«, entgegnete Sonja kokett und zerteilte das Käsetörtchen.

Jenny strich ihr über die Wange. In dem Moment fühlte sich ihr Leben halbwegs richtig an.

Kapitel 24

Das hat was, dachte Sarah und rekelte sich in Marius' er-gonomischem Bürosessel, die Füße in trendigen Slouchy-Boots gechillt auf dem Schreibtisch, sein Laptop im Schoß. Der weite U-Boot-Ausschnitt ihres Oversized-Pul-lis war über ihre Schulter gerutscht. Im Scrollen durch seine Dateien hielt sie inne, frischte ihren Lipgloss auf und machte erst mal ein Selfie. Nice.

Eigentlich musste sie nicht hier sein, Jenny hatte ihren Urlaub vor Wochen genehmigt.

Ein paar Tage freizumachen, hatte sie sich verdient. Seit man sie aus dem Krankenhaus entlassen hatte, war sie permanent im Büro gewesen, selbst mit eingegipstem Arm. Doch nach dem Unfall mit Marius hatte sie um ihren Platz in der Agentur gezittert und Jenny immer einen Schritt voraus sein wollen. Das hatte sich endlich ausgezahlt.

Als sie Lucas Schritte hörte, steckte sie hastig das Han-dy weg und nahm die Füße vom Tisch. Professionalität war momentan das Allerwichtigste, damit er nicht auf dumme Gedanken kam. Sarah hatte den Eindruck, dass er ihr die Abfuhr über Silvester übel nahm. Sie musste ihn dringend auf ihren neuen Vertrag ansprechen. Wenn sie den erst mal unterschrieben hatte ...

Ohne anzuklopfen, trat er ein und lehnte lässig im Türrahmen. »Hast du schon was bezüglich Marius' E-Mails herausgefunden?«

»Nichts Ungewöhnliches, zumindest nicht bevor er, du weißt schon ...«

Luca schnalzte ungeduldig mit der Zunge.

»Hat er noch einen anderen E-Mail-Account?«, schickte Sarah hastig hinterher.

»Nicht, dass ich wüsste.«

»Kannst du unseren IT-Support nicht danach fragen?«

»Das machst du am besten.«

»Okay. Hast du eine E-Mail-Adresse für mich?«

»Danach musst du Jenny fragen.«

»Mach ich.« Sarah lächelte, obwohl sie genervt war. Wollte Luca das Geld nun finden, oder nicht? Warum machte er ihr unnötig das Leben schwer?

»Sonst nichts?«, fragte er, während sein Blick zu ihrer nackten Schulter glitt.

Sarah widerstand dem Drang, ihr Oberteil zu richten. »Eine Sache ist mir aufgefallen. Ein paar Monate vor seinem Unfall hat Marius anscheinend zu verschiedenen Influencern recherchiert. Einigen hat er geschrieben und gefragt, ob sie mit der Agentur zusammenarbeiten würden. Die meisten haben zurückgeschrieben, doch dann bricht der Kontakt plötzlich ab.«

»Und? Was hat das mit dem Geld zu tun?«

»Ich dachte nur, dass es vielleicht kein Zufall ist, dass er Kontakt zu Influencern und den Kredit ungefähr zur gleichen Zeit aufgenommen hat. Deshalb meine Idee, dass er vielleicht nicht nur ein weiteres Konto, sondern auch einen anderen E-Mail-Account hatte.«

Zufrieden stellte sie fest, dass ihre Ausführungen Luca ins Grübeln gebracht hatten. »Kümmere dich drum. Wenn er nebenher was laufen hatte, will ich das wissen.«

»Alles klar. Kann ich sonst noch was tun?«

»Ja.« Er lächelte charmant und Sarah konnte sich vorstellen, dass er auf manche Frauen sicher attraktiv wirkte. »Mach mir bitte einen Cappuccino und nimm meine Anrufe entgegen. Ich bin mitten im Brainstorming und will nicht gestört werden. Danke dir.«

Sarah lag auf der Zunge zu fragen, ob Kaffee kochen auch zu Jennys Aufgaben gehörte, verkniff sich aber den Kommentar.

Als Luca wieder weg war, loggte sie sich erneut in Marius' E-Mails ein und als sie weit genug gescrollt hatte, traf sie auf eine E-Mail an den IT-Support. Ha! Wer brauchte schon Jenny? Sie sicherlich nicht.

Sie nahm sich Zeit, eine E-Mail zu formulieren, Luca konnte ruhig auf seinen Kaffee warten. Hoffentlich stellte er bald eine neue Assistentin ein, die er herumkommandieren und anbaggern konnte.

Genervt zog sie ihren Pulli über beide Schultern und ließ einen Cappuccino aus der Maschine, was er auf dem Rückweg in sein Büro auch selbst hätte erledigen können. Aus seinem Büro hörte sie schwere klassische Musik. Ohne anzuklopfen, ging sie hinein. Luca hatte die Augen geschlossen und beachtete sie nicht. War das hier ein dämliches Powerplay, oder was? Sie stellte den Cappuccino auf seinem Skizzenbuch so energisch ab, dass der Schaum auf die Untertasse schwappte, und holte einen Latte macchiato mit extra Espresso für sich selbst. Danach vertiefte sie sich wieder in Marius' Dateien.

Als ihr Magen zu knurren begann, hatte sie sich einen groben Überblick verschafft. Anscheinend hatte Marius an einem Konzept getüftelt, in dem sich die Agentur darauf spezialisierte, Influencer mit Werbekunden zusammenzubringen. Ziel war eine Verflechtung von Influencer

Marketing und Corporate Identity. Soweit nichts Neues. Das Geniale daran war, dass er alles auf mittelständische Unternehmen und Mid-Tier-Influencer heruntergebrochen hatte. Da steckte unheimlich viel Arbeit drin. Von Mami-Vloggern über Mindset-Manager bis zu hoch spezialisierten Content Creator, die ihren jeweiligen Beruf zum Thema machten, war fast alles dabei. Keine bekannten Brands oder Namen, aber genug Kapital, sei es Geld oder Follower, um was auf die Beine zu stellen. Respekt! Marius hatte eine Vision gehabt und sie akribisch umgesetzt.

Das wunderte sie nicht. Jenny hatte ihr am Anfang erzählt, dass Marius die Agentur groß gemacht hatte, indem er ihr Angebot auf mittelständische Unternehmen zuschnitt, die trotz fortgeschrittener Größe keine eigene Marketingabteilung hatten. Damals hatte sie das langweilig gefunden, im Nachhinein musste man ihm zu der Strategie gratulieren. Es war nicht einfach, seinen Platz zu finden, das wusste sie aus eigener Erfahrung.

Ihr Telefon klingelte, es war die Rufumleitung. »Agentur Ritter und Michel, Sie sprechen mit Sarah Schopp.«

»Hallo, hier ist Herr Schulte-Dietz von *Strandkorb 66* in Stralsund. Ich wollte eigentlich mit Herrn Michel sprechen.«

»Das ist zurzeit leider nicht möglich. Kann ich was ausrichten?«

»Ja, ich habe mit meiner Frau über die neue Kampagne gesprochen, und sie war begeistert. Wir wollen das genau so machen.«

»Wunderbar.«

»Wir wollten Frau Miller nicht stören, weil sie aus familiären Gründen nicht zu dem Termin kommen konnte.

Aber was sie uns geschickt hat, fanden wir richtig klasse.«

»Das freut mich«, flötete Sarah und fragte sich gleichzeitig, was das für familiäre Gründe waren.

Hatte Jenny jetzt doch das große Heulen wegen Marius gekriegt? In der Agentur hatte sie sich jedenfalls nichts anmerken lassen. Außer dass sie Sarah plötzlich wieder siezte, aber das konnte sie ihr schlecht verübeln, schließlich hatte sie was mit ihrem Lebensgefährten gehabt. Eigentlich war sie über die professionelle Distanz sogar froh gewesen. Sarah wusste nicht, ob sie an Jennys Stelle derart sachlich geblieben wäre. Bei dem Gedanken meldete sich prompt ihr schlechtes Gewissen.

»Ich wollte das nur vor dem Wochenende klären, damit wir möglichst bald mit der Kampagne starten können«, fuhr Herr Schulte-Dietz fort.

»Das freut mich zu hören. Danke für ihren Anruf. Ich richte Herrn Michel alles aus, sobald ich ihn sehe.«

Nachdem sie aufgelegt hatte, überlegte Sarah, was das für sie bedeutete. Jenny hatte geschafft, woran Luca zweimal gescheitert war. Sie hatte einen schwierigen Kunden überzeugt, was ihr Pluspunkte einbringen würde. Der Agentur sicherte Jennys Erfolg einen ganzen Batzen Geld. Sarah war dadurch in die Defensive geraten.

Jetzt musste sie was auf den Tisch bringen, dass sie unverzichtbar machte. Dafür brauchte sie Zeit. Sie beschloss, die Worte ihres Chefs genau zu nehmen und ihn nicht zu stören. Stattdessen wandte sie sich wieder Marius' Laptop zu, speicherte alle relevanten Dateien in ihrem Tauschordner und löschte das Original, wobei sie den Papierkorb nicht vergaß. Sicher konnte der IT-Support alles wiederherstellen, was Luca aber nichts nützen würde, wenn er nicht wusste, wonach er suchte. Am Ende konnte sie wesentlich mehr mit den Infos anfangen als Luca und bevor er ihren neuen Vertrag nicht unterschrieb, würde er keine einzige zu Gesicht bekommen.

Zufrieden klappte sie den Laptop zu. Vielleicht konnte sie Jenny werbetechnisch nicht das Wasser reichen, aber sie konnte Lucas Spielchen mitspielen und versuchen, ihm immer einen Zug voraus zu sein.

Kapitel 25

Eric trat kräftig in die Pedale. Auf der befestigten Straße nach Neuendorf fuhr ihm die starke Brise unter die Kapuze und wehte sie nach kurzem Kampf vom Kopf. Glücklicherweise stand ihm die Hiddenseer Sturmfrisur. Winter und Wind gehörten auf der Insel zusammen. Sturmwarnungen waren an der Tagesordnung, mit einer Fünfzigfünfzig-Chance, dass die Fähre fuhr. Er duckte sich über den Lenker und trat noch schneller, um Jenny nach dem Frühstück abzufangen. Er hatte eine Überraschung für sie.

Das ist meine Jenny, hatte er gedacht, als sie mit zerzausten Haaren und schmutzigen Stiefeln ihre Einkäufe balancierte. So passte sie nach Hiddensee und zur Jenny von damals. Ganz weit weg von dem glatt polierten Foto im Internet. Sie war bei ihrem Wiedersehen im Supermarkt zuerst geschockt gewesen, aber als sie später in der Küche seiner Eltern Tee getrunken hatten, hatten sie schon gescherzt. So wie früher.

Ein ehemaliger Mitschüler überholte ihn auf seinem E-Bike. Im Lastenkorb hatte er schweres Gerät für seine Baustelle. »Moin, Eric! Nächstes Wochenende aufm Feuerwehrball?«

»Moin, Sven! Mal sehen.« Eric hatte nicht vor hinzugehen.

Seine Mutter wünschte sich, sie träfen sich öfter, weil sie sich in der Schule gut verstanden und danach einen ähnlichen Weg eingeschlagen hatten. Sven hatte Zimmermann gelernt, bis zum Brexit in England gearbeitet und war echt ein patenter Kerl. Eric wusste selber nicht, warum er sich nicht um seine Freundschaft bemühte. Vermutlich war er einfach aus der Übung.

Daran war seine Zeit im Kinderheim schuld. Dort hatte er mit neun Jahren seine härteste Lektion gelernt, nämlich dass die anderen Kinder nicht automatisch auf seiner Seite waren. Alle Kinder hatten zu funktionieren gehabt, sonst nichts. Die Erzieher hatten sie gegeneinander ausgespielt, kleine Spitzel und Vollstrecker aus ihnen gemacht. Jeder war Opfer, Täter oder Mitläufer gewesen und am Ende hatte sich Eric selbst nicht mehr leiden können und niemandem an sich herangelassen.

In seiner Schule hatte er sich mit allen gut verstanden, aber nie einen besten Freund gehabt. Im Unterricht hatte er auf glühenden Kohlen gesessen und war nach dem letzten Klingeln sofort nach Hause gesprintet, um sich zu überzeugen, dass alles in Ordnung war. Statt mit den anderen Kindern zu spielen, hatte er lieber Ausflüge mit seinen Eltern gemacht oder mit seinem Papa Sachen am Haus repariert. War vermutlich kein Zufall, dass seine Kumpels ausnahmslos andere Taucher waren, die er nicht regelmäßig sah. Und weil er so oft unterwegs gewesen war, hatte auch keine seiner Beziehungen gehalten.

Das Straßenpflaster ging in einen Feldweg über und bevor er auf einen schmalen, mit Grassoden überwucherten Weg abbog, stieg er ab. Im Gegensatz zu Vitte war es hier überschaubar. Er bildete sich ein, die Ostsee rauschen zu hören, obwohl er sich mitten in Neuendorf befand. Jenny wohnte in der alten, bei Hundebesitzern beliebten Pension. Ein eigener Hund war ihr Kindheitstraum gewesen. Irgendwie machte es ihm Hoffnung, dass sie nun einen tapsigen Mischling hatte, als wäre er die Verbindung zwischen der Jenny aus seiner Kindheit und der erwachsenen.

Im Winter war es im Süden der Insel karg und nicht besonders einladend, so ziemlich alles hatte geschlossen, aber Jenny schien es hier zu gefallen. Ihre Tochter hatte Erics Eltern mit der Aussage zum Lachen gebracht, es wäre ironisch, gerade dort eine Hundepension zu eröffnen, wo der Hund begraben lag. Sie mochten Sonja trotz, oder gerade wegen ihrer spröden, unverblümten Art. War Jenny als Teenager genauso gewesen?

Im Supermarkt war ihre verletzliche Seite zum Vorschein gekommen, die ihm schon als Kind aufgefallen war. Ihre abwartende, fast abwehrende Haltung, selbst als sein Vater ihr helfen wollte, hatte ihm leidgetan.

Jenny ist kein Kind mehr, sie hat selbst eins, und ein fast erwachsenes noch dazu. Der Gedanke war schwer zu fassen. Wie konnte so viel Zeit vergangen sein? Er schob sein Rad Richtung Hafen über die Wiese, damit die fragile Fracht auf dem Gepäckträger nicht durchgerüttelt wurde. Außerdem kamen ihm plötzlich Zweifel. Freute sie sich über ihr Wiedersehen genauso wie er? Erwartete er etwas von Jenny, dass er seit ihrem letzten gemeinsamen Sommer nicht mehr zustande gebracht hatte?

Alles, was ihren letzten Sommer ausgemacht hatte, war mit der DDR verschwunden. Ihre Kindheit, Jennys Sorglosigkeit, Erics Zutrauen. Erhoffte er von Jenny, dass sie ihm das alles zurückgab? Das wäre nicht fair.

Shadow saß mit großen bernsteinfarbenen Augen vor der Spüle und reckte den Hals. Seine Nase zuckte demonstrativ, als wollte er sagen: *Willst du den köstlich duftenden*

Topf wirklich abwaschen, ohne mir vorher was abzugeben?
Jenny fuhr mit dem Finger am Rand entlang und hielt ihn
hin. Sofort wurde er blitzblank geschleckt.

»Mehr gibt's nicht«, bestimmte sie und ließ Wasser in
den Topf laufen.

Im Bad röhrte der Föhn los. Weil Shadow das Geräusch
nicht mochte, rollte er sich auf seiner Decke zusammen,
die Schnauze unter den Pfoten.

»Kann ich später deinen Laptop benutzen?«, fragte
Sonja, als sie aus dem Bad kam. Ihr schwarzes Haar, das
sie von ihrem Vater geerbt hatte, glänzte wie Rabenfe-
dern.

»Klar«, entgegnete Jenny und hantierte weiter an der
Spüle.

»Hast du Pudding zum Frühstück gekocht?«

»Für heute Abend. Dann bekommt er eine richtige
Haut.«

Auch in der Puddinghautfrage waren sich Mutter und
Tochter einig.

»Was machen wir bis dahin?«

»Müsli?«

»Okay, ja. Eigentlich meinte ich, was wir heute unternehmen.«

»Weiß noch nicht. Draußen zieht es zu und Shadow ist
von gestern ziemlich fertig. Soll ich dir mal wieder einen
Zopf flechten?«

»Von mir aus.« Sonja musterte sie fragend. »Wirst du
sentimental? Das hast du zum Fasching in der sechsten
Klasse das letzte Mal gemacht.«

»Du hast so niedlich ausgesehen als kleine Tarantel.«
Die Fotos davon hingen noch immer in Jennys Büro an
der Pinnwand.

»Die anderen Kinder fanden mich eklig.«

»Dein Papa war auch der Meinung, dass du das beste Kostüm hattest.«

»Hat mir trotzdem keine Tarantel zum Geburtstag geschenkt.«

»Das lag eher an mir als an ihm.«

»Dachte ich mir schon. Ist vielleicht praktisch, wenn du mir einen französischen Zopf flechtest. Damit wehen mir später die Haare nicht ins Gesicht.«

Sonja setzte sich im Schneidersitz aufs Bett und löffelte Müsli, während Jenny mit den Fingern durch ihr Haar kämmte. Früher war das ein geliebtes Ritual gewesen. Über die Jahre hatten sie zusammen ein Schatzkästchen mit Haarspangen, Clips mit neonbunten Strähnchen und Zopfhaltern gefüllt. Jennys Mutter hatte ihr die Haare immer kurz schneiden lassen, weil sie dann pflegeleichter waren. Sie konnte sich nicht erinnern, als Kind jemals Haarspangen getragen zu haben.

Irgendwann hatte Sonja das Interesse an ihrem Ritual verloren und sich zurückgezogen. Als Teenager hatte sie mit ihren Haaren viele Phasen durchgemacht. *Wie schnell die Zeit vergeht*, dachte Jenny wehmütig, während sie Sonjas fertigen Zopf mit einem Haargummi sicherte.

»Ich glaub, ich weiß, was ich als nächstes mache«, sagte sie unvermittelt, während sie die verbliebenen Schokostücke aus der Schüssel fischte.

»Was denn?«

»Ich würde gern ein längeres Praktikum bei Doktor Mardani absolvieren.«

»Die Physiotherapeutin, bei der du dein Schülerpraktikum gemacht hast?«

Sonja setzte sich gerade hin und blickte ernst über ihre Schulter. »Ja. Der Vater von deinem Freund hat mich darauf gebracht.«

Jenny nickte nachdenklich. »Warum nicht? Damals hat's dir dort gefallen.«

»Hast du gehofft, dass ich was anderes studiere?«

»Darüber hab ich mir ehrlich gesagt noch keine Gedanken gemacht.«

»Ich glaube, die Uni ist allgemein nicht so mein Ding.«

»Okay.«

Obwohl ihr Sonja eine Steilvorlage für das Thema Werbeagentur geliefert hatte, zögerte Jenny, sie darauf anzusprechen, denn unweigerlich würde die Rede auf ihren Vater kommen. Nach einigem Nachdenken entschied sie, dass der direkte Weg der beste war. Um den heißen Brei herumzureden, würde Sonja am Ende eher verärgern als ihr helfen.

»Ich habe heute Morgen einen Anwalt gefunden, um bestimmte Dinge in der Agentur zu regeln.«

»Aha.«

»Damit er handeln kann, müssen wir besprechen, was mit deinem Erbe passieren soll.«

»Was gibt's zu besprechen? Ich habe dir doch schon gesagt, dass du meine Hälfte haben kannst.« Wie zu erwarten, war sie sofort auf Krawall gebürstet. Es war schwer für Sonja gewesen, immer nur an zweiter Stelle zu stehen.

Jenny krabbelte zum Rand des Bettes und setzte sich neben sie, um sie anschauen zu können. Ihre Tochter jedoch wich ihrem Blick aus. »Ich wollte dir Zeit geben, noch einmal darüber nachzudenken.«

»Brauch ich nicht.«

»Immerhin hat dein Vater die Firma aufgebaut.«

»Hab ich mitgekriegt.« Für Sonja war die Agentur ihres Vaters immer eine Konkurrenz gewesen, gegen die sie nicht die geringste Chance gehabt hatte.

»Ich weiß, du interessierst dich nicht für das Thema ...«

»Pft.«

»... aber du bist noch jung. Vielleicht änderst du deine Meinung irgendwann.«

»Kann ich doch, wenn du die Chefin bist, oder?«

»Natürlich.« Jenny war sich nur nicht mehr sicher, ob sie das wollte. Neben Marius hätte es ihr Spaß gemacht, die Agentur zu führen. Aber mit Luca? Würde sie ihre Kräfte nicht mit unnötigen Grabenkämpfen um seine kreative und persönliche Eitelkeit erschöpfen? War das eine Partnerschaft wert?

Dagegen stand die Überzeugung, dass die Position ihr zustand. Der Agentur hatte sie ihren Traum von der rasenden Reporterin geopfert. Vielleicht steckte nicht ihr Herzblut darin wie das von Marius, aber unermüdlicher Einsatz und unbezahlte Überstunden. In nichts anderes hatte sie so viel investiert.

Außerdem hatte sie nach wie vor die Verantwortung für Sonja, auch wenn sie in ein paar Wochen zwanzig wurde. Sie orientierte sich neu und würde vielleicht bereuen, das Erbe ihres Vaters abgeschrieben zu haben. So mancher junge Mensch wäre dankbar für solch eine Gelegenheit. Einen einfacheren Einstieg in eine begehrte Branche konnte man fast nicht haben. Das sagte sie ihr natürlich nicht.

»Du musst dich der Agentur nicht komplett verschreiben, vielleicht willst du mal wieder vorbeischnuppern.«

»Und mit der Tussi zusammenarbeiten, mit der er den Unfall hatte? Geht's noch?«, schnaubte sie entrüstet.

»Ist ja gut. Ich will dir nur alle Möglichkeiten offenhalten, bis du weißt, was du willst.«

»Ein Praktikum als Physiotherapeutin, hab ich doch gesagt.« Sonja sprang vom Bett auf und verschwand hinter der Küchenzeile, wo sie sich anscheinend rigoros dem Abwasch widmete.

Jenny ließ sie gewähren, sie hatte gewusst, dass das Gespräch nicht einfach werden würde. Am besten ließ man sie in Ruhe nachdenken.

In der Zwischenzeit fuhr sie ihren Laptop hoch und kontrollierte ihre E-Mails. Herr Schulte-Dietz schrieb, dass er ihren Entwurf für *Strandkorb 66* uneingeschränkt befürworte und deshalb schon in der Agentur Bescheid gegeben habe.

Das übliche Hochgefühl bei so einer Rückmeldung blieb diesmal aus. Jenny war einfach nur erleichtert. Die Zusage würde Luca den Wind aus den Segeln nehmen und sie in eine bessere Verhandlungsposition bringen, zumindest hoffte sie es.

»Sorry, dass ich ausgetickt bin«, kam es um die Ecke. »Willst du Tee?«

»Gerne.«

Der Wasserkocher wurde gefüllt und Jenny hörte Kandisklumpen in die Teebecher plumpsen. Sonja stellte einen Teller mit Keksen auf den Klapptisch. »Tee kommt gleich.«

Sie schrieb Herrn Schulte-Dietz kurz zurück und widerstand der Versuchung, schnell ein paar andere E-Mails abzuarbeiten.

»Tut mir echt leid«, sagte Sonja, als sie sich mit zwei dampfenden Tassen *Winterwunsch* gegenübersaßen. »Ist nicht deine Schuld, dass ich nicht Papas Liebling war, sondern seine dämliche Werbeagentur.«

Jenny wollte antworten, dass es nicht stimmte. Gerne hätte sie ihre Kleine damit getröstet, dass sich Zuneigung auf unterschiedliche Weisen ausdrückte und Marius sein Bestes gegeben hatte, aber leider konnte sie sich nicht mal selbst davon überzeugen. Immerhin hatte er finanziell für Sonja gesorgt, das konnte man nicht über jeden Vater sagen.

Sie hatte immer versucht, Marius' väterliche Abwesenheit auszugleichen, aber Sonja war nicht dumm. Wie oft hatte sie sich beklagt, dass sie ihren Vater selbst in den gemeinsamen Ferien mit seiner Arbeit teilen musste, dass er nicht wusste, welche Leistungskurse sie hatte oder was ihre Lieblingsserie war?

Statt etwas zu sagen, ging sie auf Sonjas Seite und hielt die Arme auf. Ihre Kleine umschlang sie im Sitzen und Jenny war sicher, dass sie mit den Tränen kämpfte.

»Geht schon wieder«, murmelte sie nach einer Weile. »Wenn man nie einen Vater hatte, kann man ihn auch nicht vermissen. Alle, die ich kenne, haben *Daddy Issues*. Bin also nicht allein.«

Jenny setzte sich wieder und fragte sich, wo sie den Begriff aufgeschnappt hatte. Vielleicht wäre ihre Tochter mit Psychologie besser bedient gewesen als mit dem Medizinstudium.

Sonja hatte die Stirn in Falten gezogen und knabberte an einem Sanddornkeks. »Ich weiß, ich sollte mir übers Geschäft Gedanken machen. So ein Erbe ist ein Privileg, schon klar. Aber es interessiert mich nicht. Können wir es nicht so regeln, wie es am einfachsten für uns ist?«

»Dann überlass es mir und dem Anwalt.«

»Okay ... ähm ... danke, dass du dich um alles kümmerst.«

»Klar doch. Ich hab dich lieb.«

»Ich bin nur so launisch, weil ich ein armer, missverstandener Teenager bin.«

»Nicht mehr lange.«

»Leider. Muss ich mir gleich am Geburtstag neue Ausreden einfallen lassen?«

»Klar, was denkst du?«

»Okay.« Sonja rollte in bester Teenager-Manier mit den Augen. »Bekomm ich jetzt deinen Laptop? Ich muss meine Zukunft planen, um meinem Schicksal als arbeitslose Zwanzigjährige zu entgehen.«

Ruckartig wandte sie den Kopf Richtung Fenster. Draußen malträtierte anscheinend jemand seine Fahrradhupe.

»Was ist das denn für ein Idiot?«

Jenny lächelte. Das konnte nur einer sein. Sie öffnete umständlich das schwere Fenster und beugte sich hinaus. »Deine olle Fahrradklingel hat wohl ein Upgrade gekriegt?«

Eric grinste hoch. »Mein Campingrad auch!«

»Willst du reinkommen?«

»Komm du raus!«

Das ließ sich Jenny nicht zweimal sagen.

Kapitel 26

Auf der linken Seite sausten die Bäume vorbei, als sie Neuendorf auf der gepflasterten Straße verließen. Jenny klammerte an seinem Anorak und von der verkrampften Haltung taten ihr bald die Beine weh. *Ich bin zu alt für so was*, dachte sie. Steif geworden streckte sie den Rücken durch und zog die Zehenspitzen an, um die Spannung besser zu halten. Die vielen Sessions auf dem Spinning-Rad hatten anscheinend nichts genützt. Kein Fitnesstraining der Welt bereitete einen auf den Tag vor, an dem man als Erwachsener wieder hinten auf dem Gepäckträger saß.

»Das ist ein Höllenritt!«, rief sie dicht an Erics Ohr, damit der Wind ihre Worte nicht davontrug.

»Willst du lieber laufen?«

»Nein.« Wenn sie liefen, würden sie es nicht rechtzeitig zum Leuchtturm auf dem Dornbusch schaffen. Abgesehen davon wäre es ihr sicherheits- und oberschenkeltechnisch lieber gewesen. Das hätte sie Eric gegenüber aber niemals zugeben.

»Dann fahr' ich schneller?«, rief er übermütig.

»Klar.«

»Gut, dass wir Rückenwind haben!«

»Nur leider keine Schiebesonne.«

»Das ist ein Fahrrad, kein Trabbi. Wart's ab!«

Das Wäldchen ging über in karge Wiesenlandschaft mit

einem gelben Nationalpark-Schild als einzigem Farbtupfer bis zum wolkenverhangenen Horizont. Jennys Bauch begann zu kribbeln, als Eric noch einen Zahn zulegte. Mantelsäume und Schal flatterten im Fahrtwind. Immer wieder rutschten ihre behandschuhten Hände von seiner Jacke ab. Schließlich schlang sie die Arme um seine Mitte.

Angsthase, hörte sie seine Stimme in Gedanken. Sie musste ihr recht geben. Früher waren sie öfter so durch Vitte gedüst und hatten keinen Gedanken an potenzielle Unfälle verschwendet. Vorsichtig streckte sie die Beine aus, ohne Eric beim Treten in die Quere zu kommen, und lockerte ihren Griff. Ihre schmutzigen Stiefelspitzen rückten ins Blickfeld. Die teuren Teile machten auf Hiddensee richtig was mit.

Als sie die Weite der Wiese hinter sich ließen, weil der Weg beidseitig von kahlen Birken begrenzt wurde, fand Jenny langsam Gefallen an der Art der Fortbewegung. Sie streckte das Gesicht in den Wind, als sich zum ersten Mal die Sonne blicken ließ. Einhändig lockerte sie ihren Schal, um möglichst viel Licht an ihre Haut zu lassen.

Nachdem sie das Feriendorf passiert hatten, fuhr Eric rechts ran, um dem Inselbus aus Vitte Platz zu machen. Der Bus war halb leer. Hinter der Scheibe winkte ein älteres Ehepaar und er erwiderte den Gruß.

»Du kennst die beiden?«, bemerkte Jenny. In Frankfurt würde ihr kaum jemand aus den Öffis zuwinken, auch wenn sie dort eine Menge Leute kannte.

»So in etwa. Ich bin letzten Sommer für die beiden getaucht.«

»Nach einem Goldschatz?«

»Äh ... jetzt könnte ich flunkern, aber so was macht man gegenüber Freunden nicht. War nichts Aufregendes.

Sie dachten, ihr Segelboot hat was abbekommen und ich sollte nachschauen.«

Die Tatsache, dass Eric sie einen Freund nannte, brachte ihren Bauch mehr zum Kribbeln als der Höllenritt von eben. »Klingt aufregend.«

Er grinste über die Schulter und richtete das Rad auf die Straße aus. »Für 'ne Landratte vielleicht. Weiter geht's.«

Jenny saß auf und die wilde Fahrt wurde fortgesetzt. Eine reine Landratte war sie nun wirklich nicht. Sie dachte an einen Sommerurlaub zurück, als Sonja noch klein gewesen war. Marius hatte seinen Segelschein gemacht und ein Boot gemietet. Während er vor den Kykladen mit Luca Kapitän gespielt hatte, hatte Jenny auf seine Tochter aufgepasst und sich das Gelaber von Lucas damaliger Freundin angehört. So war es meistens auf ihren Familienurlauben zugegangen. Jenny hatte das irgendwann akzeptiert und die gemeinsamen Reisen trotzdem genossen. Immerhin hatte sich Marius stets etwas einfallen lassen, kein Vergleich zu den langweiligen Club-Urlauben ihrer Eltern, und sich Zeit für kleine Momente der Zuneigung genommen, die sie im stressigen Alltag oft vermisst hatte.

Im Nachhinein ärgerte sie sich, dass sie und Sonja immer die zweite Geige gespielt hatten.

»Schneller!«, rief sie. Sie wollte nicht mehr an Segelschiffe oder Marius denken und konzentrierte sich auf die Fahrt.

Eric lachte nur und trat kräftiger zu.

Schon weniger vorsichtig streckte sie die Beine aus und wackelte mit den Zehenspitzen. Nach ein paar Metern löste sie die Hände von seinem Anorak und streckte die Arme über den Kopf.

»Schneller!«

»Ich geb' mein Bestes«, kam es zurück.

Jenny lehnte den Kopf zurück und streckte das Gesicht zum Himmel. Der Wind vertrieb alle Erinnerungen.

»Halt dich lieber fest.«

»Ach, Quatsch.«

Als der Weg leicht abfiel, nahmen sie richtig Tempo auf. Jenny genierte sich, laut zu jauchzen, obwohl niemand in der Nähe war. Stattdessen riss sie die Mütze vom Kopf und schüttelte die Haare. Der Wind fuhr hindurch und sie bedauerte wieder einmal, nie richtig lange Haare gehabt zu haben. In dem Moment löste sich ihr Schal. Sie erhaschte das Ende, dennoch glitt er durch ihre Finger und segelte rasch außer Blickweite. Durch die unvermittelte Bewegung gerieten sie leicht ins Schlingern.

Eric hielt an, drehte sich um und bemerkte sofort ihr Malheur. »Halt mal«, forderte er und stieg ab.

Jenny blickte ihm über die Schulter nach und sah, wie er ihrem Schaltuch hinterherwetzte. Es war auf einem mit Elektrozaun abgegrenzten Stück Wiese gelandet. Ohne im Laufen innezuhalten, setzte er darüber, als würde er das jeden Tag machen. Für den Moment hatte sie ein schlechtes Gewissen wegen ihrer Dummheit. Was wenn es sie im Fahren umgeworfen hätte?

Eric sprintete ihr entgegen, das Schaltuch triumphierend in der erhobenen Hand. Er blieb vor ihr stehen, schlang ihr den Schal um den Hals und verknotete ihn zu einer grotesken Schleife, während der Wind durch seine dunklen Locken fuhr.

»Gesichert«, meinte er und grinste. »Sieht auch viel besser aus.«

Den Rest der Strecke hielt sich Jenny an ihm fest und verzichtete auf weitere akrobatische Einlagen. Ein einsames reetgedecktes Haus neben einer Gruppe sturmgebeugter Kiefern kündigte an, dass sie es ohne Unfälle nach Vitte geschafft hatten. Bis nach Kloster war es nur mehr ein Katzensprung.

»Kennst du Kloster noch?«, rief Eric, als eine Weggabelung in Sichtweite kam.

»War mir zu Fuß ein bisschen zu weit.«

»Dann fahren wir durch den Ort.«

Er hielt weiter geradeaus und nach dem letzten Strandaufgang bog er rechts in eine unbefestigte Straße ein, wobei er versuchte, den Schlaglöchern auszuweichen. Links lag das Gerhart-Hauptmann-Haus. Ihre Eltern hatten sie während eines Ausflugs mal dorthin geschleift. Jenny hatte sich währenddessen gelangweilt und wäre lieber an den Strand gegangen. Sonst kam ihr nichts bekannt vor.

Als er vor dem *Hotel Hitthim* hielt, stieg Jenny steifbeinig ab. Sie meinte sich an die Klagen ihrer Mutter zu erinnern, dass sie nicht hier fürs Abendessen untergebracht gewesen waren. Vielleicht bildete sie sich das ein und es war eines der wenigen anderen Restaurants gewesen, die es damals auf Hiddensee gegeben hatte.

»Du bist ja völlig durchgefroren«, meinte Eric, nachdem er das Rad angeschlossen hatte. Ihm selbst war beim Strampeln warm geworden. Seine Wangen waren leicht gerötet, sonst merkte man ihm die Anstrengung nicht an. Er fuhr sich durch sein dichtes Haar und hielt ihr die Tür zum Restaurant auf. »Komm, wir wärmen uns erst mal auf.«

Jenny nickte nur. Erstens klapperten ihr die Zähne, und zweitens konnte sie sich nicht erinnern, wann das letzte Mal jemand fürsorglich zu ihr gewesen war.

Es war so ein ungewohntes Gefühl, dass sie kein Wort hervorbrachte. Aus einem unerklärlichen Grund bereitete es ihr leichtes Unbehagen. Es kam ihr unnatürlich vor, wie etwas, das in die Zeit vor ihrem letzten gemeinsamen

Sommer gehörte. Danach hatte sie sich eine harte Schale zugelegt im Bemühen, nicht nur alles richtig zu machen, sondern auch allein. Ihre Unabhängigkeit war ihr Stolz und Schutz zugleich gewesen. Zumindest auf sich selbst konnte sie sich immer verlassen. Und sie musste nicht enttäuscht über mangelnde Unterstützung sein, wenn sie gar nicht erst danach fragte.

Jenny hatte sich dennoch oft gewünscht, dass sich jemand um ihr Befinden kümmerte. Aber war sie auch bereit dafür?

Kapitel 27

Im Restaurant des *Hitthim* war es knackevoll. Kein Wunder, sonst hatte im Winter nicht viel geöffnet. Wer auf Hiddensee ins neue Jahr gestartet war, schien den Urlaub in dem gemütlichen Restaurant am Hafen von Kloster ausklingen zu lassen. Die Kellnerin kannte Eric anscheinend und führte sie durch den verschachtelten Schankraum. Routiniert schlüpfte er mit eingezogenem Kopf unterm Deckengebälk in eine verborgene Nische, in der noch ein Tisch frei war.

Kupferne Lampen spendeten heimeliges Licht und auf den Regalböden über ihren Köpfen versammelten sich alte Koffer, Fässer und andere Gegenstände, die den Eindruck vermittelten, aus Versehen im Winterquartier eines betagten Seemanns gelandet zu sein. Jenny schälte sich aus ihrem Mantel und schaute sich fasziniert um. Ihr gegenüber befand sich ein kupferner Kessel. Was darin wohl gebraut worden war?

Statt nachzusehen, ließ sie sich an der Wandseite nieder, von wo aus sie alles beobachten konnte. Am Nebentisch löffelten sie Fischsuppe, schmierten Schmalzbrote und zerteilten Brathering. Ihr Magen begann zu knurren, denn über Erics Überraschungsbesuch hatte sie das Frühstück völlig vergessen. Er hatte Kalten Hund von seiner Mutter vorbeigebracht und sie kurzerhand zum Ausflug überredet. Sonja hatte versprochen, nicht alles weg zu mampfen, während sie über ihren E-Mails brütete. So wirklich glaubte Jenny nicht daran.

»Willst du auch eine Kleinigkeit essen?«, fragte Eric.

»Nur eine Kleinigkeit? Lass uns feiern, dass wir diesen Höllenritt überlebt haben.«

Er lachte.

»Ich lade dich ein.«

»Kommt nicht infrage.«

»Das ist das Mindeste, das ich für meinen Chauffeur tun kann.«

»Wir können auf dem Rückweg die Plätze tauschen.«

»Machen wir.«

»Da würde mir mein Vater was husten. Du bist mein Gast, dir gebührt der beste Platz.«

»So gemütlich ist der Gepäckträger nun auch wieder nicht.«

Grinsend schlug er die Karte auf. Jenny fühlte sich an ihre Kindheit erinnert. Soljanka und Kohlrouladen hatte sie schon ewig nicht mehr auf einer Speisekarte gesehen. Als die Kellnerin ihre Friesenmischung brachte, bestellte sie gebratenen Kabeljau mit Wirsinggemüse. Die Stärkung konnte sie vor ihrer Wanderung gut gebrauchen. Vor ihnen lagen knapp zwei Kilometer den Dornbusch hinauf. Mit ihren Eltern war sie schon dort gewesen, nur bis zum Leuchtturm hatten sie damals nicht gedurft. Eric hatte vorgeschlagen, es heute nachzuholen.

»Geht ihr öfter hier essen?«, wollte Jenny wissen.

»Nicht, seit mein Vater zu Hause Küchenchef ist.«

»Ich meine nur, weil dich die Kellnerin anscheinend kennt.«

»Hab hier schon öfter ausgeholfen.«

»Aha. Ich dachte, du tauchst durch die Ozeane und machst Fotos.«

Eric neigte den Kopf zur Seite und runzelte die Stirn.

»Hab ab und zu auf Facebook vorbeigeschaut«, gab Jenny zu.

»Warum hast du nicht geschrieben?« In seiner Stimme lag kein Vorwurf, nur Erstaunen.

»Keine Ahnung. Es war so lange her, seit wir uns das letzte Mal gesehen haben. Du hast so ein aufregendes Leben unter Wasser zwischen den versunkenen Städten in der Adria und den Korallenriffen. Den zahmen Kraken vor Kreta nicht zu vergessen.«

»Ich hätte mich trotzdem über eine Nachricht gefreut.«

»Wirklich?«

»Ja. Du hättest mich besuchen können.«

Jenny dachte darüber nach, was passiert wäre, wenn sie vor Jahren dem Impuls, ihm zu schreiben, nachgegeben hätte. Warum hatte sie es nicht getan? Sie hätte ihm beweisen können, dass sie das Schnorcheln nicht verlernt hatte und immer noch doppelt so viel Eis verdrücken konnte wie er. Bestimmt hätte er nicht die Augen verdreht wie Marius, wenn sie den antiken Statuen auf Fotos ein High-Five gab. Eric hätte es ebenso lustig gefunden und mitgemacht. Wie viel Spaß war ihnen entgangen?

»Meinen Brief hast du wohl nicht bekommen ...« Eric nippte scheinbar konzentriert an seiner Cola.

Jenny blinzelte überrascht. »Wann hast du mir geschrieben?«

»15. September 1991.«

»Oh.«

»Am Sechzehnten habe ich ihn nach der Schule abgegeben. Das war ein Montag.« Er lächelte gequält.

Sie dachte fieberhaft nach. In dem Jahr war sie in die sechste Klasse gekommen. Ihre Eltern hatten von ihr erwartet, dass sie am Ende die Bildungsempfehlung fürs

Gymnasium bekam. Fürs Zeugnis der fünften hatte sie einen Walkman bekommen und sich von ihrem Taschengeld eine Kassette von Roxette gekauft, die sie im Schulbus hoch und runter gehört hatte. An einen Brief erinnerte sie sich nicht. »Unsere Adresse hatte sich geändert.« Als ob diese Tatsache noch etwas änderte.

Eric nickte. »Ich dachte, wir hätten deine neue ausgetüftelt, aber anscheinend nicht.«

Jennys Kehle zog sich zu, als würde sie Halsweh bekommen. »Ein Brief von dir hätte mir damals alles bedeutet.«

»Das ist gut zu wissen.« Er lächelte, aber über sein Gesicht huschte auch ein Hauch von Bedauern.

»Was stand denn drin?«

»Die ganzen tollen Sachen, die es damals auf Hiddensee gab, dass wir zusammen tauchen gehen und dass ich dich zum Eisessen einlade, so was halt.«

»Das könnten wir nachholen«, murmelte Jenny in ihre Tasse.

»Klar. Du musst nur bis zum Sommer bleiben.« Der Tee und Erics warmes Lächeln vertrieben ihre Halsschmerzen. Eine Antwort konnte sie ihm dennoch nicht darauf geben.

Stille breitete sich zwischen ihnen aus, sodass Jenny nur das leise Gespräch am Tisch nebenan vernahm.

»Wann hattest du Zeit, hier zu kellnern?«, fragte sie ins Schweigen hinein, nicht dass es unangenehm gewesen wäre.

»Bin vor anderthalb Jahren zurückgekommen, als Papa den Schlaganfall hatte. Im Sommer gibt's hier ein paar Tauchjobs, aber nicht genug. Kellner suchen sie dafür immer und überall. Gleich nach dem Abi hatte ich in verschiedenen Restaurants gejobbt, weil ich nicht wusste, was ich machen sollte.«

»Haben dich deine Eltern nicht gedrängelt, dass du studieren sollst?«

Eric zuckte mit den Schultern. »Kann mich nicht erinnern. Ich glaube nicht. Sie haben früh eingesehen, dass es bei mir nichts bringt.«

»Studieren?«

»Nein, drängeln.«

»Schon klar.«

»Die Erfahrung hat sich auf Reisen als praktisch erwiesen, wenn ich mit dem Geld nicht hingekommen bin. So hat sich das Kellnern durchgezogen bis heute.«

»Klingt, als würdest du überall zurechtkommen.«

»Solange Wasser in der Nähe ist.«

Jenny freute sich, dass er anscheinend genau der Lebenskünstler geworden war, als den sie ihn sich immer vorgestellt hatte. *So kann's gehen, wenn deine Eltern dich unterstützen,* dachte sie bitter und hatte gleich ein schlechtes Gewissen. Ihre Eltern waren selten ihrer Meinung, eigentlich nie, hatten ihr dafür aber Pflichtbewusstsein und Disziplin mitgegeben, ohne die sie die letzten Jahre nicht gemeistert hätte. Das war doch was.

»Du bist der geborene Taucher. Damals hast du mir Schnorcheln beigebracht. Erinnerst du dich?«

Das brachte Eric wieder zum Lächeln. »Klar. Mit Mamas Taucherbrille, die immer vollgelaufen ist.«

»Das Tauchen verstehe ich, aber wie ist das Fotografieren dazugekommen?«

»Nach der Wende haben wir bei meiner Tante in Hamburg gewohnt. Zum Geburtstag hat sie mir meinen ersten Fotoapparat geschenkt, so ein kindersicheres Ding mit blinkenden Lichtern, damit ich die Stadt beim Bildermachen besser kennenlerne. Hab mich nie eingewöhnt, aber das Fotografieren ist geblieben. Ich überlege, an meiner ehemaligen Schule einen Fotokurs anzubieten, damit die Kinder Hiddensee mit der Linse entdecken, so wie ich damals. Vielleicht eine kleine Ausstellung mit ihnen auf die Beine zu stellen.«

»Die Kinder werden dich lieben, für sie bist du das Tor zur großen weiten Welt.«

»So hab' ich das noch gar nicht betrachtet.«

Jenny nippte an ihrem Tee. »Du bleibst also noch eine Weile hier. Weißt du schon, wie lange?«

»Für immer. Hab beschlossen, mir was aufzubauen.«

»Erzähl.«

»Viel zu erzählen gibt's da nicht. Zumindest noch nicht. Ich mache alles, was mit Tauchen zu tun hat. Erfahrung als Tauchlehrer hab' ich schon, ich muss nur meine Lizenz auffrischen. Die Bootsbesitzer brauchen manchmal einen Taucher, wenn sie ihren Anker verlieren oder was am Boot gemacht werden muss. Ein paar Aufträge hatte ich schon, jetzt habe ich meine Fühler nach Rügen ausgestreckt und muss sehen, was sich dieses Frühjahr als Industrietaucher ergibt.«

»Deine Eltern freuen sich bestimmt, dass du zurück bist.« Jenny dachte, dass es ein Wink des Schicksals gewesen sein musste, dass sie gerade jetzt nach Hiddensee zurückgekehrt war. Vor zwei Wintern hätte sie Eric hier nicht angetroffen.

»Meinem Vater wäre es lieber, wenn ich wieder losziehe. Er denkt, ich bleibe nur seinetwegen. Dabei reizt mich keiner meiner alten Tauchjobs.«

»Es ist schön hier. Man kann Hiddensee mit keinem anderen Ort vergleichen.«

»Finde ich auch. Meine Eltern wollten früher immer weg. Vielleicht kann er sich deshalb nicht vorstellen, dass ich freiwillig hierbleibe.«

Jenny horchte, ob da ein Vorwurf in seiner Stimme lag, aber Eric zuckte nur mit den Schultern, als wäre das Thema abgehakt. Sie wollte ihm sagen, was ihr seit damals auf der Seele brannte. Doch ein volles Lokal war nicht der richtige Ort dafür.

»Früher wolltest du immer Schatzsucher werden.«

Er grinste. »Immer nur suchen, wird irgendwann langweilig, vor allem will dich keiner anständig dafür bezahlen.«

»Ja, das ist schlecht.« Jenny überlegte, ob der Reiz für sie im Suchen oder Finden lag.

»Wie bist du zur Werbung gekommen?«, unterbrach Eric ihren Gedankengang.

»Aus Pflichtgefühl, schätze ich mal.«

Eric zog die Stirn kraus.

»Im Nachhinein weiß ich es selber nicht mehr genau. Hat sich so ergeben, interessiert hat's mich vorher nie. Ich war als freischaffende Journalistin auf einer Messe und hab dort Marius, meinen späteren Lebensgefährten, kennengelernt. Er hatte ein paar Jahre zuvor seine Werbeagentur gegründet. Klasse Ideen, wenig System dahinter. Ich habe mit ein paar Stunden pro Woche bei ihm angefangen, und als es besser lief, bin ich Vollzeit eingestiegen. So hatte ich auch mehr Zeit für Sonja.«

»Mein Vater meint, sie kommt ganz nach dir. Wie aus dem Gesicht geschnitten.«

Jenny schnaubte belustigt. »Das ist erstaunlich, weil ich keins meiner Gene an sie weitergegeben habe.«

»Nicht?«

»Marius hat sie mit in die Beziehung gebracht. Sie sieht ihm wahnsinnig ähnlich.«

»Ist er schon wieder abgereist?«

»Vor ein paar Wochen. Für immer.« Sie merkte selbst,

wie verbittert ihre Stimme klang. »Er ist bei einem Auto-unfall ums Leben gekommen.«

»Oh, das tut mir ...«

»Hat mir nur Ärger hinterlassen, der gerade auffrisst, was von mir übrig ist.« Jenny biss sich auf die Zunge.

Erics Lächeln war einem entschlossenen Ausdruck ge-wichen und seine Zornesfalte, die sie vorher nicht be-merkt hatte, trat hervor. Bestimmt schob er den Besteck-korb zur Seite und beugte sich über den Tisch. »Wie kann ich dir helfen?«

»Indem wir über was anderes reden. Nach seinem Tod dachte ich, alles im Griff zu haben, aber gerade kommt eins zum anderen.«

»Klingt, als bräuchtest du dringend Ferien.«

»Sag das meinem Gehirn.«

Er tippte an ihre Schläfe. »Hallo Hirn, lass Jenny in Ru-he und schalt mal ab.«

Das brachte sie zum Lachen. »Danke. Zur Kenntnis ge-nommen.«

»Keine Ursache. Ich bin selbst ein kleiner Werbeprofi, musst du wissen.«

»Ach, ja?«

»Hab meine eigene, absichtlich extrem minimalistische Homepage gebastelt und für meine Flyer für Tauchexkur-sionen gibt's schon meisterhaft ausgeführte Bleistiftskiz-zen im abstrakten Stil.«

»Klingt, als könntest du meine Hilfe brauchen.«

»Hundertpro, aber du hast Urlaub, schon vergessen?«

Die Kellnerin servierte das Mittagessen. Jenny unter-stützte Sonjas Leidenschaft für Nudeln mit Käse, aber es war schön, mal wieder etwas anderes zu haben.

Eric biss begeistert in seinen Flammkuchen. »Kann mir

dich übrigens gut als rasende Reporterin vorstellen«, sagte er kauend.

»Echt?«

»Klar. Deine Neugier zum Beruf machen und durch die Gegend flitzen? Passt.«

»Danke.« Die Zeit lag inzwischen fünfzehn Jahre zurück, trotzdem tat sein Zuspruch unendlich gut. Weder ihre Eltern noch ihr damaliger Freund hatten ihre Entscheidung verstanden. Tagelang hatten alle versucht, es ihr auszureden und stattdessen den zukunftssicheren Job beim MDR zu nehmen. *Mit Eric wäre vieles einfacher gewesen*, dachte sie.

»Auf dem Rückweg nehme ich deine Bleistiftskizzen mit und schaue, was sich daraus machen lässt. Okay?«

Eric blickte überrascht auf. »Aber erst wenn dein Gehirn aus dem Urlaub zurück ist. Vorher nicht.«

»Du hast recht.« Jenny merkte, wie leicht sie in alte Verhaltensmuster verfiel. Kaum hatte sie eine neue Aufgabe entdeckt, stürzte sie sich darauf. Gut, dass ihr Eric das nicht durchgehen ließ.

Sie teilte den Fisch, damit er abkühlte, und zerdrückte eine Salzkartoffel. Der Rahmwirsing schmeckte wie ein Besuch bei ihrer Oma. Als Kind hatte sie deren Kochkünste viel zu wenig zu schätzen gewusst. Wie so vieles waren sie für immer verloren.

Kapitel 28

»Neunundachtzig, sechszehn, vierzig«, ratterte Eric herunter. Er war kaum außer Atem, während er mit seinen langen athletischen Beinen die Stufen des Leuchtturms nahm.

»Fünfundachtzig ... hör auf ... sechsundachtzig ... du bringst mich... siebenundachtzig ... durcheinander ...«

»Ich wollte nur den Schwierigkeitsgrad erhöhen, damit dir nicht langweilig wird.«

Jenny blieb stehen. »Verdammt, war das jetzt einundneunzig oder zweiundneunzig?«

»Sollen wir runtergehen und noch mal von vorn anfangen?«

»Müssen wir wohl.« Jenny verschränkte die Arme und tat, als würde sie schmollen.

»Okay.« Eric zuckte mit den Schultern und drehte um.

»Ich glaube, es war zweiundneunzig.«

»Sicher?«

»Tja, wenn wir bei hundertdrei Stufen rauskommen, lag ich falsch, oder?«

»Sehr vernünftiger Nachweis, glaube ich. Hatte mit Mathe nie viel am Hut.«

»Ich schon. Woher wusstest du, dass ich im Kopf Stufen zähle?«, wollte sie wissen, als sie verschnauft hatten.

Eric schickte ihr einen Blick, der nur bedeuten konnte: *Das fragst du noch?*

»Nein, ehrlich. Das hab ich seit meiner Kindheit nicht mehr gemacht.«

»Ich kenn mich halt aus und wusste, du kannst nicht widerstehen.« Er schloss die Jacke bis zum Kragen und stülpte die Fleecemütze über seine Locken. Aus seinen lebhaften dunklen Augen blitzte der Schalk.

Auch Jenny mummelte sich ein und trat auf die Plattform, die den Leuchtturm auf dem Dornbusch in luftiger Höhe umgab. Bei dem Wetter waren sie die Einzigen. Die wolkenverhangene Ostsee machte nicht gerade Werbung für einen Inselurlaub und die wenigen Touristen verirrten sich heute nicht hierher.

Jenny stellte erstaunt fest, dass Eric sein Handy gezückt hatte und anscheinend ein Selfie machen wollte.

»Was?«, fragte er und stellte sich neben sie.

»Nichts. Ich hätte bloß nicht gedacht, dass du bei dem ganzen Selfiequatsch mitmachst.«

»Was heißt hier Quatsch? Ich bin ein hochprofessioneller Fotograf. Zwei Meter nach rechts bitte, dann haben wir die Ostsee mit drauf. Und bitte den Schal aus dem Gesicht, sonst denkt meine Mutter, dass ich mit irgendeiner anderen Frau hier bin.«

Prompt zog Jenny den Schal bis zur Stirn hoch und warf sich in Pose. »Ich seh auf Bildern eh furchtbar aus. So ist's besser.« Durch einen dünnen Augenschlitz sah sie Eric feixen.

»Also ein Krake ist leichter zu fotografieren.«

»Ich nehme das als Kompliment.« Dennoch richtete sie rasch das Schaltuch und ihre Haare, wobei sie letzteres genauso gut hätte lassen können. Der Wind bestimmte ihre Frisur, da war nichts zu machen.

»Such das Beste aus, ich schicke es gleich meinem Vater.« Er scrollte durch.

»Sehen eigentlich alle gut aus.«

»Du hast die Wahl. Welches soll ich schicken?«

»Das da.« Jenny musste zugeben, dass sie auf den Fotos weniger verbissen aussah als sonst. *Guck doch mal, als hättest du Spaß*, hatte Marius sie oft geneckt. Er hatte einfach nicht kapieren wollen, dass ihr selbst im Urlaub immer die Verantwortung für irgendetwas im Hinterkopf herumgespukt war. *Hätte ihm eigentlich auffallen können*, dachte sie nun.

»Mein Vater hat schon zurückgeschrieben. Typisch Rentner, hängen immer am Smartphone. Sie sind neidisch und wir sollen den Leuchtturm grüßen.«

»Deine Eltern hätten gern mitkommen können.«

»Erst auf den Dornbusch rauf und dann die hundert Stufen, sorry hundertzwei, das packt mein Vater gerade nicht.«

Die Tatsache stimmte sie melancholisch. Rasch verbannte sie das Wort *gebrechlich* aus ihren Gedanken. »Schade. Vielleicht wenn er sich komplett erholt hat?«

»Ja, vielleicht.«

»Schick ihm so viele Fotos, wie du willst. Auch wenn ich darauf blöd aussehe.«

»Hast du deswegen kein Facebook? Weil du dich auf Bildern nicht magst?«

Jenny zuckte mit den Schultern. »Ich bin von Berufswegen auf sämtlichen Social-Media-Plattformen unterwegs, vielleicht hab' ich deshalb keine Lust, mich dort privat auszubreiten. Aber Facebook habe ich unter meinem alten Reporterkürzel, Sonja ist mein einziger Follower, glaube ich.«

Sie wollte fragen, ob Eric vergeblich nach ihr gesucht hatte, ließ es jedoch bleiben. Der Gedanke ließ sie dennoch lächeln.

»Jetzt zwei. Man könnte meinen, du wolltest nicht gefunden werden«, meinte Eric zuerst flapsig, bevor er die Schultern hängen ließ. »Ich dachte immer, du hast mich vergessen.«

»Weil ich nicht auf deinen Brief geantwortet hab?«

»Zurückgekommen ist er auch nicht.«

Für einen Moment sah Jenny einen Briefumschlag mit kindlicher Handschrift aus dem alten grauen Briefkasten im Flur ihres Chemnitzer Wohnhauses ragen. Und ihre Mutter, die ihn nach der Arbeit leerte, stirnrunzelnd Erics Absender betrachtete und den Brief ungelesen in die Aschentonne im Hinterhof warf. Sie verscheuchte den Gedanken.

»Nein. Ich hab dich nie vergessen.«

»Dann ist ja gut.«

Sie umrundeten die Plattform und beugten sich am Ausgangspunkt über das Geländer.

»Du hast gesagt, du kennst dich hier aus, also wart ihr schon öfter hier?«

»Jedes Frühjahr an Papas Geburtstag, bevor die Touristen einfallen. Das erste Mal waren wir gleich, nachdem sie das Leuchtfeuer für alle zugänglich gemacht haben. Da war ich in der siebten Klasse oder war es die achte? Damals gab's noch einen Leuchtturmwärter, der letzte in Deutschland. War komisch für meine Eltern, wegen des Suchscheinwerfers durften sie früher nicht mal in die Nähe.«

»Das glaube ich«, erwiderte Jenny. Ihr Gespräch näherte sich dem unausweichlichen Kern. Dem Eingemachten, wie ihre Oma immer gesagt hatte.

»Mein Vater meint, seit der Suchscheinwerfer und die Schiffe der Grenzbrigade verschwunden sind, will er nicht mehr weg von Hiddensee.«

»Da waren auch Hubschrauber oder bilde ich mir das ein?«

»Nein, du hast recht. Die gab's auch.«

»Du erinnerst dich noch gut an damals?«

»Geht so. Und du?«

Jenny zog das Schaltuch über die Nasenspitze. Sie fröstelte, was nicht unbedingt am Wind lag. Vor ihr lag die Ostsee, dunkelgrau wie Asphalt. »An bestimmte Dinge, aber ich weiß nicht, ob es Erinnerungen sind oder ich sie mir nur einbilde.«

Eric runzelte die Stirn. »Wieso solltest du dir was einbilden?«

»Meine Eltern meinen, ich hätte schon immer zu viel Fantasie gehabt.«

»Hatte ich auch.«

»Stimmt.«

»Das heißt nicht, dass wir uns unsere Kindheit eingebildet haben. Es ist nur lange her, und seitdem hat sich so viel verändert, dass ich manchmal nicht glauben kann, dass wir wirklich so gelebt haben.«

»Dass du plötzlich weg warst, habe ich mir jedenfalls nicht eingebildet.« Ihre Erinnerung drängte durch die Ritzen der Mauern, die sie seither umschlossen hatten. Sie hatte sie wegsperren müssen, weil sie mit der unendlichen Traurigkeit und dem Schrecken sonst nicht fertig geworden wäre. Nie hatte sie mit irgendjemandem über diesen einen Tag gesprochen.

Eric versteifte sich neben ihr, auch ihm schien das Ereignis für immer in den Knochen zu stecken. Es tat ihr leid und tröstete sie gleichermaßen. Sie stand mit ihren Erinnerungen nicht mehr allein da. »Nein. Das haben wir uns beide nicht eingebildet.«

»Meine Eltern haben damals so getan, als wäre nichts passiert. Ich war total verwirrt.«

»Es ist jede Menge passiert. Sicher wollten sie dich schützen.«

»Aber das hat alles schlimmer gemacht. Am nächsten Tag sind wir weg von Hiddensee und meine Mutter hat nicht mal Urlaubsbilder rumgezeigt, obwohl es Farbfotos waren. Vielleicht hat sie die Filme nicht entwickeln lassen. Es ist, als hätte es unsere Zeit nie gegeben.«

Sie spürte, wie sich Eric ihr zuwandte, und löste ihren Blick vom betongrauen Wasser.

»Meine Eltern haben jede Menge Fotos von uns. Wir können sie uns zusammen anschauen.«

»Wirklich?«

»Klar.«

»Waren sie denn nicht böse auf mich?«

»Warum das?«

»Wegen damals.«

»Wir waren Kinder.«

»Ja, aber ... Es tut mir ... so leid.« Jenny brachte die Worte kaum heraus, obwohl sie seit dem Sommer 1988 in ihrem Kopf gewohnt hatten. Der Wind verwandelte ihre Tränen in Rinnsale aus Nadelstichen.

»Jenny«, sagte Eric und legte die Arme um sie.

Sie machte sich los. Eine Umarmung verdiente sie nicht. »Ich hab damals gewusst, dass ihr rüber wollt.«

»Weil ich's dir gesagt hab.«

Sie ignorierte ihn. »Ich war mit meinen Eltern unterwegs. Irgendwo da unten. Ich weiß nicht mehr, was passiert ist ... Plötzlich hatte ich Angst um dich und hab ihnen davon erzählt. Da waren noch andere Leute. Irgendjemand muss es gehört haben, weil ich immer so laut war. Nie hab ich überlegt, bevor ich den Mund aufmache. Ich wünschte, ich könnte zurückgehen und dem dummen Kind eine klatschen. Es ist nur meine Schuld, dass sie euch geholt haben, und es tut mir so leid.« Ihre Stimme leierte und sie wusste nicht, ob sie überhaupt noch in zusammenhängenden Sätzen redete.

»Jetzt reichts aber«, sagte Eric sanft, zog sie dichter an sich heran und ließ keinen Widerstand zu. »Nichts muss dir leidtun. Wir waren Kinder.«

Das *Wir* tat ihr gut. Es bedeutete, dass Eric auf ihrer Seite war. Sie wollte es ihm sagen, doch ihre Worte wurden von Schluchzern erstickt.

Seine Brust vibrierte unter ihrer Wange, als er weitersprach. »Ich hab mir selber Vorwürfe gemacht, weil ich dir vom Boot erzählt habe, obwohl meine Eltern es mir verboten hatten. Und sie haben sich Vorwürfe gemacht, weil sie nicht vorsichtiger gewesen sind. Das hat nie ein Ende. Wir dürfen uns deswegen nicht mehr quälen.«

Eric sagte ihr alles, wonach sie sich seit ihrer Kindheit sehnte. Als hätte ihr Körper darauf gewartet, verflüchtigte sich das unheilverheißende Stechen in ihrem Bauch, und ihre Lungen, die sich oft anfühlten, als wären sie aus Granit, weiteten sich. Jenny schluchzte vor Erleichterung und musste an Sonja denken. Ihr hätte sie nie vorgehalten, sich wegen irgendetwas verplappert zu haben. Egal, was ihre Kleine getan hatte oder noch tat, sie wäre immer auf Sonjas Seite. Sich ihr kindliches Selbst wie ihre Tochter vorzustellen, half ihr, endlich loszulassen.

Jenny schniefte. »Nein. Ich will mich nicht mehr quälen.«

»Das ist gut.«

»Es ist einfach, jetzt wo ich weiß, dass du mir nicht böse bist.«

202

»Natürlich bin ich dir nicht böse. Niemand ist dir böse.« Eric drückte sie fester an sich.

»Das habe ich Jahre lang geglaubt. Deine Familie hat Schreckliches durchgemacht, während meine danach ganz normal weitergelebt hat.«

Eric lehnte sich ein Stück zurück und sah sie verständnisvoll an. »Bist du sicher?«

Jenny musste schlucken und schüttelte den Kopf. Da war eine Kluft zwischen der Achtjährigen, die sich damals auf die Sommerferien gefreut hatte, und jetzt. Sie war so tief, dass sie über das bloße Erwachsenwerden hinausging. Seit dem Tag, als sie die Thorsens fortgebracht hatten, war sie nicht mehr sie selbst gewesen. Das verstand sie jetzt.

Eric hielt sie auf Armeslänge vor sich hin. »Ich habe gehört, wie du meinen Namen gerufen hast, als sie uns damals geholt haben.« Seine Augen waren gerötet und er schluckte schwer.

Jenny erinnerte sich. »Ich konnte nicht damit aufhören.«

»Zuerst war es schlimm, doch dann war ich froh, weil du wusstest, dass ich nicht einfach abgehauen bin. Im Heim hab ich dich oft im Traum gehört. Es waren Albträume, aber deine Stimme hat mir immer gesagt, dass es draußen noch eine andere Welt gibt und dass ich nicht für immer dortbleiben muss.«

Jenny nickte. »Ich kann mir gar nicht vorstellen, wie es dir dort ergangen ist.«

»Ich habe nie mit irgendwem darüber geredet.«

»Auch mit deinen Eltern nicht?«

Er schüttelte den Kopf. »Anfangs ging es nicht. Sie haben es versucht, aber da ist zu viel passiert. Die Notunterkunft in Rostock, dann sind wir zu meiner Tante nach

Hamburg, die fremde Schule ... Meine Eltern haben sich Arbeit gesucht und um unser Haus gekämpft. Irgendwann sind wir zurück nach Hiddensee. Dort war alles anders. Die DDR war weg. Der Wunsch meiner Eltern, dass ich alle Möglichkeiten hatte, war erfüllt worden.«

»Du bist in eine andere Welt zurückgekommen.«

»Es gab keinen Platz mehr für das, was im Sommer 1988 auf Hiddensee passiert war.«

»Aber es steckt tief in einem drin.«

»Und konnte nicht raus.«

»Nein. Bis jetzt.«

»Alle waren frei, zogen weg, machten Urlaub, holten ein Studium nach, dass ihnen verwehrt worden war, nahmen Jobs im Westen an und gaben ihr Geld für die tollen Dinge aus, die es plötzlich gab. Wir konnten alles machen, was wir wollten. Ich hatte keinen Grund, unglücklich zu sein.«

Jenny nickte. Sie verstand nur zu gut.

»Trotzdem war ich's, aber das kann ich meinen Eltern gegenüber nie zugeben. Sie haben alles riskiert, damit ich frei aufwachsen kann, und den Preis dafür bezahlt. Wie konnte ich da unglücklich sein, wo ich hatte, was sie für mich wollten?«

Jenny nahm seine Hand und drückte sie fest. »Es ist okay unglücklich zu sein, auch wenn man alles hat«, sagte sie zu ihm und zu sich selbst.

Auf der Treppe waren Fußtritte zu hören. Der Mann, bei dem sie Eintritt bezahlt hatten, trat hinaus und sah sie einen Moment lang komisch an. Sicher fragte er sich, warum sie hier mit rot geweinten Augen standen. »Tut mir leid, Leute, wir nähern uns Windstärke sechs. Ihr müsst so langsam runter.«

»Wir wollten sowieso noch nachzählen, wie viele Stufen er hat«, meinte Eric.

»Hundertzwei, ihr müsst nur fragen«, erwiderte der Mann mit einem Schulterzucken.

»Danke.« Jennys Gesicht erhellte ein ehrliches Lächeln, als sie auf Stufe hunderteins hüpfte. Von unten drückte eine ziemlich steife Brise gegen den Dornbusch. Als sie den Abstieg antraten, breitete Jenny die Arme aus und lehnte sich in die Böen wie in eine luftige Umarmung. Der Schal flatterte um ihre Ohren und sie wurde in ihrem Mantel hin und her geschüttelt. Für den Moment war es großartig, sich den Naturgewalten zu überlassen.

»Uuääähhh ...« Der Wind war kurz und überraschend abgeflaut. Hätte Eric sie nicht reflexartig am Mantel gepackt, wäre sie die Anhöhe hinunter gepurzelt.

»Du Anfänger«, sagte er und grinste.

Erneut breitete Jenny die Arme aus und stapfte mit schweren Schritten vorwärts. Obwohl sie alle Kraft in ihre Schritte legte, kam sie nur im Schneckentempo voran.

»Wo willst du denn hin?«, rief Eric, als der Schotterweg sie weg von der Wiese in ein Wäldchen führte, wo er sich gabelte.

»Zurück nach Kloster oder willst du hierbleiben?«

»Komm hier lang. Wir gehen über den Klausner.«

»Klausner ...«, murmelte Jenny und blieb stehen.

»Was ist?«

»Gibt's da eine Treppe?«

»Ja, die Treppe runter zum Strand und zum Steilufer hin führen ein paar Stufen durch den Wald. Willst du mehr zum Zählen?«

»Dort ist es passiert. Ich habe auf den Stufen im Wald geweint. Meine Eltern haben mich weiter geschleift, weil sie beim Klausner essen wollten, und ich habe es mit der Angst gekriegt, dass du fortgehst.«

»Dein letzter Besuch ist also schon eine Weile her?«

Jenny nickte.

Eric neigte sich, ein warmherziges Schmunzeln auf den weiten Lippen, zu ihr herunter. »Hast dir eine nette Kulisse dafür ausgesucht. Aber das ist auf Hiddensee nicht schwer. Hier gibt's den perfekten Hintergrund für jede Art von persönlicher Krise, findest du nicht?«

»Pft.« Wenn er es so sagte, klang es herrlich banal. Ihr schlechtes Gewissen verblasste bereits zur Erinnerung. Kaum zu glauben, dass sie es so lange mit sich herumgetragen hatte.

»Sollen wir woanders langgehen?«

»Nein. Ist okay. «

»Dann komm.«

Er umfasste ihr Handgelenk und rannte los. Jenny ließ sich kreischend mitziehen. Mit dem Wind im Rücken sausten sie den Dornbusch hinunter, als wären sie noch Kinder.

Kapitel 29

Windzerzaust und halb verfroren stapften sie die Treppe im Haus der Thorsens empor. Jenny konnte kaum die Beine bewegen. Trotzdem fühlte sie sich gut, lebendig, so als wäre sie endlich aus einem langen Winterschlaf erwacht.

»Du weißt, wo's langgeht?«

»Hier haben wir im Sommer übernachtet. Sieht jetzt ganz anders aus.« Jenny schlang die Arme um die Brust und trat zögernd ein.

»Ist so was wie mein Arbeitszimmer.«

Sie sah sich interessiert um. Eric hatte eine Fotowand mit Unterwasseraufnahmen bestückt, die sie noch nicht von Facebook kannte.

»Das ist in der Karibik. Dort war ich zuletzt, bevor Papa seinen Schlaganfall hatte. Ein paar davon hat eine Tauchzeitschrift gekauft. Wir überlegen, einen Fotoband im Selfpublishing zu machen.«

Jenny fielen ein halbes Dutzend Möglichkeiten ein, die Bilder gewinnbringender zu vermarkten, hielt aber den Mund. Das hier war eine Welt, in der es nicht um Geld, Effizienz und Reichweite ging.

»Die Motive sind märchenhaft, wie von einem anderen Planeten.«

Die Bilder verwandelten den Raum, nichts erinnerte mehr an das zweckmäßige Fremdenzimmer von damals. Sie warf einen Blick aus dem Fenster. Dort unten auf der

Straße hatte damals der Barkas gestanden. Davor befand sich ein ordentlich aufgeräumter Schreibtisch. Ein Glas mit Bernsteinen diente als Briefbeschwerer für Erics Bleistiftskizzen. »Das hast du noch? Ist ziemlich voll geworden. Hast du dir beim Suchen mehr Mühe gegeben?«

Eric grinste. »Ist nicht das Original. Nachdem wir weg waren, haben unsere Nachbarn illegalerweise ein paar von unseren Sachen geholt. Fotoalben, Unterlagen, ein paar von meinen Spielzeugen, aber mein Bernsteinglas haben sie leider nicht mitgenommen.«

Jenny hielt das gefüllte Glas gegen die Lampe. All diese Fundstücke hatte Eric gesammelt, seit er mit seinen Eltern zurückgekommen war. Er hatte die Freude daran nicht verloren.

»Keiner mit Fliege drin«, sagte er achselzuckend.

»Schade, dass du als Taucher nicht im Vorteil bist.«

»Nein. Man muss warten, bis der Bernstein zur Insel kommt.«

»Gut, dass du Geduld hast.«

»Klar.«

Jenny merkte, dass er sie aufmerksam beobachtete, und hielt einen Moment den Atem an. Draußen verschwand die Sonne hinter den Häusern. Jenny stellte das Glas zurück und wandte sich einer Weltkarte mit Stecknadeln zu. »Da warst du schon überall?«

»Papa hat meine Reiseziele gepinnt. Gelbe Köpfe, wenn ich allein dort war, grüne mit meinen Eltern.«

»Und die roten?«

»Dorthin will er noch.«

Jenny dachte, wie unabhängig und weit gereist Eric war. Trotzdem hatten es die Thorsens geschafft, eine Familie zu bleiben. Er schien gern bei seinen Eltern zu wohnen und kam super mit ihnen aus. Jenny hingegen war bereits ein verlängertes Wochenende zu viel. Wieder einmal nahm sie sich vor, sich mit ihren alten Herrschaften mehr Mühe zu geben. Der Schlaganfall von Herrn Thorsen zeigte ihr, wie schnell es gehen konnte.

»Eric, kommst du mal?«, rief sein Vater von unten.

Jenny erinnerte sich, wie oft sie die Treppe als Kinder heruntergedonnert waren, während sie nun gesittet die Stufen nahm.

Frau Thorsen hatte ihre alten Fotoalben hervorgeholt, eins lag aufgeschlagen vor ihr auf dem Küchentisch. Jenny blickte ihr über die Schulter. Eric mit Schnorchel, sie beide neben einer hüfthohen Kleckerburg, wie sie auf den Badetüchern hungrig in ihre Bockwurst bissen und Arm in Arm mit Zahnlückenlächeln vorm Haus posierten.

»Setz dich doch«, meinte Erics Mama und Jenny kam der Aufforderung nach. »Meine zwei Männer kümmern sich derweil um mein Fahrrad. Mit dem E-Bike bist du ruckzuck in Neuendorf. Eric fährt trotzdem mit, nur zur Sicherheit.«

»Ich habe ihn heute schon ziemlich strapaziert und kann auch den Inselbus nehmen.«

Frau Thorsen schüttelte nach einem Blick auf ihre Armbanduhr den Kopf. »Der fährt heute nicht mehr. Du kannst bei uns übernachten, wenn du magst?«

»Das ist nett, aber ich muss zurück zu Sonja.«

Sie lehnte sich zu Jenny herüber und tätschelte lächelnd ihren Unterarm. »Patentes Mädel. Kommt ganz nach dir.«

»Das höre ich öfter.«

»Was macht sie denn so?«

»Bis vor Kurzem hat sie Medizin studiert, das wollte sie seit ihrer Kindheit. War aber nichts. Jetzt sucht sie einen Praktikumsplatz als Physiotherapeutin.«

»Tja, manchmal muss man sich umorientieren.«

Jenny hätte beinahe laut aufgelacht. Wenn es ihre Eltern doch genauso locker nehmen würden.

»Zu DDR-Zeiten habe ich hier in der Kaufhalle gearbeitet. In Hamburg hab ich mich zur Friseurin ausbilden lassen, weil ich das immer wollte. Jetzt wo's Henrik wieder gut geht, juckt's mich in den Fingern, mir was Neues zu suchen. Die Rente ist mir sonst zu langweilig. Vielleicht mach ich eine Fortbildung zur Fußpflegerin, mal sehen. Dann kann ich zu den Leuten fahren und nebenbei ein bisschen schnacken. Deine Kleine findet sicher auch was.«

»Da mache ich mir keine Sorgen.«

»Das ist gut. Man muss die jungen Leute einfach machen lassen und einsehen, dass Reinreden am Ende nichts nützt.«

Jenny war sich da nicht so sicher und vermutete, dass sie mit Frau Thorsen als Mutter eher im Leipziger Zoo gelandet wäre. Eine Weltkarte voller Stecknadeln war nichts, worauf ihre Eltern stolz wären.

»Die längeren Haare stehen dir übrigens gut.«

»Danke.«

»Guck mal hier, das bist du mit kurzen Haaren.«

»Meine Eltern wollten das so.« Jenny betrachtete das Foto von sich. Das musste Frau Thorsen im Garten aufgenommen haben, weil sie Faxen in die Kamera machte. Ihre Mutter hätte sie vorher zur Ordnung gerufen. »Das haben Sie aufgehoben?«

»Erstens waren wir schon beim Du ...«

»Tschuldigung.«

»... und zweitens, warum denn nicht?«

»Eric ist ja nicht mit drauf.«

»Ja, und?«

»Ich habe gedacht, dass ihr euch bestimmt keine Fotos

von mir anschauen wollt, weil ihr sauer auf mich seid.«

Es war angenehm, darüber zu reden, da sie von Eric wusste, dass ihr niemand jemals Vorwürfe gemacht hatte.

»Wieso das denn?« Für Frau Thorsen schien das Thema nicht so präsent zu sein, wie Jenny immer vermutet hatte. Sie hatte sich all die Jahre völlig umsonst mit ihren Schuldgefühlen gequält.

»Weil ihr rausbekommen habt, dass ich mich verplappert hatte. Eric hatte mir von euren Plänen erzählt. Ich habe mir immer die Schuld gegeben, dass sie euch damals geholt hatten.«

»So ein Unsinn! Du warst ein Kind«, erwiderte Frau Thorsen heftig.

»Ein vorlautes, freches Kind, wie meine Eltern gern betonen.«

»Das machen sie dir doch hoffentlich nicht zum Vorwurf?«

»Tja, ein liebes, stilles Mädchen hätte nicht den ganzen Klausner über eure Fluchtpläne informiert.« Jenny musste schlucken.

»Komm her, du.« Frau Thorsen legte ihre Arme um sie, wie vorhin Eric. »Frech warst du nie, nur aufgeweckt. Keiner konnte mit Eric mithalten so wie du. Wir haben uns immer alle gefreut, dass du kommst.«

Es war Balsam für Jennys Seele, dass die Thorsens sie anscheinend nicht als lauten, unmöglichen Trampel in Erinnerung hatten, als den sie ihre Eltern oft hingestellt hatten.

Jenny löste sich von ihr, als sie die anderen hörte.

»Reifen sind aufgepumpt, muss nur noch laden«, stellte Eric fest.

Herr Thorsen hielt eine kurze Kastenform in den Händen. »Bis dahin hab ich was für euch. Falls deine Tochter doch alles aufisst«, zwinkerte er.

»Das ist lieb, danke.«

»Jetzt gibt's Kaffee und ihr stärkt euch für die Fahrt nach Neuendorf.«

»Ich kann allein ...«

»Kommt nicht infrage. Welchen Kaffee hättest du gern?« Er machte sich an der Maschine zu schaffen. Während Erics Mama den Kalten Hund in Stücke schnitt, warf sie ihm einen vielsagenden Blick zu, aus dem Jenny nicht schlau wurde.

»Ich kann wirklich allein zurückfahren. Auf dem E-Bike bin ich sicher zehnmal schneller als Eric.«

»Denkst du!«

»Oder ich nehme dich auf dem Gepäckträger mit. Das wäre nur fair.«

»Iss lieber, damit dich der Wind nicht wegweht.«

Wie aufs Stichwort stellte seine Mama ein Stück vor ihr hin und Jenny ließ sich nicht zweimal bitten.

Kapitel 30

Genervt stürmte Sarah in ihr provisorisches Büro. Die Tür ließ sie offen, damit sie nicht verpasste, was draußen vor sich ging. Ein Spruch, den ihre Mutter öfter brachte, fiel ihr ein: *Wenn einem was wichtig ist, kümmert man sich drum.* So einfach war das.

Anscheinend war es ihrem Boss nicht wichtig, Sarah in der Agentur zu halten, sonst hätte er ihr längst die Vertragsanpassung vorgelegt.

Draußen brachten sie sein neues Schild mit der Aufschrift *MICHEL MEDIA* an und er sah dabei zu, während drinnen alles aus dem Ruder lief. Es war noch nicht mal Mittag und dauernd riefen irgendwelche angepissten Leute an. Der und der Auftrag sei noch nicht bestätigt, wann kommen endlich die Proofs, könne es sein, dass sie uns das und das noch nicht in Rechnung gestellt haben ... Wie hielt Jenny das nur aus?

An der Tür zum Korridor klopfte es und ein Typ im Blaumann kam hereingeschneit. Sie erhob sich seufzend und ging ihm entgegen. »Ja, bitte?«

»Morgen, ich sollte eigentlich bei Ritter und Michel die elektrische Betriebssicherheit prüfen. Bin ich hier richtig?«

What? Davon hatte sie noch nie gehört. »Moment mal, ich muss erst meinen Boss anrufen.« Luca ging nicht ran. »Bin gleich wieder da.« Sarah rannte in ihren stylishen, aber nicht gerade bequemen Boots zur Straße, von wo aus Luca den Bauarbeitern auf dem Gerüst superwichtige Tipps gab.

»Keine Ahnung«, meinte er, als sie ihm von dem Besucher berichtete. »Klär das mit Jenny, ich habe hier zu tun.«

»Klar.« Sie spurtete wieder hinauf und nahm zähneknirschend den Hörer zur Hand, um Jenny anzurufen.

»Wir waren vor zwei Jahren schon mal hier«, erklärte der Typ und zeigte auf einen Sticker an der Telefonanlage, der Ähnlichkeit mit der TÜV-Plakette an ihrem Auto hatte.

OMS. Nächste elektrische Sicherheitsprüfung 2025, las Sarah. Auf der Ziffer eins am Rand saß ein schwarzer Punkt.

»Wir stellen Ihnen den Besuch auch in Rechnung, wenn wir nichts prüfen«, erklärte der Typ genervt.

Sarah knallte unverrichteter Dinge den Hörer auf. »Okay. Dann machen Sie mal.«

»Wo soll ich anfangen?«

Sie führte ihn in Lucas Büro und durchsuchte danach zur Sicherheit Jennys Tauschordner an ihrem Laptop. Tatsächlich fand sie einen Ordner mit dem Titel *Elektrische Betriebssicherheit*. Das letzte Dokument war die Auftragsbestätigung für den heutigen Termin. Ha! Wer brauchte schon Jenny!

Sie ließ dem Elektriker einen Kaffee und sich selbst einen Latte macchiato raus. Als sie wieder vorm Laptop saß und Jennys Tauschordner weiter durchsuchte, erhielt ihre gute Laune einen Dämpfer. Wegen ihrer Recherche auf Marius' Laptop hatte sie noch keine Zeit gehabt, sich in Jennys Sachen einzulesen. Da waren dutzende Ordner, die irgendwelchen Verwaltungskram enthielten. Wollte sie sich wirklich um Urlaubspläne, Datenschutz und

Archivierung der Altakten kümmern, wenn sie Jennys Stelle übernahm?

»Können Sie mal in den Schubladen nachschauen?«, fragte der Blaumann unvermittelt.

»Wieso?«

»Ob noch irgendwo Verlängerungskabel liegen oder Ähnliches. Wir müssen alles prüfen.«

Sarah stöhnte, lief in Lucas Büro und zog Schubladen sowie Schranktüren auf. Das Gleiche machte sie in allen Räumen, bevor sie sich wieder hinter Marius' Schreibtisch verkroch.

Mit mehreren Klicks schloss sie Jennys Ordner und nippte an ihrem Latte. Ob sie solch lästige Jobs der neuen Assistentin aufhalsen konnte? Irgendwie glaubte sie nicht daran. Sie musste dringendst mit Luca reden, aber der verpisste sich andauernd. *Tief durchatmen*, dachte sie und zupfte ihr Oberteil zurecht.

Der Typ im Blaumann war beschäftigt, das Telefon klingelte nicht. Endlich hatte sie Luft, sich um ihren ersten Werbeauftrag zu kümmern. Ein firmeninterner Newsletter, den Jenny sonst betreute. Nichts Aufregendes, aber Sarah hatte richtig Bock drauf, ihre Fähigkeiten als Texterin unter Beweis zu stellen. Sie hatte sich bereits den Ordner mit früheren Exemplaren besorgt und Jenny am Morgen sehr sachlich per Mail gebeten, ihr die Daten ihres Ansprechpartners weiterzuleiten. Bis jetzt hatte sie sich nicht gemeldet.

Das Telefon klingelte, wieder die Rufumleitung. Konnte man hier auch mal eine Sache zu Ende bringen?

»Agentur Ritter und Michel. Sie sprechen mit Sarah Schopp.«

»Ral null siebzig fünfzig vierzig«, sagte die Stimme am anderen Ende kryptisch.

»Ähm ... wie bitte?«

»Klingelt da nichts?«

»Äh ... nein?«

»Altgold. Muss ich noch deutlicher werden?«

»Ja, das wäre von Vorteil.«

»Wollt ihr mich verarschen?«

»Wer ist denn dran?«

»Unser Anwalt, wenn wir das nicht sofort klären.«

»Ähm ...«

»Die Farbe haben wir für unseren Kunden eintragen lassen und ihr nehmt die jetzt für die Konkurrenz?«

Sarah hatte eigentlich auflegen wollen, wurde jetzt aber hellhörig. Sie googelte den Farbton und den Anfang der Nummer und fand heraus, dass er zu einem gängigen Farbklassifikationssystem gehörte. In der Werbung konnte man nicht wahllos Farben, Schriften oder Bilder verwenden. Manche waren geschützt, und wenn man sie unerlaubt benutzte, konnte das richtig Ärger geben. Luca sollte das eigentlich wissen.

»Die Farbe verschwindet heute noch von seiner Homepage.«

»Darüber muss ich mit Herrn Michel reden. Kann ich sie zurückrufen?« Weil sie gerade sonst nichts zu tun hatte, kam der Blaumann rein und fing an, ihre Schreibtischlampe zu testen.

»Ich rufe in einer Viertelstunde zurück.«

»Könnten Sie mir vielleicht ihren Namen ...«

»Er weiß Bescheid. Klärt das gleich.«

Sarah notierte hastig die Nummer der Telefonanzeige, da legte er ohne Abschied auf.

»An ihren Laptop müsste ich auch.«

Sarah gab auf. »Das Büro gehört Ihnen.«

Mit ihrem Latte macchiato zog sie sich in Jennys Büro

zurück, weil er dort schon fertig war. Sie schloss die Schranktüren und Schubladen und setzte sich hinter ihren Schreibtisch. Die Wände wurden hier nicht von Plakaten der eigenen Kampagnen dominiert. Stattdessen Regale mit Ordnern von 2009 bis 2024, anscheinend traute Jenny der Digitalisierung nicht. Am Whiteboard hingen zwischen Kinderzeichnungen, Fotos und alten Postkarten Listen voller To-dos, auf die Sarah keinen Bock hatte. Wollte sie wirklich hier einziehen und Jennys Job machen?

Seit Marius' Tod ging die Agentur den Bach runter, das konnte sie nicht beschönigen. Luca drehte komplett frei und kümmerte sich um nichts. Dass er die ausstehenden Rechnungen schleifen ließ, war nur eine von vielen Red Flags. Ihr fiel ein, wie er auf Jennys Erfolg bei *Strandkorb 66* reagiert hatte. Erst mal hatte er nichts gesagt und dann die Sache kleingeredet. Er nahm ihr übel, dass sie etwas erreicht hatte, wo er nicht weitergekommen war. Wenn sie ihren Job schlecht machte, war er unzufrieden und wenn sie ihn gut machte ebenso. Wie sollte man mit so jemandem zusammenarbeiten?

Luca wollte jemanden, der ihn bewunderte, und ohne zusätzliches Gehalt Jennys Arbeit miterledigte. Die Erkenntnis ernüchterte Sarah. Vielleicht war es gut, dass sie noch nichts unterschrieben hatte.

Noch so ein Spruch ihrer Mutter: *Man sieht sich immer zweimal im Leben.* Sarah musste sich eingestehen, dass sie mit Jenny als Boss besser dran gewesen wäre. Aber das hatte sie sich kräftig versaut.

Widerwillig erhob sie sich, um den Arsch ihres Bosses ins Büro zu bringen, damit er den Rückruf des mysteriösen Altgold-Anrufers selbst entgegennehmen konnte.

Kapitel 31

Durch die starke Brise schmiegte sich Sonjas schwarzer Zopf um ihren Hals wie der Arm eines Tintenfischs. Jenny widerstand der Versuchung, ihr den Schal zu richten und die Jacke bis zum Kinn hochzuziehen. Die Fähre legte an und spuckte nur wenige Menschen aus. Einheimische, die unbeeindruckt von Wind und Wetter die letzte Fähre zurück nach Hiddensee genommen hatten.

»Das war der schönste Urlaub von allen. Ich würde lieber bleiben, aber ...«

»Komm zurück, wenn du in Greifswald alles erledigt hast.« Jenny umarmte sie, aber es fühlte sich nicht wie ein Abschied an.

»Mache ich. Wie lange bleibst du noch?«

Jenny zuckte lässig mit den Schultern. Der Schwebezustand, in dem Luca sie hielt, erschwerte ihre Zukunftsplanung. Mittlerweile war sie an einem Punkt, es einfach hinzunehmen und seinen nächsten Schritt abzuwarten. Es war, als würde sie die Insel von ihrem Leben in Frankfurt abschirmen und ihr erlauben, mal nicht verfügbar zu sein.

Hier musste man sich nach dem Wetter richten, den eingeschränkten Öffnungszeiten im Winter und sich daran gewöhnen, dass man nicht immer gleich bekam, was man wollte. Das zu akzeptieren, tat Jenny gut. »Bis mir der Anwalt sagt, dass ich besser zurückkommen soll«, erwiderte sie schließlich.

Sonja verschwand im Bauch der Fähre. Ihr schwarzer Zopf sandte wippend einen letzten Gruß. Jenny blickte dem Schiff nach, bis der Bodden es außer Sichtweite trug. Shadow war in der Pension geblieben, weil sie auf dem Rückweg noch einige Einkäufe für ihre Vermieterin erledigen wollte. Frieda Knop war heute Morgen zurückgekehrt, zu Shadows Freude hatte sie ihre betagte Mischlingshündin dabeigehabt.

Jenny machte sich auf die Suche nach dem Neuendorfer Lebensmittelladen. »Tatsache!«, entfuhr es ihr, als sie schließlich vor der Einkaufsquelle stand. Der kleine Laden war ihr nie aufgefallen. Er lag am Ende eines mit Betonplatten befestigten Feldwegs, der sich irgendwann in der Wiese verlor. Drinnen war kaum Platz sich zu drehen, doch die Regale waren dicht gepackt, sodass Jenny alles auf der Liste fand. Neben Lebensmitteln gab es ein Regal für Drogerieartikel. Die eingeschränkte Auswahl vereinfachte den Einkauf. Es war fast erholsam, sich nicht zwischen einem Dutzend Duschgels entscheiden zu müssen. Sie legte eine Tüte Hundesnacks drauf und bezahlte.

Als sie mit dem prall gefüllten Rucksack über die Wiese stapfte, vibrierte ihr Handy in der Manteltasche. Marius' Durchwahl in der Agentur. Sofort schlug ihr Herz schneller. Vergeblich versuchte sie, gelassen zu bleiben, und registrierte die angespannten Schultern und den eingezogenen Kopf, als würde sich ihr Körper für den nächsten Schlag wappnen.

Sie reckte sich und fuhr energisch über den grünen Hörer auf dem Display. »Ja?«

»Hallo ... äh ... Frau Miller. Hier ist Sarah Schopp.«

Jenny schwieg überrascht. Mit ihr hatte sie am wenigsten gerechnet.

»Ähm ... sind Sie noch dran?«

»Ja. Was gibt's?«

»Also erst mal wollte ich mich entschuldigen ... ähm ... wegen der Sache mit Herrn Ritter. Ich hätte Berufliches nicht mit Privatem vermischen sollen. Das war unprofessionell und auch nicht in Ordnung Ihnen gegenüber. Sie waren mir gegenüber immer sachlich und fair ...«

Es klang, als würde sie einen vorbereiteten Text ablesen. Jenny war derart überrumpelt, dass sie beinahe hysterisch gelacht hätte. Das junge Ding tat ihr fast leid.

»... es tut mir sehr leid und ich hoffe, Sie können meine Entschuldigung annehmen.«

Jenny musste den Entschuldigungsvortrag erst mal verdauen. »Ich denke darüber nach.«

»Ähm ... okay ... danke. Dann wollte ich noch sagen, dass ich einiges in ihrem Tauschordner hinterlegt habe, betreffs Herrn Ritters Plänen für die Agentur.«

»Woher ...«

»Ich musste von Luca aus Marius', also Herrn Ritters, Laptop durchsuchen, weil er anscheinend einen Kredit auf die Agentur aufgenommen hatte und dabei ...«

Jenny kam sich vor wie im falschen Film. Da stand sie auf der Wiese in Neuendorf und die Geliebte ihres toten Lebensgefährten informierte sie über dessen berufliche Pläne. War das irgendein krummes Ding, das Luca ausgeheckt hatte?

»... jedenfalls hab ich Ihnen die Sachen in den Tauschordner gepackt und eine Liste mit Ansprechpartnern erstellt, damit sie sich schneller orientieren können. Das war's eigentlich.«

»Ich sehe mir alles an.«

»Okay. Wissen Sie schon, wann Sie zurückkommen?«

»Das bespreche ich mit Luca.«

»Ja, natürlich. Es wäre gut, wenn Sie bald zurückkommen, aber das kann ich ja nicht entscheiden.«

»Nein.«

»Wenn Sie Fragen haben, rufen Sie mich an.«

»In Ordnung. Danke, Sarah.«

»Ich danke Ihnen. Ciao.«

Jenny starrte auf ihr Handy. Was es nicht alles gab! Anscheinend kam schneller Bewegung in die Sache, als sie angenommen hatte. Wenn Luca nicht dahintersteckte und Frau Schopp ihr unvermutet zuarbeitete, veränderte sich die Ausgangslage drastisch. Ob zu ihren Gunsten, musste sie noch herausfinden. Nach Marius' Unfall hatte sie bloß seine aktuellen Mails bearbeitet. Zu mehr hatte es nicht gereicht, weil sie sich um Sonja und die Beerdigung kümmern musste, es ihre Aufgaben in der Agentur trotzdem noch gab und sie Sarah damals nicht bitten konnte, sie zu entlasten.

Ihre Gelassenheit war völlig verpufft und das Gedankenkarussell ratterte von null auf hundert. Jenny hielt im Gehen inne und atmete dreimal tief durch. Sie ließ ihren Blick über die Wiese gleiten, beobachtete den Wind im dürren Gras und hielt vergeblich nach einem anderen Menschen Ausschau. Die Wolken verdeckten den Sonnenuntergang. Die unwirtliche Umgebung kühlte den nutzlosen Ärger herunter und sie konnte wieder einen klaren Gedanken fassen. Jetzt bloß nichts überstürzen.

Sobald sie zur Pension zurückkam, trank sie erst einmal Tee mit Frau Knop. Danach würde sie sich in aller Ruhe die Unterlagen zu Gemüte führen und sich auf keinen Fall über irgendetwas aufregen. Dafür bezahlte sie schließlich einen Anwalt.

Kapitel 32

»Der Tee ist wirklich ein Traum«, meinte Frieda Knop über ihre dampfende Tasse *Winterwunsch* hinweg.

Ihre sympathische Vermieterin hatte sie zum Abendessen eingeladen und Jenny hatte den Tee beigesteuert. Sie hatte aus ihrer Silvesteraktion gelernt. Erst ein Schnack mit den Einheimischen, danach war immer noch Zeit für die Arbeit. »Du hast noch nicht gekostet.«

»Allein der Duft. So was Tolles habe ich sonst nicht. Erst hilfst du mir mit Bettenbeziehen und jetzt verwöhnst du mich damit.«

»Danke, dass wir hier wohnen dürfen. Sonst wäre ich aufgeschmissen gewesen.«

»Bei mir bleibt kein Hund vor verschlossener Tür sitzen. Menschen eventuell schon, aber Hunde nicht.« Sie lächelte, um ihren Worten die Spitze zu nehmen.

Jenny wunderte sich, wie sie zu dieser Einstellung gekommen war. »Shadow dankt, genau wie ich.«

Als er seinen Namen hörte, blickte er träge. Eine Schnauzenlänge entfernt lag die schwerhörige Daisy und zuckte im Schlaf.

»Schade, dass deine Tochter wegmusste. Sehr patentes Mädchen, hat sich gleich meine Schulter angesehen.«

Jenny lächelte in ihre Tasse. Das Praktikum war ein guter Schritt gewesen. Wenn nicht bei Dr. Mardani, dann woanders. Sonja würde ihren Weg gehen und sie würde ihr dabei nicht reinreden.

»War sicher komisch, so allein hier, wo du doch die Großstadt gewöhnt bist.«

Jenny dachte an ihre ersten Tage auf Hiddensee. Silvester schien bereits ewig zurückzuliegen, dabei hatte das neue Jahr gerade erst angefangen. Sie spürte, dass eine Veränderung in ihr vorgegangen war. Wohin sie führte, würde sich erst noch herausstellen. »Ich war nicht lang allein. Und ich habe einen alten Freund wieder getroffen und ...«

»Oh, da fällt mir was ein. Ein Herr und eine Frau Thorsen waren hier.« Mit der linken Hand richtete sie ihre grobe Strickjacke und fuhr in deren Tasche. Wegen ihrer gebrochenen Schulter war die rechte Seite so gut wie nutzlos. Jenny wartete geduldig, bis sie umständlich einen Brief aus der Jackentasche zog. »Den haben sie für dich abgegeben.«

Jenny war überrascht und lehnte ihn an die Teekanne.

»Vielleicht eine Einladung?«

»Ich glaube nicht, dass die Thorsens so förmlich sind. Bestimmt sind es alte Fotos.«

»Das ist schön. Du warst früher in den Sommerferien hier, nicht?«

»Das war noch in der DDR.«

»Lange her.«

»Ja.«

»Damals habe ich als verhinderte Geschichtsstudentin in der *Stranddistel* gekellnert. Während meiner dritten Saison habe ich meinen Mann kennengelernt und bin hiergeblieben. Hab's nie bereut.«

Jenny dachte, dass Neuendorf Glück gehabt hatte.

»Kommen die neuen Gäste morgen mit der ersten Fähre?«

»Wenn sie kommen.« Frieda machte eine unbestimmte Handbewegung. »Wie der Wind von der Ostsee her bläst, stellen sie die Fähre morgen sicher ein.«

»Oh.« Daran hatte Jenny nicht gedacht. In den Sommerferien hatten sie das Problem nie gehabt, aber es war nur logisch, dass der Wind sie nicht nur vom Leuchtturm vertrieben hatte, sondern auch den Fährplan diktierte.

Irgendwann musste Jenny zwar zurück in ihr normales Leben, aber ihr gefiel der Gedanke, dass die Insel sie nicht fortlassen wollte.

Nach dem gemütlichen Abendbrot fuhren Jennys Laptop und Blutdruck gleichzeitig hoch. Sie war gespannt, was Sarah ihr hinterlegt hatte. Erst ungläubig, dann positiv überrascht klickte sie sich durch ihren Tauschordner. Die junge Assistentin hatte zwei neue Ordner mit vielversprechenden Titeln angelegt. Jenny öffnete den mit *Neue Geschäftsidee Herr Ritter* benannten Ordner, darin enthalten waren nicht eben wenige, ordentlich betitelte Word- und Excel-Dokumente.

Wenn sie nur immer so fleißig und akribisch gewesen wäre, statt mit meinem Lebensgefährten fremdzugehen, dachte Jenny einen Moment gehässig.

Jenny überflog alles und am Ende war sie von Marius noch enttäuschter als ohnehin schon. Anscheinend hatte er eine neue GmbH gründen wollen und den Kredit auf die Agentur fürs Stammkapital und neue Geschäftspartner gebraucht. Sicher hätte er alles wieder zurückgezahlt, wenn sein neues Geschäft erst mal ins Laufen gekommen wäre. Da er sich ums Geschäftliche gekümmert hatte, wäre ihm Luca nie draufgekommen.

Und sie selbst vermutlich auch nicht. Das schmerzte sie. Seine Idee, moderat bekannte Influencer kanalübergreifend für ihre Werbekunden zu nutzen, war gut durchdacht und genau der Frischekick den *RITTER & MICHEL* brauchte. Was Social Media betraf, hinkte die Agentur hinterher, das musste Jenny zugeben. War er deshalb lieber mit einem Mädchen frisch von der Uni um die Häuser gezogen, statt mit ihr zu sprechen? Brauchte Marius selbst eine Auffrischung seines Lebens und hatte gedacht, mit Sarah konnte er zwei Fliegen mit einer Klappe schlagen?

Warum hatte er ihr sonst den Kredit und die neue Firma verheimlicht? Auf einmal hielt es Jenny in dem kleinen Zimmer nicht mehr aus.

»Komm!«

Shadow hatte ohnehin auf seinen Abendspaziergang gewartet und war sofort an ihrer Seite. »Wenigstens auf dich ist Verlass«, lobte sie.

Draußen hatte es nochmals aufgefrischt. Jenny schlug den Mantelkragen hoch und lief rasch zwischen den Häusern entlang, bevor sie ihn auf die Wiese schickte.

Sie hatte Marius vertraut. Was das Geschäftliche betraf, war sie immer gut damit gefahren. Er war vertretbare Risiken eingegangen, hatte der Agentur durch sein souveränes Auftreten bei sämtlichen Geschäftspartnern Respekt verschafft und immer eine Lösung gefunden. Leider hatte er in ihre Beziehung nicht den gleichen Enthusiasmus eingebracht. Jenny hatte sich zu seinem Anhängsel gemacht, hatte ihm in jeglicher Hinsicht den Rücken freigehalten und im Gegenzug nur wenig erwartet, nämlich, dass er sie nicht betrog.

Verärgert wühlte sie in ihren Manteltaschen, aber Shadows Bällchen war nicht darin. Schade, denn sie hätte im Moment gerne etwas geworfen. Auf dem Stück Wiese, das von der Straßenlaterne erhellt wurde, lag nicht das kleinste Stöckchen. Sie lief Shadow nach und kickte wütend die Grassoden.

Nachdem ihre Kleine ausgezogen war, hatte sie angefangen, wieder mehr ihr eigenes Ding zu machen. Marius musste allein auf Geschäftsreise, weil sie ihren Hund nicht mehr zurücklassen wollte. Stattdessen hatte sie Shadow mehrmals mit nach Leipzig genommen, um sich mit Kati zu treffen.

Jetzt wurde ihr klar, dass auch sie sich aus der Beziehung zurückgezogen hatte. Aber warum? Hatte sie geglaubt, ihre Pflicht gegenüber Sonja erfüllt zu haben, und jetzt war sie mal dran? Oder war es, weil sie eher wie Mitbewohner zusammengelebt hatten und sich nicht mehr viel zu sagen gehabt hatten? Die Agentur war immer das Hauptthema gewesen, sie war in den Hintergrund getreten, als Jenny neue Hobbys ausprobiert und wieder verworfen hatte, weil Marius sich nicht für Bouldern, Kajakfahren auf dem Main oder Urban Gardening interessierte und sie deshalb kaum noch Freizeit miteinander verbrachten.

Jahrelang hatte sie sich ihrer kleinen Familie und der Arbeit angepasst. Nachdem sie sich von den Erwartungen ihrer Eltern befreit hatte und als rasende Reporterin unterwegs gewesen war, hatte Marius sie wieder eingefangen und genau gewusst, wie er aus ihrem Pflichtgefühl Profit schlug. Seine Zuneigung war nie bedingungslos gewesen. Tief drin hatte sie das geahnt, das Wissen aber nie an sich herangelassen. Jetzt schmerzte es umso mehr.

Manchmal hatte Jenny das Gefühl gehabt, dass es nicht

ihr Leben war, das sie führte. Aber sie hatte auch nicht gewusst, was sie anders machen sollte. Hatte immer das Gefühl gehabt, durchhalten zu müssen, bis ... ja, was eigentlich? Was sie am Ende erwartet hatte, wusste sie selbst nicht genau. Waren ihre neuen Hobbys ein unbewusster Test gewesen, ob Marius auch mal mit ihren Interessen und ihrem Rhythmus mitzog? Hatte er nicht, Überraschung!

Würde sie sich immer noch abrackern, nach seiner Aufmerksamkeit und Liebe, wenn er nicht gestorben wäre? Vermutlich. Sie hätte sich viel früher behaupten und für sich einstehen müssen. Warum hatte sie es nicht getan?

»Komm, Shadow! Wir gehen zurück.«

Es nützte nichts, sich jetzt über Marius oder sich selbst zu ärgern, sie konnte es nur besser machen.

Wieder in ihrem Zimmer, öffnete sie den Ordner *Nützliche Infos* auf dem Laptop. Dort fand Jenny Unterlagen zu Marius' neuem Konto bei ihrer Geschäftsbank, Kontaktdaten zu potenziellen Partnern, seine neue E-Mail-Adresse, alles war fein säuberlich aufgelistet. Sarah hatte sich eine Menge Arbeit damit gemacht, das musste ihr Jenny zugutehalten.

Doch warum gab sie die Infos freiwillig her, statt sie für sich selbst zu nutzen? Wenn sie alles Luca übergäbe, hatte sie danach sicher einen Stein bei ihm im Brett. Ob es ihr schlechtes Gewissen war? Ihre Assistentin war noch jung, nur ein paar Jahre älter als Sonja, in dem Alter waren Fehler und Dummheiten verzeihbar.

Sie wollte nicht über Sarahs Beweggründe nachdenken, wichtig war, dass sie alle Infos hatte. Mit klopfendem Herzen rief sie die Website ihrer Geschäftsbank auf und gab Marius Zugangsdaten ein. Jetzt ging es um alles oder nichts. Jenny hatte sein Adressbuch mitgenommen, es war ihr nach seinem Tod nützlich gewesen, um sich um seine privaten Versicherungen, den Handyvertrag und Ähnliches zu kümmern. Unter *Ritter &* fand sie ein Passwort, das sie bisher nicht gebraucht hatte. Die Stelle hinter dem ›&‹ war noch leer. Hatte er überlegt, wen er zum Partner machen wollte? *Ritter & Schopp* – war das sein Plan gewesen?

»Nicht abschweifen«, ermahnte sie sich. Vor dem nächsten Schritt hatte sie Angst. Was würde der Kontostand offenbaren? Sie gab sich einen Ruck und tippte das Passwort ein. Die Seite öffnete sich. Ihr schlug das Herz bis zum Hals, als sie sich zum Kontostand durchklickte.

Das Geld war noch da! Alles, bis auf die Kontoführungsgebühr und die konnte sie aus der Kaffeekasse bezahlen.

»Yes!«

Luca konnte sie mal mit seiner Innenverhältnisklage.

Jenny fiel ein Stein vom Herzen, der die dänische Küste überschwemmt hätte, wäre er vor Hiddensee in die Ostsee gefallen. Ziellos lief sie ein paar Schritte durchs Zimmer und wäre am liebsten den Strand hoch und runter gehüpft. Stattdessen umarmte sie Shadow, fasste alles in einer E-Mail an ihren Anwalt zusammen und drückte erleichtert auf *Senden*.

Sie triumphierte über das Chaos. Endlich würde ihr Leben in Ordnung kommen.

Kapitel 33

»Was für ein Wetter. Hat euch der Wind nicht wegge-weht?«, fragte Frieda, als Jenny nach einem ausgedehnten Spaziergang mit den Hunden zurückkam.

»Ach, was! Es regnet ja nicht mal.«

»Kommt noch.«

»Für heute haben die beiden jedenfalls ihren Spazier-gang gehabt.«

»Danke, dass du Daisy mitgenommen hast. Oben war-ten schon zwei neue Hundefreunde auf euch!«

Shadow wedelte aufgeregt mit dem Schwanz, als würde er sie verstehen. Die Fähre fuhr also noch.

»Ganz nettes Ehepaar, das eigentlich Silvester hier fei-ern wollte. Aber ich musste mir ja vorher die Schulter brechen.«

Tatsächlich hörte Jenny es in dem anderen Zimmer ru-moren. Die Zeiten, in denen sie die Pension für sich hatte, waren leider vorbei.

Als sie ihren Mantel aufhängte, fiel ein brauner Um-schlag auf den Boden. Sie hatte den Brief der Thorsens gestern Abend aufs Garderobenschränkchen gelegt und vor lauter Euphorie über das wiedergefundene Geld völlig vergessen. Beim Aufheben fühlte sich der Inhalt nicht nach Fotos an, eher wie mehrere gefaltete Seiten. Neugie-rig geworden nahm sie ihn mit in die Küche, füllte den

Wasserkocher und gab schwarzen Tee in einen Beutel. Draußen hatte sie der Wind bis auf die Knochen verkühlt.

Während das Wasser zu blubbern begann, schlitzte sie den Umschlag mit einem Buttermesser auf und zog die gefalteten Blätter heraus. Obenauf lag ein handschriftlicher Brief von Frau Thorsen. Die restlichen Blätter waren auf einer alten Schreibmaschine geschrieben und an einer Ecke geheftet. Sie entfaltete die Nachricht und las:

Liebe Jenny,
wir haben uns riesig gefreut, dich wiederzusehen! Hoffentlich bist du mir nicht böse, dass ich Henrik erzählt habe, dass du dir die Schuld an unserer Verhaftung gibst. Das hat uns sehr erschüttert, denn du warst ein Kind und hast absolut nichts falsch gemacht! Wir beide kannten das Risiko und sind es trotzdem eingegangen, weil wir eine bessere Zukunft für Eric wollten. Das Gleiche wollen wir für dich.
Du trägst eine schwere Last mit dir herum, unter der die Jenny von damals begraben liegt. Wir wollen dir helfen, sie loszuwerden. Was uns am meisten bei der Aufarbeitung geholfen hat, ist die schonungslose Wahrheit. Erst wenn man sie akzeptiert, kann es weitergehen.
Anbei ist der MfS-Bericht über den damaligen Tag. Lange haben wir uns unterhalten, ob wir ihn dir geben sollen. Der Inhalt wird für dich sehr unangenehm sein, aber wir finden es wichtig, dass du ihn kennst. Sicher willst du alles in Ruhe durchlesen, melde dich bitte bei uns, wenn du fertig bist.
Wir sind immer für dich da!
Henrik & Martina

Beim Lesen hatte sie einen Kloß im Hals bekommen, und wie immer fiel es ihr schwer, verständnisvolle, ja liebevolle Worte wie diese an sich heranzulassen. *Du trägst eine schwere Last mit dir herum, unter der die Jenny von damals begraben liegt.* Genau so fühlte sie sich. Wie hatten sie das in der kurzen Zeit erkannt?

Dass ihr die Thorsens keine Vorwürfe machten, hatte ihr Erleichterung gebracht. Dadurch hatte sich die Last der damaligen Ereignisse jedoch nicht in Luft aufgelöst. Ihre Schuldgefühle hatten sich jahrzehntelang in ihr Nervensystem gefressen und würden vielleicht immer ein Teil von ihr bleiben. Sie wünschte sich, Martina wäre jetzt hier und würde sie fest umarmen.

Jenny legte den Brief zur Seite, atmete tief durch und goss mit zitternden Händen heißes Wasser in ihren Becher. Weder der vertraute Duft noch die Wärme trösteten sie. Mit verschränkten Armen wartete sie, bis er durchgezogen war, und nahm Tasse und Brief mit ins Bett. In die Federdecke gekuschelt nahm sie sich den Bericht vor. Selbstverständlich war er im unerträglich peniblen Amtsdeutsch der Stasi verfasst.

Vorgang zu §213 Verdacht auf ungesetzlichen Grenzübertritt der Familie Thorsen durch familiäre Gründe.

Übelkeit regte sich in ihr, die Worte konnten nur Schlimmes bedeuten. Sie legte den Kopf in den Nacken und atmete durch die Nase. *Ich kann das nicht, ich will nicht,* dachte Jenny.

Shadow bemerkte ihre Niedergeschlagenheit und hechelte ihr, die Pfoten auf der Bettkante, aufmunternd zu. Jenny klopfte auf die Decke, er machte einen Satz und streckte sich an ihrer Seite aus. Ihr kam der Gedanke, dass die Thorsens den Bericht ebenfalls gelesen hatten und irgendwie damit umgehen konnten. Das brachte sie zum Weiterlesen.

Sie erfuhr, dass die Familie wegen Erics Großtante in Hamburg ins Karteikartensystem der Stasi gelangt war. Die Post aus und in den Westen war geöffnet, gelesen, als ungefährlich für den sozialistischen Staat eingestuft, wieder verschlossen und an die Empfänger weitergeleitet worden. Nie war der Verdacht aufgekommen, Erics Familie wollte fliehen. Im Gegenteil schien die Familie, bis auf die Westverwandtschaft, extrem angepasst zu sein. Sie hatten ihr Fremdenzimmer von sich aus dem FDGB gemeldet und pflegten keinen Kontakt zu Kritikern der SED oder anderen feindlich-negativen Elementen. Jenny hatte den Eindruck, als wolle sich der Schreiber rechtfertigen, dass der Stasi nie etwas aufgefallen und keine präventive Überwachung eingeleitet worden war.

Dann kam der Tag, an dem es passiert war: Freitag, der 12. August 1988. Das Haus war tagelang beobachtet worden, um die Abläufe festzustellen. Jenny versuchte, sich zu erinnern, ob ihr etwas komisch vorgekommen war, gab es aber auf. Als Kind war ihr nur wichtig gewesen, schnell zum Strand zu kommen.

Im Fremdenzimmer im oberen Stockwerk wohnten der 35 Jahre alte Jürgen Miller, Ingenieur in den VEB Barkas-Werken Karl-Marx-Stadt, und die 29 Jahre alte Birgit Miller, Lehrerin an der POS »Karl Liebknecht« Karl-Marx-Stadt und deren 8 Jahre alte Tochter …

Jenny hielt inne. Weshalb war ihr Name geschwärzt worden, die ihrer Eltern aber nicht? Auch alle Nachbarn, die in der Zeit zu Besuch gekommen waren, hatte man unkenntlich gemacht. Sie fühlte sich, als würde sie unter der Bettdecke ersticken und schlug sie zurück.

Shadow zuckte erschrocken zusammen.

»Tschuldigung«, murmelte sie abwesend.

Plötzlich hielt sie es im Bett nicht mehr aus, schwang die Beine über die Bettkante und lief unruhig durch das kleine Zimmer. Weshalb wollten die Thorsens, dass sie das alles las? Was hatte das mit der schonungslosen Wahrheit zu tun, die man akzeptieren musste? Sie wollte die aufkeimende Ahnung nicht wahrhaben.

In der Küchenecke stapelte sich das benutzte Geschirr, sie spülte, trocknete und räumte alles weg. Die Ordnung beruhigte sie.

Widerwillig nahm sie den Brief auf und las stehend weiter. Sie erfuhr, dass die Thorsens keinen Widerstand geleistet hatten, vermutlich aus Sorge um ihren Sohn. Hatten sie gedacht, man würde sie nicht bestrafen, wenn sie kooperierten? Dass ihr Leben einfach weiterging? Jennys Kehle war staubtrocken, denn im Nachhinein wusste sie, dass die Familie in dem Moment nichts mehr hätte retten können.

Das Halskratzen schleuderte sie in die Vergangenheit. Damals hatte sie sich die Kehle rau geschrien. Sie erinnerte sich wieder. Hatte sie damit alles schlimmer gemacht? Ihre Eltern waren bei ihr gewesen. Was hatten sie in der Situation getan? Vor ihrem inneren Auge erschienen die Beine ihres Vaters und da war plötzlich ein stechender Schmerz auf ihrer Wange. Ihr Geschrei hatte ihr eine Ohrfeige eingebracht.

Die nächste Erinnerung war ein Erdbeereis, von dem sie Bauchschmerzen bekommen hatte. Davon stand in dem Bericht natürlich nichts.

Stattdessen wurde ihr beim nächsten Abschnitt fast schwarz vor Augen.

Kapitel 34

Jenny ließ sich auf die Bettkante sinken, auf ihrer Stirn bildete sich kalter Schweiß. Da stand es schwarz auf weiß:

Das Ehepaar Miller hat seinem Führungsoffizier Major Kowalewski in Dresden Meldung erteilt, dass wegen familiärer Gründe eine geplante ungesetzliche Ausreise des Ehepaares Thorsen mit deren Sohn Eric zu erwarten sei. Nach dem Anruf waren sofort Überwachungsmaßnahmen eingeleitet und die Flucht durch Festnahme verhindert worden.

Jenny zwang sich, bis zum Ende zu lesen, obwohl das Geschriebene kaum ihr Bewusstsein erreichte. Gab es noch Hoffnung, dass alles ein Irrtum war?

Als Beweise für die geplante Flucht wurden das in einer Regentonne verborgene Schlauchboot mit Paddel, Lichtkopien verschiedener Seekarten und der Betrag von 120 Westmark festgehalten. Die Nachbarn der Thorsens hatten Kenntnis über eine geplante Flucht verneint und wurden ebenfalls von IM und freiwilligen Grenzhelfern präventiv überwacht.

Da hattet ihr sicher viel zu tun, dachte Jenny bitter. Erics Familie hatte niemandem was getan. Warum hatte man sie nicht einfach gehen lassen? Jenny wusste, dass es nicht die eigentliche Frage war, die sie sich stellen musste.

Ihr Handy klingelte, es war Eric. Sie drückte ihn weg, nahm ihren Mantel und rannte ohne Shadow nach draußen. Erneut versuchte er, sie anzurufen. Hastig warf Jenny den Mantel über und ließ es in ihre Tasche gleiten. Sie wusste nicht, wohin sie lief, war aber nicht überrascht, als sie an einem Dünenaufgang herauskam. Wie damals zog es sie automatisch zum Strand. Schaumgekrönte Wellen platschten ihr entgegen und der Wind spielte mit ihren Haaren. Wenn er stärker wäre, würde er vielleicht ihre Gedanken fortpusten, aber so weit war es noch nicht.

Sie war so allein, wie sie sich fühlte. Leider waren ihre Eltern nie wie die Thorsens gewesen, herzlich, mitfühlend, ihr den Rücken stärkend. Trotzdem hatten sie ihr ein Heim gegeben, in das sie jederzeit zurückkehren konnte. Ein Zuhause, in dem sich Jenny oft unverstanden gefühlt hatte. Die gemeinsamen Gespräche waren ihr oft seltsam leer vorgekommen, keine Situation mit ihren Eltern hallte bedeutungsvoll in ihr nach.

Es gab nichts, an das sie sich nun klammern konnte. Nichts, was sie zur Verteidigung ihrer Eltern vorbringen konnte. Vielleicht war es der Schock, es musste doch etwas Schönes geben, an das sie sich gern erinnerte. Sie musste sich nur Mühe geben. War da wirklich nichts? Jenny konnte nicht anders, als alles zu hinterfragen.

Ihr ganzes Erwachsenenleben hatte sie die Hoffnung gehegt, dass ihre Eltern sie irgendwann besser verstehen würden, dass mal irgendetwas gut genug für sie sein würde. Jennys Versuche, auf sie zuzugehen und ihre Gefühle zu zeigen, waren verpufft im Alltag ihrer Eltern, der daraus bestand, mitzuhalten und zu kontrollieren, was die anderen über sie dachten.

Jenny konnte nicht behaupten, ihre Eltern zu lieben,

wie sie Sonja, Shadow oder Marius zum Anfang ihrer Beziehung liebte, aber sie waren da gewesen. Sie hatte ihre Familie trotz ihrer Fehler für anständige Menschen gehalten. Immer hatte sie geglaubt, ihre Eltern hätten ihr Bestes getan. Dieser Glaube hatte sich mit einem Satz in der Stasi-Akte der Thorsens zerschlagen.

Sie wandte sich nach Süden und stemmte sich beim Gehen gegen den Wind. Von der Ostsee wehte ihr alle paar Schritte salzige Gischt ins Gesicht, trotzdem hielt sie sich nah am Wasser, tappte die Stiefelspitzen in Pfützen und kickte angespültes Holz zurück ins Meer. Wie immer tat ihr die Bewegung gut, aber selbst, wenn sie bis ans Ende der Welt lief, wäre es nie wieder so wie früher. Als sie den Süderleuchtturm erblickte, hatte sich der Schock etwas gelegt. Jenny hielt darauf zu, stapfte den Dünenaufgang hinauf und ließ sich auf der Metalltreppe am Fuß des Leuchtturms nieder.

In dessen Windschatten griff sie nach ihrem Handy, sie musste hören, was ihre Eltern zu sagen hatten. Ihre Mutter ging ran.

Jenny blieben die Worte im Hals stecken, was sie aber nicht zu bemerken schien. Sie berichtete über die Planung des Jahresurlaubs. »Wenn ich erst in Rente bin, wird es viel einfacher, dann können wir außerhalb der Ferien fahren. Wenn sich dein Papa nur entscheiden könnte, wo er im Sommer hinfliegen will und ob wir diesmal vielleicht Vollpension nehmen ...«

Wie sie sich in ihr Vergnügen reinsteigerte, machte Jenny unerklärlich wütend. »Ihr habt Eric und seine Familie verraten.«

»Was?«

»Damals im Sommer 1988 habt ihr sie an die Stasi verraten.«

Stille.

»Warum erzählst du so was?«

»Ich habe sie getroffen.«

»Wen?«

»Die Thorsens!«

»Ach, wie schön. Da haben sie sich sicher gefreut.« Die harmlose Bemerkung machte Jenny perplex. Darin war ihre Mutter gut. Schon oft hatte sich Jenny gefühlt, als würde sie gegen eine Wand laufen, wenn sie mit ihren Eltern über Wichtiges diskutieren wollte.

»Lenk nicht ab«, forderte sie.

»Ach, du hast schon immer viel Fantasie gehabt und glaubst anderen lieber als uns, stimmt's, Jürgen? Dabei meinen wir es immer nur gut.«

»Ich habe es schwarz auf weiß. Es steht in ihrer Stasi-Akte.«

»Und die hast du? Das geht doch gar nicht. Die kannst du nur für dich selbst anfordern.«

»Die Thorsens haben mir ihre Kopie gegeben.«

»Ihre Kopie? Wie das? Sie dürfen höchstens Einsicht beantragen.«

»Falsch. Wenn die Akte überschaubar ist, wird sie einem in Kopie zugeschickt«, trumpfte Jenny auf. Während ihres Journalistikstudiums hatte sie ein Seminar dazu belegt. Nie hätte sie geglaubt, dass ihr Wissen einmal praktischen Nutzen haben sollte. Aber ihre Mutter hatte wieder erreicht, was sie wollte, das Gespräch driftete in eine andere Richtung. Es tat weh, sie plötzlich zu durchschauen.

»Ihr habt Eric und seine Familie verraten«, fing Jenny wieder von vorn an und sie nahm sich vor, nicht aufzuhören, bis sie eine befriedigende Antwort bekommen hatte.

»Da waren wir schon. Lass uns über etwas anderes reden«, konterte ihre Mutter.

»Nein! Ich will, dass ihr etwas dazu sagt!«, brüllte Jenny in den Hörer.

»Schrei nicht so, sonst lege ich auf.«

»Ich möchte, dass ihr euch dazu äußert«, wiederholte Jenny in gezwungener Ruhe, auch wenn sie ihre Eltern am liebsten durchs Telefon gezerrt hätte.

»Was sollen wir dazu sagen? Das ist lange her, andere Zeiten«, meldete sich ihr Vater zu Wort.

»Ihr habt mir immer eingeredet, ich wäre schuld.«

»Wann?«

Noch so eine Masche ihrer Mutter. Jenny sollte ihre Behauptung mit konkreten Beispielen beweisen, was sie im Eifer des Gefechts meistens nicht konnte.

»Immer. Gleich danach.«

»Du hättest uns eben nicht davon erzählen sollen.«

»Woher sollte ich wissen, dass meine eigenen Eltern meinen besten Freund verraten?«

»Die Thorsens haben sich das selber eingebrockt. Sie wussten genau, dass man wegen Republikflucht ins Gefängnis kommt.«

»Sie hatten nicht mal die Chance, es zu versuchen, weil ihr sie denunziert habt!«

»Denunziert, also bitte. Damals gab es halt andere Gesetze und an die mussten sich alle halten.«

»IHR HÄTTET SIE NICHT VERRATEN MÜSSEN!«

»Und wenn wir's nicht getan hätten und sie wären geflohen? Was dann? Dann hätten wir vielleicht Ärger gekriegt, wegen Mithilfe zur Flucht. Dann wären wir im Gefängnis gelandet und du im Kinderheim. Hättest du das gewollt? Es war unverantwortlich, so eine Flucht zu planen, während wir dort Urlaub machen, und mit einem Kind noch dazu.«

Jenny wusste nicht, was sie erwidern sollte. Sie war immer noch wütend auf ihre Eltern, musste aber zugeben, dass die Zeiten früher anders waren.

»Euch haben sie aber nicht eingesperrt, sondern Erics Eltern und er ist ins Heim gekommen, nicht ich.«

»Da hast du Glück gehabt, dass wir nicht so verantwortungslos waren.«

»Die Thorsens wollten damals nur, dass Eric alle Möglichkeiten hat.«

»Tja, damit haben sie ihm eher was eingebrockt.«

Jennys Herz zog sich zusammen bei so viel Gefühllosigkeit. Konnten ihre Eltern nicht wenigstens das Opfer der Thorsens anerkennen? Hatten sie etwa nicht das Beste für ihre Tochter gewollt?

Eine Formulierung aus dem Bericht fiel ihr ein.

»Ihr hattet einen Führungsoffizier.«

»Wie bitte?«

»Ihr habt Meldung an euren Führungsoffizier Major Sowieso gemacht. So stand es im Bericht.«

»Ja, und? Denkst du, wir haben den Weihnachtsmann angerufen?«

»Das heißt, ihr wart Inoffizielle Mitarbeiter.«

Am anderen Ende wurde es still. Ihre Eltern hatten nicht zufällig etwas mitbekommen und es aus Sorge vor Ärger dem MfS weitererzählt. Sie hatten sich der Stasi verpflichtet und für Prämien oder Vergünstigungen Augen und Ohren offengehalten. Wen hatten sie noch verraten und was hatten sie dafür bekommen?

»Was denkst du eigentlich, warum wir jeden Sommer einen Ferienplatz bekommen haben, hm?«, meldete sich ihr Vater zu Wort.

»Richtig, und nicht nur den Ferienplatz. Wir wollten auch, dass du später einen guten Studienplatz bekommst. Darauf hättest du bei deinen damaligen Schulnoten lange warten können. Denkst du, wir haben nur an uns gedacht?«

Jenny ließ das Handy sinken. Es hatte keinen Sinn, sie drang nicht zu ihren Eltern durch. Egal, was sie fragte oder was sie ihnen vorwarf, sie würden immer einen Weg finden, ihr nicht zuhören zu müssen.

»Jenny. Jenny? Sag doch was ...«

Sie drückte das Gespräch weg. Statt zurück in ihre Manteltasche glitt das Gerät in den Sand. Mit einem trockenen Schluchzen schlang sie die Arme um den Körper. Das bisschen Zuhause, was sie noch gehabt hatte, gab es nicht mehr. Die lapidaren, gefühlskalten Antworten ihrer Eltern hatten das Fundament weggerissen. Aus den Ruinen würde nichts Neues auferstehen.

In ihrem Kopf spielte plötzlich die Melodie der alten Hymne. Fast hätte sie hysterisch gelacht. Kaum zu glauben, dass sie noch Sinn für Ironie hatte.

Ihre Eltern gehörten fortan der Geschichte an wie die DDR. Die Tatsache zog ihr fast die Füße weg, sie ging in die Knie und drückte die Fersen und Hände in den Sand. Er war eiskalt, aber der Kontakt war das Einzige, dass sie mit der Welt verband. Sonst war da nichts. Nichts.

Kapitel 35

Eric war sauer auf seine Eltern, was selten genug vorkam. Selbst zu Teenagerzeiten hatten sie ihm kaum Gelegenheit dazu gegeben. Jetzt konnte er nur den Kopf über sie schütteln. Wie hatten sie Jenny einfach so ihre Akte überlassen können? Was dort vermerkt war, musste sie umhauen, egal, wie taff sie nach außen wirkte.

Fairerweise musste er zugeben, dass seine Eltern eine andere Jenny kannten als er. Eine, die sich immer ungestüm und unbeugsam gab. Er hingegen hatte als Kind ihre andere Seite erlebt. Als sie zutiefst verletzt gewesen war, weil die Lehrerin sie wegen ihrer Handschrift einen liederlichen Lausejungen genannt hatte. Eine Jenny, die ihm gestanden hatte, sie wäre gern das Aschenbrödel aus dem Weihnachtsfilm mit wunderschönen langen Haaren. Wohingegen ihre Eltern sie trotz Protest immer kurz schneiden ließen, bis Jenny nicht mehr zum Haareschneiden gehen wollte, wofür sie wieder ausgeschimpft wurde.

So hatten seine Eltern sie nie erlebt und nun dachten beide, sie könnten ihr die Wahrheit über die Millers aufbürden. Ausgerechnet jetzt, wo ihre Tochter abgereist und Jenny allein war.

In Rekordzeit kam Eric in Neuendorf an und bretterte über die Wiese zu ihrer Pension. Dort war im Vergleich zum vergangenen Wochenende richtig was los. Die Fenster im ersten Stock waren erleuchtet. Ihm fiel ein Stein

vom Herzen, Jenny war also da. Statt wieder ein Klingel-
konzert zu veranstalten, ließ er sein Rad vorm Haus liegen. Die Eingangstür war offen und er stürmte hinein.

»Oh, Entschuldigung.« Im Flur unterhielt sich eine er-
graute Dame, die den rechten Arm in einer Schlinge trug,
mit einem Paar mittleren Alters, offensichtlich neue Gäste. Sie starrten ihn an, und ihm wurde bewusst, dass er
abgekämpft und sturmzerzaust hineinmarschiert war. Er
grüßte und stellte sich vor. Bei der Dame handelte es sich
um die Besitzerin der Pension, Frau Knop. »Ich wollte zu
Jenny. Meine Eltern haben gestern etwas für sie hierge-
lassen.«

Die Erklärung schien Frau Knop zu beruhigen. »Die
Treppe rauf, gleich rechts.«

»Danke.« Er sauste hinauf und klopfte an. Keine Antwort. »Jenny?« Drinnen regte sich etwas, Shadows Krallen klackerten auf den Dielen, aber niemand öffnete ihm.
Auf gut Glück drückte er die Klinke. Shadow schaute ihn
schwanzwedelnd an.

»Jenny?« Stille. »Wo ist denn dein Frauchen, hm?«

Darauf gab ihm der Hund natürlich keine Antwort. Er
blickte sich im Zimmer um, es sah aus wie beim letzten
Mal. Ihre Sachen waren noch da, nur ihr Mantel fehlte.
Sollte sie ohne Shadow losgegangen sein? Nicht auszu-
schließen, vielleicht wollte sie Besorgungen machen. Um
sich zu vergewissern, schaute er in der Teeküche nach. Es
gab Müsli und Brot, Kekse, Honig, Äpfel, Nudeln, Öl und
Gewürze, ein fast volles Glas Krümelkaffee und reichlich
Tee. Im Kühlschrank standen eine ungeöffnete Milchpa-
ckung, Käse vom *Tante Hedwig*, Butter, Pesto und eine
Schüssel selbstgekochter Pudding. Damit kam Jenny eine
Weile hin.

Er checkte sein Handy, keine Anrufe. Da sah er auf

dem Bett verstreut die Blätter des Berichts. Verdammt! Jenny kannte die Wahrheit und jetzt war sie fort.

Draußen klapperten die Fensterläden und scharfer Wind fauchte zwischen den Häusern hindurch. So ein Wetter war für einen echten Hiddenseer nicht der Rede wert. Aber Jenny war hier nicht aufgewachsen und kannte die Ostsee nur im Sommer. Einen richtigen Wintersturm hatte sie noch nie erlebt. Er konnte hier nicht rumstehen und auf sie warten.

Unten unterhielten sie sich noch.

»Entschuldigung, aber haben Sie Jenny gesehen?«

»Ist sie denn nicht in ihrem Zimmer?«

»Nein.« Mit jedem Satz schien ihm unnötig Zeit zu verstreichen.

»Sie hat nicht gesagt, dass sie noch mal rausgeht.«

»Wissen Sie, wo sie hingegangen sein könnte? Shadow hat sie nicht mitgenommen.«

»Sie ist vor vielleicht anderthalb Stunden los …« Sie knetete nervös ihre Hände und sah nicht glücklich aus. »Wäre sie einkaufen gegangen, hätte sie mir bestimmt Bescheid gesagt und wäre außerdem längst wieder da. Was anderes kann man jetzt in Neuendorf nicht machen und nach Vitte zu laufen, wäre wirklich unvernünftig. Wo kann sie nur sein?«

»Ich gehe sie suchen.« Im Gehen zog er den Reißverschluss seiner Jacke zu.

»Ich warte hier, falls sie zurückkommt. Hast du ein Telefon dabei?«

Eric gab ihr seine Nummer.

»Nimm den Hund mit, Junge.«

»Ähm …« Eric mochte Hunde, aber er hatte keine Erfahrung damit. Trotzdem rannte er hoch, befestigte die

Leine an Shadows Halsband und befahl ihm mitzukommen. Er gehorchte anstandslos. »Braver Hund.«

Als er Shadow über die Wiese führte, kam der Wind direkt von vorn. Sicherheitshalber wand er die Leine mehrmals ums Handgelenk, nicht auszudenken, wenn er Jennys Hund verlor.

Mit ziemlicher Sicherheit war sie auf kürzestem Weg zum Strand gegangen. Andere Leute mochte das Wetter abschrecken, aber nicht Jenny. Vom Wind aufgepeitscht schwappte die Ostsee heran und lange Wasserzungen erstreckten sich in Richtung der Dünen. Sie war nirgends zu sehen. Eric ließ es klingeln, bis ihre Mailbox ranging. Danach rief er sicherheitshalber zu Hause an.

»Ach, du meine Güte«, sagte seine Mutter. »Wir ziehen uns sofort an und ...«

»Bleibt zu Hause, vielleicht hat sie den Inselbus genommen und kommt vorbei. Ruft sofort an, falls sie auftaucht!« Eric musste verhindern, dass sein Vater sich bei dem Wetter über die Insel schlug.

»Machen wir. Gib nicht auf, bevor du sie findest.«

»Natürlich nicht.«

Eric glaubte nicht, dass Jenny auf dem Weg nach Vitte war. Als Kind wäre sie zu ihm gekommen, aber unter den gegebenen Umständen würde sie die Sache mit sich ausmachen, dessen war er sich sicher. Aus diesem Grund hielt er sich links, in der entgegengesetzten Richtung von Vitte und hielt Ausschau. Shadow duckte sich im Windschatten neben ihm.

»Kannst du Jenny vielleicht wittern?«

Der Hund reagierte nicht, stemmte die Pfoten in den Sand und blickte ihn fragend an. Anscheinend war ihm der Sturm nicht geheuer.

»Wir gehen erst wieder ins Warme, wenn wir dein

Frauchen gefunden haben«, spornte Eric ihn an, weil er sich zunehmend sorgte. Nicht, dass er dachte, Jenny würde etwas Unüberlegtes tun. Ihr Lebenswille und eine gesunde Portion Trotz würden das nicht zulassen, aber das unberechenbare Wetter und Jennys Enttäuschung über ihre Eltern waren keine gute Kombination.

Am nächsten Dünenaufgang erwog er, parallel zum Strand auf dem befestigten Feldweg weiterzugehen, weil es dort nicht so heftig stürmte. Die bessere Entscheidung wäre es allemal gewesen, aber er glaubte nicht, dass Jennys vernünftige Seite momentan die Oberhand hatte. Also stapfte er weiter gegen die Böen an und ließ den Blick über den Strand und die Ostsee schweifen.

Leichter Niesel setzte ein, als hätten sich Meer und Wolken gegen die Insulaner verbündet. Ihm war es egal, und wenn er die gesamte Insel absuchen musste. Wenn er Jenny bis zum Naturschutzgebiet auf dem Gellen nicht fand, würde er den Inselpolizisten und Sven von der Freiwilligen Feuerwehr anrufen. Außerdem mussten seine Eltern ihre Bekannten informieren. Gemeinsam würden sie jedes Sandkorn vom Gellen bis zum Dornbusch umdrehen.

Mit jeder Maßnahme, die er überdachte, kam auch ein neuer Schrecken, was Jenny in der Zwischenzeit zugestoßen sein konnte. Beim Tauchen passierten die meisten Unfälle nicht während gefährlicher Tauchgänge, sondern bei den vermeintlich einfachen, wenn sich jemand nicht richtig vorbereitete oder selbst überschätzte.

Verdammt, warum geht sie nicht an ihr Handy?, dachte er. Was, wenn sie gestürzt und bewusstlos war? Kein Wanderer würde sie bei dem Wetter finden und es dauerte nicht lange bis zu einer Unterkühlung.

»Jenny?«, rief er völlig sinnlos in den Sturm. »JENNY!

Verdammt noch mal!« Der Niesel sammelte sich in seinen Wimpern und erschwerte die Sicht.

Angespannt holte er sein Handy aus dem Anorak und suchte die Nummer des Inselpolizisten heraus. Als einer der wenigen Menschen auf Hiddensee hatte er ein Auto. Eine richtige Suche zu koordinieren, war zielführender, als allein und halb blind am Strand entlang zu stapfen. Als er die Nummer eingab, machte Shadow unvermittelt einen Satz, der ihn von den Füßen gerissen hätte, wäre er nicht frontal gegen den Sturm gelaufen. Das Ende der Leine wand sich schmerzhaft um sein Handgelenk. Shadow hatte etwas entdeckt.

Eine Frau mit fliegenden Haaren und Mantel hopste ihnen dicht am Wasser entgegen. Bei jedem Sprung warf sie die Arme in die Luft, aber ihr Blick folgte den leckenden Wellen und sie bemerkte Eric nicht.

Er wusste nicht, wann er das letzte Mal so erleichtert gewesen war. Bei der Zusammenführung mit seinen Eltern? Als ihn während seines Tauchunfalls starke Hände an die Wasseroberfläche gezogen hatten? So musste es sich für die Bernsteinfischer anfühlen, einen riesigen Stein zu finden. Unerwartet und unglaublich. Aber der Anblick vor ihm war viel besser.

»Jenny!«, rief er, obwohl sie ihn im Gegenwind nicht hören konnte. Er ließ Shadow von der Leine und gemeinsam rannten sie los.

Kapitel 36

Jenny ließ den kalten Sand durch ihre Finger gleiten und fragte sich, wie viel Zeit verstrichen war. Für einen Moment hielt sie erschrocken inne, weil sie Shadow nirgends sah, dann erinnerte sie sich, dass sie ihn nicht mitgenommen hatte.

Mit knackenden Knien erhob sie sich und stampfte mit den eingeschlafenen Füßen auf. Sie sollte sich beeilen, zurück in die Pension zu kommen, denn der bleigraue Himmel schien mit der wütenden Ostsee im Wettstreit zu stehen, es den Menschen draußen so ungemütlich wie möglich zu bereiten. Nur konnte sie sich nicht vorstellen, den ganzen Tag und die kommende Nacht mit ihren Gedanken allein in dem kleinen Zimmer zu sein.

Sie fragte sich, ob es ihren Eltern gerade genauso schlecht ging wie ihr. Oder zuckten sie nur mit den Schultern und planten weiter ihren Urlaub?

»Die kriegt sich schon wieder ein«, hörte sie ihren Vater sagen.

Nicht dieses Mal, dachte Jenny. Nach allem, was passiert war, würde sie nicht einlenken.

Ihre Gedanken wanderten in die Vergangenheit. Der Ostseestrand im Sommer 1988. Die Sonne hatte sich Richtung Horizont gesenkt und ihre Mutti knipste gerade den Film fertig. Anders als sonst, hatte Jenny gehen wollen. Nur weg vom Strand. Auf dem Weg zurück zum Haus war Hoffnung in ihr aufgekeimt, die Thorsens könnten wieder da sein. Sie war ganz sicher gewesen, denn sie hatten nichts Schlimmes gemacht. Umso größer war ihre Enttäuschung gewesen, das Haus leer vorzufinden. Jenny hatte geweint.

»Was ist denn jetzt schon wieder?«, hatte Mutti gefragt.

»Eric.«

»Was ist mit ihm?«

»Können wir ihn suchen, bevor es dunkel wird?«

»Wo willst du denn suchen?«

»Ich weiß nicht ...«

»Siehst du.«

»Vielleicht können wir jemanden fragen?«

»Bloß nicht!«

»Aber ...«

»Nichts aber. Eric hätte dir nicht erzählen dürfen, dass sie rübermachen wollen. Und was bist du auch immer so vorlaut und posaunst es überall herum?«

Das war so oder so ähnlich passiert, sie bildete es sich nicht ein, auch wenn ihre Eltern stets etwas anderes behaupteten. Jenny hatte das Gefühl dutzende, hunderte Erinnerungen hervorholen zu müssen, um wieder zu wissen, was sie erlebt hatte und wer sie war.

Vielleicht könnte sie ihren Eltern verzeihen, wenn sie nur versucht hätten, es zu erklären, einsähen, dass sie etwas falsch gemacht hatten oder irgendein verdammtes Gefühl zeigten, statt alles wegzureden wie programmierte Roboter. War ihre Messlatte denn so hoch?

Natürlich waren es andere Zeiten gewesen, aber IMs zu werden, war eine Entscheidung, die sie getroffen hatten. Viele andere Leute hatten sich entschieden, nicht mitzumachen. Darüber mussten sie doch wenigstens nachdenken!

Mal abgesehen vom geschichtlichen Aspekt ihres Handelns, blieb immer noch die Tatsache, dass sie Jenny für ihre Entscheidung verantwortlich gemacht hatten. Sechsunddreißig Jahre hatten sie ihre Tochter mit Schuldgefühlen leben lassen, die sie nicht hätte haben müssen. Einmal hätten sie wenigstens sagen können: *Du warst ein Kind und es ist nicht deine Schuld, Jenny.* Hatten sie aber nicht.

Im Gegenteil hatten sie ihre Gefühle benutzt, um sie zu kontrollieren. »Sei nicht so vorlaut!« Es war ewig her, dass sie diesen Satz von ihrer Mutter gehört hatte, und doch hatte er sich eingebrannt. Der Satz hatte sie immer wieder an ihre Schuld erinnert, auch wenn es ihr nicht bewusst gewesen war. Er war die Waffe ihrer Eltern gewesen, sie zum Einlenken und zum Schweigen zu bringen, so lange sie zu Hause gewohnt hatte.

Nachdem sie ausgezogen war, hatte sie ein wenig zu sich selbst gefunden, aber den Satz hatte sie längst verinnerlicht. Er bestimmte ihr Leben.

Kalter Niesel setzte ein und strich über ihre erfrorenen Wangen wie tausend winzige Ohrfeigen. Mit klammen Fingern schlug sie den Mantelkragen hoch und rieb über ihre Oberarme. Sie erinnerte sich an einen ihrer ersten Artikel, der vom Überleben in lebensfeindlichen Gebieten gehandelt hatte. Bei Kälte immer den Oberkörper warmhalten, weil dort das Herz saß, und nicht wie landläufig angenommen die Füße.

Sie verließ den Windschatten des kleinen Leuchtturms, die Hände in den Manteltaschen vergraben. Ihr kam der Gedanke, selbst in einer lebensfeindlichen Umgebung aufgewachsen zu sein. Natürlich war sie nicht vom Tode bedroht gewesen und sie hatte alles gehabt, was ein Kind brauchte. Vermutlich mehr als die meisten Kinder in der DDR, dank der kleinen Nebentätigkeit ihrer Eltern.

Aber da war nie wirklich Leben gewesen. Immer ging es um Dinge. Was wollte man haben und zeigen? War sie für ihre Eltern auch nur ein Ding gewesen, was man vorzeigen konnte?

»Ha, ich hab euch das Leben ganz schön schwer gemacht«, stieß sie hervor.

Genugtuung verschaffte es ihr aber nicht. Im Grunde hatte sie das Denken ihrer Eltern übernommen und stets versucht, ihren Ansprüchen zu genügen. Kam ihr das Leben deshalb oft unerträglich chaotisch vor, weil es nicht ihr Leben war, sondern der Versuch, als gute Tochter den nie versiegenden Hunger ihrer Eltern nach Status und Anerkennung zu füttern? Aber wenn das hier nicht ihr Leben war, was dann?

Es wäre zu einfach, ihren Eltern, von jetzt an Birgit und Jürgen, für alles die Schuld zu geben. Dass sie immer nur gewollt hatten, dass ihre Tochter funktionierte, und dass sie mit acht Jahren aufgehört hatte, sie zu hinterfragen. Dass sie sich in Marius' Agentur den Arsch aufgerissen hatte, obwohl die Arbeit sie oft nicht erfüllte. Dass sie so lange bei ihm geblieben war, in der Hoffnung, dass er ihr zeigte, wie man das Leben genoss. Dass sie ihr Pflichtgefühl vor alles andere gestellt hatte. Dafür konnte sie ihnen nicht die Schuld geben, es waren ihre eigenen Entscheidungen gewesen.

Jenny war immer diejenige gewesen, die alles am Laufen hielt und die selbst immer funktionierte, auch wenn es ihr dabei schlecht ging. War es aus dem Gefühl heraus gewesen, dadurch etwas wiedergutzumachen? Heute hatte sie herausgefunden, dass es nichts wettzumachen gab, und selbst wenn, konnte sie die Vergangenheit dadurch nicht ändern. Wie sollte es jetzt weitergehen?

»Mama, chill mal«, hörte sie Sonja in ihrem Kopf.

Sie lachte trocken auf. »Gar nicht so leicht, nach dieser Scheiße ruhig zu bleiben.«

Aber das Lachen hatte anscheinend ihren Hirnknoten gelöst. Ihr Verstand würde ihr vermutlich nicht sagen, wie es weitergehen sollte. Erst mal brauchte sie Zeit, das alles zu verdauen. Und eine Flasche Wein. Ob der kleine Laden in Neuendorf noch offen hatte? Falls nicht, konnte sie immer noch mit dem Bus nach Vitte fahren.

Die Ostsee schickte eine übermütige Welle an den Strand, die fast ihren Stiefel erwischte. Mit einem ungelenken Sprung wich Jenny aus. Ihr Körper fühlte sich klamm und unbeholfen an, aber das Spiel belebte sie. Sie blieb dicht am Wasser und wartete auf die nächste. Als sie herangerollt kam, setzte sie zum Sprung an und riss die Arme hoch. Wie weit war sie von Neuendorf entfernt? Ob sie es mit Rückenwind zurückschaffte, bevor sie völlig durchnässt war? Zur Sicherheit legte sie an Geschwindigkeit zu, bis sie ins Schwitzen kam.

Sie erschrak, als ein schwarz-weißer Blitz vor ihr auftauchte und an ihr hochsprang. »Shadow!«

Hinter ihm kam Eric angerannt.

»Was macht ihr zwei denn hier?«

»Ich hab hundert Mal versucht, dich anzurufen.«

Jenny befühlte ihre Manteltaschen. »Scheiße!«

Kapitel 37

»Am Leuchtturm hab ich mein Handy noch gehabt.«

»Lass uns schnell nachschauen. Wir sollten uns beeilen.«

Als sie losrannten, war Jenny überrascht, wie heftig sie von den Böen ausgebremst wurde. Unbarmherzig drückten sie gegen ihren Körper, die Menschen machten sprichwörtlich zwei Schritte vor und einen zurück. Neben ihr kämpfte sich Shadow mit angelegten Ohren und eingezogenem Schwanz tapfer voran. Nach einer gefühlten Ewigkeit kam der kleine Leuchtturm in Sicht und sie sah sich schon im Sand nach ihrem Handy graben. Glücklicherweise hatten die Dünen nicht genug Zeit gehabt, es zu verschlucken, und die Hülle hatte es vorm Niesel geschützt.

Sie überprüfte hastig, ob es noch funktionierte. Sechzehn entgangene Anrufe von Eric, vier von seinen Eltern, kein einziger von ihren Leuten. *Alles klar*, dachte sie bitter. Was hatte sie erwartet? Es war sinnlos, den Eltern ihren Standpunkt oder ihre Gefühle erklären zu wollen. An ihnen prallte alles ab, was sie auch versuchte, sie kam nicht an sie heran. Was sie mit Sonja verband, Verständnis, Vertrauen und die Gewissheit, trotz aller Fehler geliebt zu werden, das gab es zwischen ihr und den Eltern nicht. Warum erkannte sie das erst jetzt?

»Komm«, sagte Eric und führte sie vom Leuchtturm

weg auf einen Feldweg, der sich an den Dünen vorbei ins Inselinnere zu schlängeln schien. »Wir gehen über den Steindamm.«

»Vielleicht kommt der Inselbus vorbei«, rief Jenny gegen den Sturm an.

»Da können wir lange warten. Der fährt nur zwischen Neuendorf und Grieben.«

»Oh.« Was hatte sie gedacht, hier unten wohnte ja keiner. »Wie weit ist es noch?«

»Knapp zwei Kilometer.«

»Du hast nicht zufällig dein Fahrrad um die Ecke geparkt?«

»Nein. Soll ich dich huckepack nehmen?«

»Nicht nötig. Ich musste nur daran denken, wie hilflos wir den Elementen ausgeliefert sind. Kein Bus, kein Auto, das zufällig vorbeikommt, kein Haus in der Nähe. Kann man ein Taxi rufen?«

»Ein was?«

»Vergiss es.«

»Abenteuer pur!« Eric grinste unbeeindruckt.

»Mach dich nicht über ein Stadtkind lustig.«

»Doch!«

Der schmaler werdende Feldweg endete abrupt vor einem erhöhten Wall. Eric erklomm ihn mit Leichtigkeit und zog Jenny mit kräftigen Händen zu sich rauf, als sie abzurutschen drohte. Shadows Krallen kratzten über den regennassen Stein, erst als Jenny ihn am Rumpf packte, fand er Halt und schloss zu ihnen auf.

Auf einer schnurgeraden Linie schien der Steindamm direkt nach Neuendorf zu führen. Trotz des Nieselns betrachtete sie beim Gehen fasziniert den Untergrund aus groben Natursteinen, deren Ritzen mit Beton ausgegossen waren, sodass es aussah, als wäre der Weg von einem Geflecht grauer Adern durchzogen. Linker Hand milderten dicht stehende Bäume die Sturmböen von der Ostsee. Auch wenn der Wind heftig an ihren Haaren zog, hatte Jenny nicht mehr den Eindruck, gegen die Elemente ankämpfen zu müssen. Sie spürte die körperliche Erschöpfung und vor lauter Müdigkeit kehrte die Kälte zurück.

Eric legte den Arm um ihre Schultern. »Meine Eltern hätten dir ihre Akte nicht geben sollen.«

»Kannst du in meinen Kopf schauen?«

»Woran solltest du sonst denken?«

Jenny fühlte eine Verbundenheit zu Erics Eltern, die sie mit ihren eigenen vielleicht einmal gehabt hatte. »Ich bin ihnen nicht böse. Henrik und Martina haben ein Händchen dafür, das Richtige zu tun, damals und heute.«

»Aber sie hätten dich nicht damit allein lassen sollen.«

»Haben sie nicht. Sie haben einen Brief dazugelegt. In den paar Zeilen habe ich mich mehr verstanden gefühlt, als von meinen Eltern in vierundvierzig Jahren.«

»Wirst du mit deinen Eltern sprechen? Vielleicht …«

»Habe ich schon. Es ist sinnlos.«

»Ist vermutlich alles wieder hochgekommen, als du sie darauf angesprochen hast. Vielleicht verarbeiten sie …«

»Die beiden tun, als wäre nichts gewesen. Nichts geht an sie ran. Jetzt bin ich wieder diejenige, die sich sinnlos aufregt. Sie wollen mich nicht verstehen.« Sie warf die Hände in die Luft und spürte dabei auf ihren Schultern schwer und beruhigend Erics Arm.

»Vielleicht können sie es nicht.«

»Ach, was! Ich habe ihnen die längste Zeit gute Absichten unterstellt. Damit ist jetzt Schluss!« Ohne es zu wollen, war Jenny laut geworden.

»Okay, okay.«

»Sorry, du kannst nichts dafür.«

»Das ist traurig.«

»Nur das Schlechteste zu denken?«

»Nein, dass sie dich nicht verstehen wollen.«

Der Steinwall führte nun direkt am Bodden vorbei, in dem sich in dichter Abfolge graue Wellen kräuselten, deren Kämme im Gegenlicht silbern aufspritzten. Ohne die Bäume fegten die Böen hier ungeschützt über sie hinweg. Als wäre ihr Sturmspaziergang nicht abenteuerlich genug, ging der Niesel in leichten Regen über. Shadow schüttelte sich und hielt sich dicht an ihren Beinen. Jenny tätschelte tröstend seinen Kopf und leinte ihn an, nicht dass ihr Baby weggeweht wurde.

»Das ist übrigens der Schwarze Peter«, erklärte Eric dicht an ihrem Ohr und deutete auf den Boden.

»Wie der böse Bube im Kartenspiel? Wollt ihr den Steindamm loswerden?«

»Nein, er hält die Ostsee davon ab, sich durch die Insel zu fressen. Vor über hundert Jahren ist Hiddensee überflutet worden und in zwei Teile zerfallen. Es hat Jahrzehnte gedauert, das Loch wieder zu schließen.«

Bei seinen Worten kam Jennys Ärger mit voller Wucht zurück. Automatisch zog sie die Schultern hoch und ballte die Fäuste, als wäre ihr Körper in Alarmbereitschaft.

»Was hast du denn?«, fragte Eric.

»Das ist wie bei uns.«

»Was?«

»Wir haben Jahrzehnte gebraucht, um das Loch zu schließen. Meine Eltern hätten es nicht so weit kommen lassen müssen.«

»Oh.«

»Ich bin so sauer. Wir hätten die ganze Zeit Freunde sein können!«

Eric nickte langsam und Jenny kam in Fahrt. Der Wind

nahm ihre Worte auf und trug sie mitsamt der darin enthaltenen Wut irgendwohin, wo sie niemanden mehr verletzten.

»Sie haben mich sechsunddreißig Jahre lang komplett verarscht und denken immer noch, sie hätten alles richtig gemacht. Als wären wir eine super Familie! Nie konnte ich mit ihnen reden, ohne in irgendeine Richtung gedrängt zu werden. Sechsunddreißig Jahre habe ich mich abgerackert, damit sie vor den Nachbarn mit meinen Leistungen prahlen konnten. Das gleiche haben sie mit Sonja versucht und ich hab es hingenommen, obwohl ich es hätte besser wissen müssen. Sie hat sich monatelang gequält, statt mir einfach zu sagen, dass ihr das Studium zu viel wird. Weißt du, was das für ein scheiß Gefühl ist?«

»Jenny.«

»Sechsunddreißig Jahre habe ich ihnen keinen Ärger gemacht und trotzdem hatten sie immer was zu kritisieren. Immer waren die anderen besser. Die ganze Zeit hab ich mit Arbeit verplempert, mir immer neue Aufgaben gesucht und abgehakt, statt mal in mich reinzuhorchen, was ich wirklich will. Immer hatte ich Angst, alles falsch zu machen. Jetzt fühlt sich mein ganzes Leben falsch an und es interessiert sie nicht!«

»Jenny.« Er nahm sie in die Arme, seine Jacke war nass und kalt, trotzdem schmiegte sie sich an ihn und genoss das Gefühl, festgehalten zu werden. Nach einer Weile lief ihr Regenwasser in den Kragen, unwillig machte sie sich los.

»Ob sich so eine Fliege im Bernstein fühlt?«

Eric lachte verdutzt. »Wie kommst du denn auf die Idee?«

»Weiß nicht. In einem Moment erfreust du dich deines Lebens, dann verfängst du dich im Baumharz und kommst nicht mehr weg. Jahre vergehen, in denen du einfach nur existierst. Irgendwann sammelt dich einer auf, der dich vielleicht sein ganzes Leben lang gesucht hat, aber auf dir lastet der Druck der Vergangenheit und du kannst dich nicht darauf einlassen.«

»Wow. Ich glaube, der Gedankengang ist ein bisschen komplex für ein Insekt, es sei denn, du meinst uns beide.«

»Tja, sind wir zwei Fliegen im Bernstein?«

»Das müsste schon ein großer Brocken sein.«

Bei der Vorstellung musste Jenny lachen. Das tat gut. Sie hatte das Gefühl, in ihrem Leben viel zu wenig gelacht zu haben. »Vergiss es. Ich weiß selbst nicht, wie ich plötzlich darauf komme.«

Eric strich ihr über die regennasse Wange und sah sie ernst an. Anscheinend war er noch nicht mit dem Thema durch. Jenny empfand eine angenehme Vertrautheit, die sie besänftigte und ihr Rückhalt gab.

»Nein, im Ernst«, fuhr er fort. »Ich denke, die Fliege betrachtet alles entspannt durch eine goldene Brille, hört keinen Mucks und versteht nicht, was die Aufregung soll.«

»Auch eine Möglichkeit. Eine gechillte Fliege. Sollte ich mir vielleicht abschauen.«

»Wenn sie in ihrem Bernstein auf Hiddensee angespült wird, hat sie keine andere Wahl.«

»Nie habe ich mir Zeit genommen, über damals nachzudenken, sonst wäre ich vielleicht früher zurückgekommen.«

»Jetzt bist du ja da.«

»Viel zu spät.«

»Genau richtig«, widersprach Eric, zögerte einen Moment und offenbarte ihr dann: »Ich dachte immer, mit jedem Auftrag, mit jedem neuen Land, würde ich fühlen, ich wäre endlich angekommen.«

»Hat's dir denn nirgendwo gefallen?«

»Gefallen schon, aber ich hab mich nie zu Hause gefühlt ... Nicht so wie hier.« Eric betrachtete sie mit einem Blick, den sie nicht deuten konnte. »Mein Vater musste erst einen Schlaganfall erleiden, damit ich zurückkomme und dich im Supermarkt auf Hiddensee treffe. Das kann kein Zufall sein.«

»So groß ist die Insel nicht.«

»So klein aber auch nicht. Komm schon. Das ist Schicksal.«

Jenny hatte nie das Schicksal für irgendetwas verantwortlich gemacht. Vielmehr war sie fest davon überzeugt, dass sie ihr Leben selbst in der Hand hatte. Nach den Ereignissen der vergangenen Tage, ja Monate, wenn sie ehrlich war, eigentlich Jahre, fragte sie sich allerdings, ob sie ihren Entscheidungen überhaupt trauen konnte. Wohin hatten die sie geführt? Wäre es zur Abwechslung mal klug, dem Schicksal zu vertrauen?

»Vielleicht«, entgegnete sie unbestimmt und zögerlich.

»Was soll es sonst gewesen sein?«

»Falls es das Schicksal war, dann ist es zu langsam. Es hätte sich nicht sechsunddreißig Jahre Zeit lassen müssen.«

»Sicher hat es noch mehr zu tun.« Eric grinste. Der Regen tropfte aus seinen Locken, und Jenny war versucht, die Hand zu heben und sie ihm aus dem Gesicht zu streichen.

Doch Shadow zog an der Leine, als wollte er sagen *Jetzt quatscht nicht rum, ich will ins Warme.* Trotz Wind und Regen merkte Jenny, wie sie innerlich auftaute. Dem Schicksal zu vertrauen, erschien ihr keine schlechte Idee.

Kapitel 38

Eric wälzte sich in dem Doppelbett mit der viel zu weichen Matratze ruhelos hin und her. Zum wiederholten Male schlug er das schwere Federbett zurück, dass ihm unangenehm auf den Brustkorb drückte und an den Fiesling im Heim erinnerte, der sich zum Spaß auf die kleineren Kinder gesetzt hatte. Er wusste nicht, warum er gerade jetzt daran zurückdachte. Vielleicht lag es daran, dass er in einer neuen, ungewohnten Umgebung nicht zur Ruhe kam und dass ihm die gestrige Aufregung noch in den Knochen steckte.

Dabei war es total nett von Frieda Knop gewesen, ihm ihr leeres Zimmer zu überlassen und sich um seine durchnässte Kleidung zu kümmern. Gestern Abend hatte er sich mit einem alten Frotteebademantel und einem Paar von Jennys dicken Socken zufriedengeben müssen. Als er seine Sachen aus Friedas Trockner geholt hatte, war es bereits stockdunkel gewesen und der Sturm hatte an den Fensterläden gerüttelt, sodass an eine Fahrradfahrt nach Vitte nicht zu denken war. Stattdessen hatte er den Abend mit Jenny verbracht. In der Spielesammlung im Aufenthaltsraum hatten sie Knips gefunden. Eric hatte sich totgelacht über ihren verbissenen Ehrgeiz und Jenny hatte schließlich eingestimmt.

Weil ihm kalt wurde, vergrub er sich wieder unter dem ominösen Federbett und streckte die Hand nach dem

Handy aus. Es war kurz nach sieben. Anscheinend war er noch einmal eingeschlafen. Nachdem er sich aufgewärmt hatte, hielt er es im Bett nicht mehr aus und zog sich an. Er brauchte Bewegung.

»Trockene Sachen sind schon was Tolles«, murmelte er, als er seinen verblichenen Kapuzenpulli überstreifte.

Draußen hatte der Regen aufgehört und ein nur mehr mäßiger Wind streifte die Fensterläden. Trotzdem wollte er nicht nach Hause fahren, ohne sich von Jenny zu verabschieden. Vor ihrer Tür horchte er, aber drinnen tat sich nichts. Eine Weile stand er unentschlossen davor, was ihn an ihren heimlichen Strandausflug erinnerte, als Jenny am Zimmer ihrer Eltern gehorcht hatte, ob die Luft rein war. Die Erinnerung zauberte ein Lächeln auf seine Lippen.

Statt sie erneut zu einer nächtlichen, jetzt wohl eher morgendlichen, Bernsteinsuche anzustiften, wandte er sich ab. Jenny brauchte ihre Ruhe. Er stieg leise die Treppe hinunter, selbstverständlich war die Eingangstür nicht abgeschlossen. Draußen war es noch dunkel, aber zur Boddenseite hin kündigte ein tieforangefarbener Streifen am Horizont den Sonnenaufgang an.

Die Hände in den Taschen marschierte er zum nächsten Strandaufgang und hoffte, dass er nach dem Sturm nicht unterspült war. Er hatte Glück, musste nur aufpassen, nicht in die Kuhlen zu treten, in denen sich Wasser gesammelt hatte. Vor einem Haufen Seetang, in dem sich Treibholz verfangen hatte, ging er in die Hocke, beleuchtete ihn mit der Taschenlampe in seinem Handy und durchwühlte ihn gewohnheitsmäßig. Natürlich ergebnislos, hier unten war nicht der beste Platz zum Suchen. Überhaupt wollte er sich nur von den Gedanken ablenken, die ihm seit gestern Abend durch den Kopf geisterten.

Er steckte die eiskalten Hände in die Taschen seines Anoraks und schlenderte am Wasser entlang südwärts. Jetzt, wo die Ostsee wieder friedlich heranplätscherte, kam ihm seine gestrige Sorge, Jenny könnte etwas passiert sein, völlig übertrieben vor. Vor Friedas Einschreiten hätte er fast den Kopf verloren. Dabei war Jenny kein zerbrechliches Püppchen, sondern resolut, konnte Gefahren einschätzen und wusste sich im Notfall zu helfen.

Vielleicht war es nicht nur das stürmische Wetter gewesen, sondern die Tatsache, dass sie auf einmal verschwunden und niemand wusste, wo sie zu finden war? Der Gedankengang führte ihn zur eigentlichen Ursache, die ihn diese Nacht wachgehalten hatte: Er wollte, dass Jenny blieb. Für immer. Wollte mit ihr tauchen gehen, seine Pläne mit ihr teilen und zu Verrücktheiten anstiften so wie früher. Sie zum Eis einladen, den Sonnenuntergang beobachten, den Arm um sie legen und ...

Das war ein großer Wunsch, den er nicht laut auszusprechen wagte, denn er war ziemlich selbstsüchtig. Was hatten er und Hiddensee Jenny zu bieten? Sie hatte sicher hart gearbeitet, um sich eine Karriere aufzubauen. Darüber hinaus war sie ihrem Lebensgefährten vierzehn Jahre treu gewesen, war zu ihm nach Frankfurt gezogen und hatte sich seiner Tochter angenommen. Erics längste Beziehung hatte nicht mal den ersten Jahrestag erlebt, weil er von Teneriffa, wo seine damalige Freundin verwurzelt war, weitergezogen war und sie keine Fernbeziehung gewollt hatte. Kein Kollege, kein Freund und keine Beziehung hatten ihn jemals irgendwo gehalten. Also konnte er solch ein Opfer auch nicht von Jenny erwarten.

Und überhaupt, was verstand er von Beziehungen? War

er die Art Mann, die Jenny brauchte? Beim Knips spielen hatte er gemeint, aus ihren Andeutungen herauszuhören, dass ihr verstorbener Lebensgefährte untreu gewesen war. Unglaublich! Ein irrationaler Ärger machte sich in ihm breit. Dieser Marius musste ein kompletter Vollidiot gewesen sein, wenn er Jenny nicht zu schätzen gewusst und sie auch noch hintergangen hatte.

Aber konnte Eric sich so um Jenny kümmern, wie sie es verdiente? War er überhaupt beziehungstauglich? Was wenn nicht und Jenny es auf die harte Tour herausfand? Was dann?

Seine Gedanken eilten ihm voraus und Eric biss sich mahnend auf die Lippe. Sicher war Jenny noch nicht bereit für eine neue Beziehung. Im Moment brauchte sie vor allem Zeit. Sie musste den Verrat ihrer Eltern und den ihres Lebensgefährten verdauen. Dafür brauchte sie einen Freund. Wenigstens in dieser Hinsicht war Eric sicher, dass er ihr das geben konnte. Hundertprozentig. Er wollte für sie da sein, jetzt, wo sie wieder in sein Leben getreten war.

Hinter den Dünen schob sich die Sonne hervor. Weil die nächste Treppe unterspült war, kletterte er über die Felsen hinauf und lief über die Wiese zurück zur Pension. Jenny stand davor und unterhielt sich mit einem anderen Hundebesitzer, während Shadow einen Strauch beschnüffelte. Im Licht der aufgehenden Sonne leuchtete ihr ungekämmtes Haar, das in alle Richtungen abstand, und es sah so aus, als hätte sie unter dem Mantel noch ihren Schlafanzug an. Ihm wurde ganz warm ums Herz.

»Wo kommst du denn her?«, fragte sie munter. Im Gegensatz zu ihm schien sie gut geschlafen zu haben. Das machte ihn froh.

»Woher schon?« Er grinste und warf einen Blick Richtung Strand.

»Was gefunden?«

»Ist keine ideale Stelle hier.«

»Schade. Wie wär's mit Frühstück, bevor du zurückfährst?«

»Gut, dass du fragst. Hast du Lust auf Spiegelei?«

»Klar.«

In Jennys Zimmer machte er sich in der Teeküche zu schaffen. Wegen seiner vielen Reisen war Eric es gewohnt, aus einfachen Dingen das Beste herauszuholen. Das galt auch für Spiegeleier. Sorgfältig überprüfte er die Temperatur in der Pfanne, indem er etwas Wasser hineinspritzte, und stellte das Kräutersalz bereit. Er musste sich eingestehen, dass er ein bisschen nervös war, dabei hatte er schon x-mal Eier gebraten. Wollte er Jenny etwa beeindrucken? Ihr zeigen, dass er sich um sie kümmern konnte?

Kopfschüttelnd konzentrierte er sich auf seine Tätigkeit. Während die Eier in der Pfanne zischten, deckte er den Tisch. Shadow näherte sich der unbewachten Herdplatte.

»Möchtest du auch Spiegelei?«

»Lieber nicht, aber er kann einen Hundekeks haben.« Jenny lockte ihn zum Bettvorleger, ließ ihn Platz machen und gab ihm zur Belohnung den versprochenen Keks.

»Es ist serviert.« Eric verteilte die Eier auf den Tellern. Was Jenny wohl sagen würde?

»Sieht interessant aus.« Nicht ganz die enthusiastische Reaktion, die er sich erhofft hatte.

»Man muss das Spiegelei für eine knusprige Kruste beidseitig anbraten, während das Eigelb flüssig bleibt.«

»Hast du lang dafür geübt?«

»Nur ein paar Jahre.«

Nach ein paar Bissen stocherte Jenny appetitlos in seinem Spezialspiegelei herum.

»Überfordert meine Art der Zubereitung deinen Gaumen?«, fragte er, während er seinen Teller mit einem Stück Toast sauberwischte.

»Es ist köstlich, wirklich, aber ich bin schon satt.«

Er streckte die Hand aus und machte sich über ihre Reste her. »Du wirkst ein bisschen unruhig, alles okay?«

»Schon. Es ist bloß Freitag.«

»Ja?«

»Ein Wochentag und ich sitze hier rum, als hätte ich nichts zu tun.«

Eric ließ von Jennys Teller ab und blickte sie an. »Du hast doch Urlaub, oder nicht?«

»Eigentlich hat mich mein Chef wegen eines Werbeauftrags hergeschickt.«

»Und der Auftrag macht dir Sorgen?«

»Nein, der ist erledigt.«

»Dann macht dir dein Chef Sorgen?«

Jenny zuckte mit den Schultern. »Nicht mehr als sonst auch.«

Eric war ein bisschen ratlos, was er ihr antworten sollte. Schließlich hörte er auf, in seinem Hirn nach Worten zu kramen und hörte einfach zu.

»Ich schätze mal, mir fehlt Routine. Irgendein Plan. Ist natürlich schön, Zeit für mich zu haben, aber ...«

»... zu viel Nachdenken ist auch nicht gut?«

»Was soll ich machen? Als ich noch meine Eltern beeindrucken wollte, war alles einfacher. Ich hatte klare Vorgaben, ein eindeutiges Ziel. Jetzt muss ich was finden, was mir Spaß macht, aber wie geht das?« Sie brachte die Teller zur Spüle und weichte sie ein.

Eric wünschte sich, die perfekte Antwort für sie zu haben, aber die gab es nicht. Stattdessen wagte er einen Vorstoß. »Warum bleibst du nicht auf Hiddensee, während du's herausfindest?«

»Klingt toll, aber was mache ich hier?«

»Spaß haben?«

»Ein bisschen genauer, bitte.«

»Du kannst mir bei der Bernsteinsuche helfen.«

»Ist das ein Job?« Sie blickte ihm zweifelnd über die Schulter hinweg an, während sie im Spülbecken hantierte.

»Ja, aber erstens ist der auf Hiddensee schon vergeben und zweitens geht's um Spaß, schon vergessen?«

»Gut, dass du mich daran erinnerst.«

»Du bleibst einfach so lange hier, bis wir einen mit Fliege drin finden.« Eric presste die Lippen aufeinander. Es würde nichts nützen, sie zu irgendetwas zu drängen.

»Das kann ewig dauern, ohne Aussicht auf Erfolg.«

»Wenn's dir Spaß macht, brauchst du keinen Erfolg. Spaß, verstehst du? Spahaaß!«

Jenny lachte. »Ich glaube, der Gedanke, Spaß zu haben, macht mir ein bisschen Angst. Vielleicht lese ich mir erst mal den Wikipedia-Eintrag dazu durch, okay? Nur damit ich weiß, wovon du redest.«

Immerhin hatte sie nicht gleich abgelehnt, das wertete Eric als kleinen Erfolg.

Ihr Handy klingelte. »Mein Chef.« Scheinbar ratlos blickte sie auf das Gerät.

»Der Anruf passt zwar nicht zum Thema, aber solltest du ihn nicht annehmen?« Eric stand auf und zog seinen Anorak an. Jennys unbestimmte Antwort machte ihn nicht unbedingt glücklich, hatte ihn jedoch nicht überrascht und er widerstand der Versuchung, ihr ein Dutzend Gründe hinterherzuschicken, warum sie bleiben sollte.

»Du musst nicht gehen, ich rufe ihn nachher zurück«, meinte sie, während ihr Handy unbarmherzig weitertönte.

»Gerade regnet es nicht. Ich sollte die Pause nutzen, nach meinem Papa schauen und so. Komm doch morgen vorbei, wenn das Wetter aufklart. Die beiden sind erst beruhigt, wenn sie mit dir gesprochen haben, glaube ich.«

»Okay. Dann habe ich zumindest für morgen einen Plan, Spaziergang nach Vitte.«

»Siehst du. Gar nicht schwer.«

»Danke, dass du gekommen bist, um ... na ja ... nach mir zu sehen.«

Er räusperte sich nervös. »Wo ich dich endlich wiedergefunden habe, muss ich doch sicherstellen, dass es dir gut geht.«

»Danke.« Jenny sah aus, als wollte sie noch etwas sagen, schwieg aber. Ein feines Lächeln umspielte ihre geschwungenen Lippen.

Da ging Eric auf, dass er seinen Bernstein mit Fliege drin vielleicht schon gefunden hatte. Jemanden wie Jenny gab es nicht noch einmal. Sie war etwas Besonderes, wie ein kleines Wunder und das wollte er in Ehren halten, egal, ob sie auf Hiddensee blieb oder nicht.

Am anderen Ende gab ihr Chef endlich auf.

Er machte einen Schritt auf Jenny zu und umarmte sie zum Abschied. »Ganz schön hartnäckig, dein Boss. Pass auf dich auf«, raunte er in ihr Haar, bevor sie sich voneinander lösten.

»Mach ich. Bis morgen.«

Mit einem letzten Blick auf Jenny zog er die Tür hinter sich zu und machte sich auf den Weg zu seinen Eltern. Morgen würde er sie wiedersehen.

Kapitel 39

Jenny hatte absolut keine Lust, in der Agentur zurückzu-
rufen und überlegte zu warten, bis sich Luca wieder meldete. Doch die Art Machtspielchen waren ihr schon immer zu dumm gewesen, also griff sie zum Handy.

Kaum hatte das Freizeichen getutet, ging Luca ran.
»Endlich rufst du zurück!«

Das ging ja gut los ... Jenny rollte mit den Augen und
fuhr ihren Laptop hoch.

»Hallo, bist du dran?«

»Guten Morgen, Luca.«

Ihr Ton musste ihm verraten haben, dass sie nicht
sehnsüchtig auf seinen Anruf gewartet hatte.

»Hi, Jenny«, ruderte er sofort zurück und gab sich ge-
schäftsmäßig. »Ich hoffe, du bist gut ins neue Jahr gestartet.«

»Kann mich nicht mehr daran erinnern, ist schon eine
Weile her.«

Keine Antwort. Sie stellte sich vor, wie er verdutzt auf
den Hörer starrte. Sollte er sich doch mal Mühe geben.
Statt es ihm einfach zu machen, ließ sie Luca zappeln und
gab das Passwort für ihr Postfach ein. Hundertzwölf un-
gelesene Mails, seit sie das letzte Mal nachgeschaut hatte!

»Boah!«, rutschte es aus ihr raus. Betreffe wie *Offene
Rechnung Auftragsnummer R&M 24-09-841103*, *Bitte um
Weiterleitung Mahnung an Herrn Michel* und *Letzte Auf-*

forderung Vertragsdetails nachjustieren hätten sie noch vor ein paar Tagen in Alarmbereitschaft versetzt. Nichts hätte sie vom Computer wegbekommen und zur Not hätte sie eine Nachtschicht eingelegt, bis alles geklärt gewesen wäre. Jetzt starrte sie auf die lange Liste und konnte sich nicht durchringen, eine der Mails zu öffnen. Stattdessen klickte sie auf *Ausloggen*. Als die Betreffe aus ihrem Blickfeld verschwanden, fühlte sie sich besser.

»Hallo? Was hast du gesagt?«, wiederholte Luca, hörbar irritiert.

»Nichts.«

»Warum ist die Verbindung so schlecht? Bist du etwa immer noch da oben?«

»Warum rufst du an?«

»Ich ... äh ... wollte dich zu unserem ersten Meeting im neuen Jahr einladen.«

»Okay. Schick mir den Link.«

»Nein. Das Meeting findet vor Ort statt.«

So, so. Jetzt wollte er sie also wieder im Büro haben, wo er sie vor zwei Wochen weggeschickt hatte, mit nichts als einem auf der Kippe stehenden Auftrag? Da war doch irgendetwas im Busch.

»Nachdem der Auftrag für *Strandkorb 66* in Sack und Tüten ist, wird es Zeit, dass du wieder andere Aufgaben im Büro übernimmst«, erklärte Luca prompt.

»Hab ich gut gemacht, stimmt's?«

»Äh, was?«

»Den Auftrag für *Strandkorb 66*.«

»Äh ... ja ... gut gemacht?«

Jenny ließ sich mit dem Handy am Ohr aufs Bett fallen wie ein genervter Teenager. *Eine Entschuldigung wäre schön*, dachte sie.

»Aber wir können uns leider nicht auf unseren Lorbeeren ausruhen, nicht wahr? Außerdem habe ich einen neuen, spannenden Auftrag für dich.«

»Kannst du das übernehmen? Ich habe noch jede Menge Resturlaub und Überstunden abzubummeln.«

»Das geht leider nicht. Die Agentur braucht dich.«

»Könnte Sarah nicht einige Projekte übernehmen? Sie scheint recht patent zu sein.«

»Sarah wird uns Ende Januar verlassen.«

»Aha.« Aus seiner Stimme hatte sie herausgehört, dass es nicht seine Entscheidung gewesen war. Die Kacke musste mächtig am Dampfen sein, wenn Little Miss Knackarsch sich lieber was anderes suchte, statt ihre guten Karten in der Agentur auszuspielen und sich zu profilieren. Letztlich war Jenny auch das egal. Sollte sie machen.

»Du siehst, wir sind extrem unterbesetzt. Ich denke, ich verlege unser Meeting auf Montag vor.«

»Okay. Du willst also, dass ich alle meine üblichen Aufgaben im Büro wieder übernehme?«

»Aber natürlich.«

»Gut. Zu meinen Aufgaben gehört die Arbeitszeit- und Urlaubsplanung. Urlaub und Gleitzeit für Jenny Miller sind hiermit genehmigt. Wir sehen uns ... es sind so viele Überstunden, lass mich nachrechnen ... Anfang bis Mitte Februar.«

»Also wirklich, Jenny, was ist denn mit dir los?«

»Keine Ahnung, vielleicht bin ich krank? Krankmeldung schicke ich dann an mich selbst.«

»Jetzt hör auf mit dem Blödsinn. Darf ich dich daran erinnern, dass dein Lebensgefährte, oder besser gesagt deine Tochter, der Agentur einen Betrag von hunderttausend Euro schuldet?«

»Wovon redest du? Das Geld ist wieder aufgetaucht.

Mein Anwalt hat sich längst darum gekümmert. Post betreffs dieser Angelegenheit müsste dir nächste Woche zugehen. Den Brief bezüglich Sonjas Beteiligung hast du schon gelesen?«

Rascheln und Poltern am anderen Ende. Es klang, als würde Luca hektisch seinen Schreibtisch durchsuchen.

»War ein Abgabe-Einschreiben. Vielleicht fragst du mal Sarah?«

»Warte kurz.«

»Ich hab Zeit.« Jenny lehnte sich über die Bettkante und kraulte Shadow zwischen den Ohren. Dann sammelte sie seine Haare von der Decke und setzte beim Wegbringen Teewasser auf. Sie fragte sich, ob Luca überhaupt zum Gespräch zurückkommen würde, als seine Stimme durch die Leitung drang.

»Sarah hat den Brief gefunden. Und das mit dem Geld ist eine sehr erfreuliche Mitteilung.«

»Finde ich auch.«

»Ähm … es bringt mich wieder zurück zu unserem Meeting.«

Jenny rollte mit den Augen und ließ ein dickes Stück Kandiszucker in ihren Teebecher plumpsen.

»Ich wollte eine wichtige Sache mit dir besprechen.«

»Ach, ja?«

»Genauer gesagt wollte ich dir ein Angebot unterbreiten.«

Er machte es spannend, aber Jenny reagierte nicht.

»Du bist schon so lange bei uns, ich weiß deine Arbeit zu schätzen und zähle auf dich. Ich denke, es ist an der Zeit, dass du offiziell die neue Partnerin wirst. Zusammen führen wir unsere traditionsreiche Agentur in eine neue Ära. Was sagst du?«

Noch vor ein paar Wochen hätte Jenny triumphierend

die Faust gereckt und sofort jeden Vertrag unterschrieben. Aber jetzt stellte sie ihre Tasse *Winterwunsch* ab und legte sich wieder ins Bett. Sie war total leidenschaftslos dem gegenüber, was vierzehn Jahre ihr zweites Zuhause gewesen war. Ein Zuhause, in dem sie Jahre lang die Drecksarbeit gemacht und aus dem sie Luca schließlich so gut wie rausgeworfen hatte. Ob *RITTER & MICHEL* pleiteging oder Werbeagentur des Jahres wurde, war ihr völlig egal.

Aber stimmte das wirklich? Oder sprach nur die emotionale Erschöpfung aus ihr?

Viel war in den letzten beiden Wochen auf Hiddensee passiert, sie musste einiges verarbeiten. Trotzdem hatte sie vierzehn Jahre lang für diesen Moment geschuftet. Durfte sie ihn einfach wegwerfen? Wäre es nicht das Erste, das sie bereute, wenn sie sich erholt hatte? Störte sie das Chaos in der Agentur wirklich oder nur das Gefühl, es nicht beherrschen zu können? Was konnte sie alles erreichen, wenn sie erst einmal Partnerin war?

»Michel und Miller – klingt gut, oder?«, lockte Luca.

Jenny erinnerte sich an das Baugerüst vorm Büro. »Hast du das schon als neues Schild anbringen lassen?«

»Ähm, äh, ja, die Arbeiter sind fleißig dabei.«

Jenny glaubte nicht recht daran. Es war eine Genugtuung, Luca auflaufen zu lassen, aber sie hatte das Spielchen bereits über. Statt sofort ja zu sagen, tat sie etwas, das sie seit ihrer Kindheit verlernt zu haben glaubte. Sie antwortete aus dem Bauch heraus.

»Schick dein Angebot an meinen Anwalt, die Adresse steht auf dem Briefumschlag.«

»Also, ich würde lieber mit dir ...«

»Das glaube ich, aber ich bin im Urlaub.«

»Jenny, zum letzten Mal ...«

»Luca es ist kurz vor elf, der halbe Tag ist schon vorbei und ich habe noch zu tun.«

»Ach, ja?«

»Ja, ich muss darüber nachdenken, wie ich Spaß haben kann.«

»Wie, Spaß?«

»Du hörst von meinem Anwalt. Ich möchte im Urlaub ausnahmsweise nicht gestört werden.« Sie beendete das Gespräch und stellte sich vor, wie Luca am anderen Ende mit der Fassung rang, vor Wut schäumte oder an ihrer Stelle Sarah zur Schnecke machte.

Eine Weile tigerte sie rastlos durch das kleine Zimmer, erledigte den Abwasch und kämmte ihre Haare. Das Handy blieb stumm.

Da sie ihren Urlaubstag ohnehin mit beruflichen Dingen verschwendet hatte, rief sie auf dem Handy ihre privaten E-Mails auf. Der Anwalt hatte ihr geschrieben, anscheinend hatten sie bereits Maßnahmen zum Verkauf getroffen. Ein Satz stach besonders heraus:

Ihre Flexibilität bezüglich der Gewinnspanne inklusive unserer Provision vorausgesetzt, schätzen wir es als realistisch ein, den Vorgang noch in diesem Quartal abschließen zu können.

Tja, mangelnde Flexibilität konnte man ihr nicht vorwerfen. Das sollte wohl heißen, dass sie Sonjas Beteiligung unter Wert, aber dafür schnell verkaufen konnten. Damit hätte sich Marius nie zufriedengegeben. Durfte Jenny ihr Erbe schmälern, nur damit sie die Sache vom Hals hatte? Das Geld war Sonja egal, aber was blieb ihr sonst von ihrem Vater? Ein paar Urlaubsfotos, teure Geschenke, das Gefühl, für eine wichtige Bezugsperson unsichtbar gewesen zu sein? Sie war ihm ähnlicher, als sie zugeben würde, und ging jetzt ihren Weg, genau wie er es immer getan hatte. Womöglich war das seine Hinterlassenschaft.

Deshalb spielte es keine Rolle, wie viel Geld dabei rauskam. Sonja würde zurechtkommen. Vielleicht konnte Jenny die Summe für sie anlegen, bis sie es für einen Neustart brauchte. Das schien ihr ein angemessener Schlussstrich zu sein.

Jenny schloss die E-Mail-App und leerte ihren kalt gewordenen Tee.

»Komm«, rief sie und Shadow kam Schwanz wedelnd angetrippelt.

Wenn sie schon den Tag vertrödelten, konnten sie das genauso gut zusammen am Strand tun.

Kapitel 40

Jennys selbst genehmigter Urlaub, über den sie gestern noch zusammen gewitzelt hatten, endete, bevor er überhaupt angefangen hatte. Eric wusste nicht, was er von ihrem plötzlichen Meinungswechsel halten sollte. Ihr Anruf am Sonntagmorgen, dass sie noch am gleichen Tag zurück nach Frankfurt fahren wollte, war wie ein Schlag in die Magengrube gewesen. Sofort hatte er sich aufs Fahrrad geschwungen und war nach Neuendorf gerast.

Jenny hatte ihm wortkarg erklärt, sie sei zu dem Schluss gekommen, daheim einige Dinge klären zu müssen. Was genau das war, hatte sie nicht gesagt und er hatte sie nicht gedrängt. Vielleicht wusste sie es selbst nicht genau?

Jetzt zog er den Karren über den holprigen Feldweg, um sie mit Sack und Pack zur Fähre zu bringen. Shadow wetzte über die Wiese und schien seinen letzten Tag auf der Insel auskosten zu wollen.

»Es ist lieb von dir, aber du hättest nicht extra kommen müssen.«

»Doch.« Er wollte sagen, dass sie bald wiederkommen sollte und er sie bereits vermisste. Stattdessen biss er sich auf die Lippe.

Schweigend kamen sie im Hafen an, die Fähre war bereits in Sichtweite. Jenny nahm Shadow an die Leine, während Eric den Karren verstaute. Sonst wartete heute niemand auf das Boot der Weißen Flotte.

»Eigentlich will ich nicht weg«, erklärte Jenny. Sie zog die Schultern hoch und sah nicht glücklich aus. Ihr Blick wirkte gehetzt, wie zuvor bei ihrem Aufeinandertreffen im Supermarkt.

»Dann bleib.«

»Das geht nicht. Ich kann nicht so tun, als hätte ich Urlaub, wenn mein bisheriges Leben im Chaos versinkt.«

»Dein Boss kommt auch ohne dich aus.«

»Nein, tut er leider nicht.«

»Hm.«

»Aber seinetwegen fahre ich nicht. Nicht aus Pflichtgefühl. Ich muss für mich eine Entscheidung treffen und das geht nur in Frankfurt.«

»Verstehe«, erwiderte Eric, auch wenn es nicht so war. Aber er hatte eben nie irgendwo Wurzeln geschlagen. Hatte nie Probleme gehabt, mit seinem Seesack und seiner Tauch- und Fotoausrüstung zum nächsten Auftrag weiterzuziehen. Jenny war anders. Er musste akzeptieren, dass sie das Leben, das sie sich in Frankfurt aufgebaut hatte, nicht einfach zurücklassen konnte.

Die Fähre bog ins Hafenbecken ein. Jenny leinte Shadow an, ihre Minuten auf Hiddensee waren gezählt. Warum dachte er so pessimistisch? Das musste der Schock ihres plötzlichen Aufbruchs sein. Eric hob ihre Reisetasche und Shadows Rucksack auf und trug sie zur Anlegestelle.

»Schreib mir, sobald du gut angekommen bist.« Die magere Floskel erschien ihm wie eine Rettungsleine, die ihn weiterhin mit Jenny verband. Sie musste sie nur ergreifen.

»Das hat mir seit Ewigkeiten keiner mehr gesagt.«

»Nein?«

Sie schüttelte den Kopf, holte ein Taschentuch hervor und putzte sich die Nase.

»Du kannst jederzeit wiederkommen. Da gibt es so ein Haus in Vitte, weißt du?«

Jetzt lächelte sie. »Das ist gut zu wissen. Ich komme wieder.«

»Weißt du schon wann?« Die Frage war ihm rausgerutscht. Woher sollte sie das wissen? »Vergiss es. Ist egal, wann. Hauptsache, du kommst.«

»Das werde ich.« Ohne Vorwarnung umarmte sie ihn. Etwas umständlich stellte er ihr Gepäck ab, schlang die Arme um ihren Oberkörper, hielt sie fest und drückte einen Kuss in ihr Haar. Erst als der Landungssteg der Fähre auf die Kaimauer krachte, ließ er Jenny los.

Eric half ihr dabei, den Rucksack zu schultern, reichte ihr die Reisetasche und blickte ihr nach. Statt ins warme Innere der Fähre zu flüchten, drehte sie sich um und ließ die Tasche aufs Deck plumpsen. Sie winkte und rief ihm etwas zu, aber da sie als Einzige in Neuendorf zustieg, wurde der Steg bereits ratternd hochgezogen und ihre Worte gingen im Lärm unter. Jenny winkte ihm noch, als die Fähre das Hafenbecken verließ und immer kleiner wurde.

Jenny blickte in ihren Flurspiegel und kam sich fremd vor. Alles erschien ihr fremd, seit sie gestern in Stralsund die Fähre verlassen hatte. Die vielen Leute im Zug, die sie nicht ausblenden konnte, weil sie keine Kopfhörer dabeigehabt hatte, die Frankfurter Straßen, in denen sie sich, wenn sie ehrlich war, nie völlig zu Hause gefühlt hatte, und ihre Wohnung, die ihr nun unnötig groß vorkam.

Auf ihrem Gedankenkarussell hatten sich ihre Eltern, Marius, Lucas Angebot, der Anwalt und die Frage abgewechselt, was sie in Zukunft machen sollte.

Am Telefon hatte sie Luca mit der Forderung abgewürgt, er solle sein Angebot für eine Partnerschaft an ihren Anwalt schicken. Zwei Tage lang hatte sie sich gut damit gefühlt, war mit Shadow und Daisy am Strand entlang getollt und mit den Thorsens am nächsten Tag zum Mittagessen nach Kloster spaziert. Allerdings hatte der Gedanke, auf Lucas nächsten Schritt zu warten, sie am Abend nicht einschlafen lassen. Ihr war klar geworden, dass sie es war, die handeln musste. Schließlich ging es um ihre Zukunft. Schweren Herzens hatte sie ihren Urlaub verworfen und sich auf den Heimweg gemacht.

Sie betrachtete sich im Spiegel und strich eine Strähne hinters Ohr. Zu ihren Füßen hechelte Shadow. »Was meinst du dazu? Findest du Frauchen schick?«

Hechel, hechel. Das deutete sie als ein Ja.

Für ihr Meeting mit Luca hatte sie sich in ihre Kampfmontur geworfen. Ihr ochsenblutfarbener Lieblingsanzug mit weiter Marlenehose hatte ihr oft gute Dienste geleistet. Ihr Haaransatz war inzwischen so weit herausgewachsen, dass man ihr einen beabsichtigten Ombre-Look unterstellen konnte. Jenny wusste allerdings nicht, ob der überhaupt noch modern war, deshalb hatte sie einen Zickzack-Scheitel gekämmt und die Haare in einem Nackenknoten zusammengefasst, damit der Ansatz nicht so auffiel. Ihr Powerlippenstift machte das Ganze komplett. So war sie schon dutzende Male in der Werbeagentur aufmarschiert. Im Gegensatz zu früher kam sie sich heute allerdings verkleidet vor. War das alles nicht furchtbar übertrieben? Ein Dödel wie Luca verdiente die Mühe eigentlich nicht.

Letztlich hatte sie es für sich selbst getan, denn heute würde sich ihre Zukunft entscheiden.

»Das gibt's ja nicht«, entfuhr es ihr, als sie mit Shadow die Agentur erreichte und nach oben blickte. MICHEL MEDIA, stand da in großen, roten Lettern. »So ein Arsch!«

Und in diesem Moment traf Jenny ihre Entscheidung.

Erhobenen Hauptes betrat sie die Agentur. Natürlich war Luca noch nicht da. Mit einem Lächeln registrierte Jenny, dass sie das Überraschungsmoment auf ihrer Seite hatte, denn Luca ging sicher Zähne knirschend davon aus, dass sie Urlaub machte.

Zielstrebig ging sie in ihr Büro und schloss ihren Laptop an. Als sie ein Word-Dokument öffnete, klopfte es. »Herein.«

»Hallo, habe ich doch richtig gehört.« Sarah betrat ihr Büro. Sie lächelte schwach und sah zerknirscht aus.

Wochenlang hatte sich Jenny vorgestellt, wie es wäre, der jungen Frau süffisant mitzuteilen, dass ihr befristeter Vertrag leider nicht verlängert werden konnte. Jetzt ging Sarah von selbst und Jennys kleinliche Rachsucht hatte sich längst verflüchtigt. Da sie sonst nicht viel mit ihr anfangen konnte, wartete Jenny, dass sie etwas sagte.

»Ähm ... es ist gut, dass wir uns noch mal treffen.«

Jenny nickte.

»Ich wollte sagen, dass ich gekündigt habe und nur noch bis Ende Januar da bin.«

»Das hat Luca erwähnt. Dann wünsche ich Ihnen einen guten Start im neuen Job.«

»Danke. Ähm ... ich hatte Herrn Michel gebeten, mir ein Arbeitszeugnis auszustellen, leider hatte er bis jetzt keine Zeit.«

»Kann ich mir denken«, platzte es aus Jenny heraus.

Dann dachte sie daran, dass sie ohne Sarah nie die Spur zu Marius' Kredit gefunden hätte, und gab sich versöhnlicher. »Ich kümmere mich darum. Bis zum Ende der Woche haben Sie Ihr Zeugnis.«

»Danke.«

»Gern geschehen.«

»Ich weiß, ich war nicht die Mitarbeiterin des Jahres ...«

Das ist die Untertreibung des Jahres, dachte Jenny fast amüsiert.

»... aber ich habe hier viel gelernt. Besonders von Ihnen.«

Sagte sie das nur, damit sich Jenny mit ihrem Zeugnis Mühe gab?

»Es kommt aufs Können an, aufs Mitdenken und darauf, dass man mit den richtigen Leuten kollegial kooperiert, alles andere führt letztlich zu nichts.«

Was sie von sich gab, klang auswendig gelernt, aber im Grunde hatte sie recht. Jenny hatte plötzlich Mitleid. Sie war jung, und ihr Start ins Arbeitsleben war nicht eben glatt verlaufen. Nicht nur die junge Frau hatte es versaut, sondern auch Marius, denn statt eines Liebhabers hätte sie einen Mentor gebraucht.

Jenny schenkte ihr ein mütterliches Lächeln. »Es gibt viele Wege, im Berufsalltag zu bestehen. Letztlich muss man wissen, was man von sich selbst erwartet und wer man ist.« Kaum hatte sie den Satz ausgesprochen, kam sie sich ein bisschen heuchlerisch vor. Wusste sie denn, wer sie war?

Sarah jedoch nickte. »In den letzten Wochen habe ich viel über mich selbst gelernt.«

»Das ist gut.«

»Tja, ähm, Herr Michel müsste bald kommen. Möchten Sie vielleicht einen Kaffee?«

Jenny freute sich über das Angebot. »Gerne. Vielen Dank.«

Als Sarah die Bürotür hinter sich schloss, schrieb Jenny ihren kleinen Text fertig, druckte ihn aus, unterschrieb das Blatt und steckte es in einen Umschlag.

Wie gerufen hörte sie Luca im Flur, schnappte sich den Umschlag und fing ihn ab. Shadow, noch müde von der Reise, blieb in ihrem Büro zurück.

»Jenny!« Er machte dicke Backen, musterte sie von oben bis unten und setzte schließlich sein gewinnendes Grinsen auf.

Leider fruchtete das bei ihr nicht mehr. Noch vor ihm trat sie in sein Büro und ließ sich auf den Besucherstuhl fallen.

»Ich ... äh ... habe gleich einen Termin.«

»Ja, mit mir.« Jenny bewegte sich nicht von der Stelle und ließ den Blick über die gerahmten Werbeplakate an seinen Wänden gleiten. Eines war dazugekommen. *Zuhause an der Ostsee. Strandkorb 66.* Den Slogan kannte sie doch! Es war das Werbeplakat, das in den kommenden Monaten Bus- und Bahnhaltestellen zieren sollte. Die Seniorenresidenz sah einladend aus, ebenso die grünblaue Ostsee darunter, die zwei Paar Füße umspielte. Daneben lagen angespülte Kiesel im Sand wie eine nachlässig abgelegte Perlenkette. Oder eine geheime Schrift, die Jenny nicht entziffern konnte. Es wirkte nicht übertrieben künstlerisch, zog aber trotzdem die Blicke auf sich. Ihre Grafikerin Ilona hatte sich selbst übertroffen. »Ist gut geworden.«

»Ja«, gab Luca zu und trat endlich ins Büro, wohl weil er einsah, dass sie sich nicht vertreiben ließ. Er zog die

Tür zu und wechselte in den Modus des taffen Geschäftsmanns. »Jenny, wir haben viel zu besprechen. Wegen meines Angebotes einer Partnerschaft ...« Er ließ sich über die Vorzüge der Agentur aus und Jenny ließ ihn reden. Sollte er sich nach allem, was er verzapft hatte, mal richtig ins Zeug legen.

Belustigt überlegte sie, wie weit sie es treiben konnte. Das Bild der Ostsee über Lucas Kopf lenkte sie jedoch ab. Sie dachte an ihre Nachricht an Eric, gleich nachdem sie ihre Wohnung betreten hatte. Daran, dass er ihr sofort geantwortet hatte.

Er würde auf Hiddensee bleiben und sie konnte ihn jederzeit wiedersehen. Eric war wie ein Anker, den sie vor langer Zeit ausgeworfen hatte, und der sie nun mit der Insel verband. Der Vergleich hinkte ein wenig, weil man einen Anker eigentlich im Wasser auswarf, und das brachte sie zum Lächeln.

»Ah, wusste ich's doch, dass ich dich mit meinem Angebot begeistern kann«, frohlockte Luca.

Jenny konzentrierte sich wieder auf ihn. »Tut mir leid, was hast du gesagt?«

»Dass du mit einem Posten als Führungskraft besser bedient bist als mit einer Partnerschaft. Verantwortung ohne Risiko ...«

»Aber ohne Risiko, wo bleibt da der Spaß?«

»Äh ...«

»Dort liegt meine Priorität. Ich glaube, das hatte ich bei unserem letzten Gespräch bereits erwähnt.«

»Also ...«

»Was hat mir *Michel Media*«, sie betonte den neuen Namen, »in dieser Hinsicht zu bieten?«

»Zu bieten?«, entgegnete er irritiert. In sein Gesicht schlich sich ein unvorteilhaftes Rot und er fuhr nervös durch seinen verschwitzten Hemdkragen. Anscheinend hatte sie ihn völlig aus dem Konzept gebracht.

»Gar nichts. Das dachte ich mir schon.« Jenny beschloss, dass sie Besseres zu tun hatte als dieses Spielchen. Sie schob den Umschlag über seinen Schreibtisch. »Meine Kündigung. Fristgerecht bis Ende Februar. Abzüglich Resturlaub und Überstunden natürlich.« In ihrem Bauch kribbelte es, als sie die Worte laut aussprach. War es die reine Aufregung, dass in ihrem Leben nun wieder alles möglich schien, oder war auch ein bisschen Angst dabei?

»Aber das kannst du doch nicht machen!«

Jenny lachte laut auf und wünschte sich, sie könnte ein Foto von seinem völlig verdutzten Gesicht schießen. Dieses rückgrat- und planlose Männchen hatte sie vor ein paar Wochen mit seiner Klagedrohung in Angst und Schrecken versetzt. Unglaublich.

Natürlich konnte sie das machen und tat es auch. Wer sich selbst Urlaub genehmigte, durfte auch kündigen.

Bevor Luca noch etwas sagen konnte, erhob sie sich. »Ich rechne jetzt aus, wie viele Tage ich noch in der Agentur bin und dann mache ich Mittagspause.«

Sie fühlte sich frei und energiegeladen wie schon lange nicht mehr. Vielleicht machte sie zunächst einen Spaziergang mit Shadow, um ein bisschen aufgestaute Energie loszuwerden. Oder sie schrieb Eric eine Nachricht.

So viele Möglichkeiten, dachte Jenny und stolzierte aus seinem Büro.

Epilog

Auf der Treppe waren Schritte zu hören. Jenny ließ ihre Tür offen, während sie weiter das Bett mit ihrer eigenen Wäsche bezog. Die Federdecke war zurück in die Wäschekammer gewandert und hatte einer leichteren Platz gemacht. Kurz darauf kamen Shadow und Daisy ins Zimmer geschossen.

»Die Post ist da«, rief Frieda.

»Komm rein.«

»Kaum zu glauben, was du hier alles untergebracht hast«, sagte sie wie jedes Mal.

Jenny hatte Februar und März in Frankfurt verbracht. Sobald sie alles zu ihrer Zufriedenheit geregelt und sich überzeugt hatte, dass Sonja zurechtkam und glücklich war, hatte sie mit Shadow und einigen Habseligkeiten erneut den Weg an die Ostsee angetreten.

Weil sie Frieda unter die Arme griff, durfte sie preiswert weiter hier wohnen. Sobald Sonja eine eigene Bleibe gefunden hatte und das Appartement in Frankfurt verkauft war, wollte sie sich auf Hiddensee eine kleine Wohnung suchen.

»Sind die alle für mich?«

»Mir schreibt keiner. Alle, die ich mal kannte, sind schon tot. Scherz.«

Jenny hatte sich bereits an Friedas abwegigen Humor gewöhnt, der sie oft an ihre Tochter erinnerte.

»Hau rein, bis heute Abend.«

»Bis dann.«

Jenny ließ sich aufs Bett fallen und den Blick zufrieden durchs Zimmer schweifen. Die zusammengewürfelten Möbel und Erinnerungsstücke versetzten sie zurück in ihre Studenten-WG und erfüllten sie mit Aufbruchsstimmung, angereichert durch Lebenserfahrung, dafür mit weniger Ehrgeiz. Es war ein selbst gewählter Schwebezustand, in dem alles möglich schien.

Entspannt sortierte sie ihre Post. Einen Brief von der Gemeinde Rügen West, sicher wegen der Zweitwohnsitzsteuer, konnte sie später durchsehen. Ebenso die Infos von der nächstgelegenen Filiale der Volksbank auf Rügen, die nicht gerade auf dem Heimweg lag. Ein Besuch am Schalter würde ab jetzt eine Bootsfahrt beinhalten. Jenny schüttelte belustigt den Kopf. Schließlich ein Brief ihres Anwalts und eine Postkarte, die ihr Sonja aus Frankfurt weitergeleitet hatte.

Ihre Eltern grüßten aus Ägypten. Seit dem hitzigen Telefonat am Leuchtturm hatten sie nicht wieder miteinander gesprochen. Stattdessen erhielt sie die dritte Urlaubskarte. Phuket, Rom und jetzt machten sie über die Osterferien eine Nilkreuzfahrt. Ob ihre Eltern versuchten, an immer neuen Orten ihrem schlechten Gewissen zu entfliehen? Würden sie irgendwann von selbst daraufkommen, dass tolle Ansichtskarten keine Beziehung ersetzten? Verdrängten sie wie üblich das Gespräch oder arbeiteten sie es auf ihre Weise auf? Jenny fand sich für den Moment damit ab, dass sie keine Antworten darauf hatte, und hielt an ihrem Vorsatz fest, nicht den ersten Schritt zu tun. Obwohl es sie reizte, eine Postkarte von Vitte loszuschicken. *Hallo Birgit und Jürgen, seit ich alles über meine Vergangenheit weiß, meinen tollen Job gekün-*

digt habe und mit Shadow in ein winziges Zimmer gezogen bin, geht's mir gut ...

Ein Blick aufs Handy sagte ihr, dass sie bald losmussten. Sollte sie den Brief des Anwalts erst lesen, wenn sie aus Vitte zurückkam? Der Verkauf von Sonjas Erbe hatte sich in die Länge gezogen, weil Luca wie zu erwarten Theater gemacht hatte.

Jenny hatte sich in der Arbeit kein Bein mehr ausgerissen und sich eisern an die in ihrem Arbeitsvertrag festgeschriebenen Tätigkeitsfelder gehalten, hatte ihre ausgedehnte Mittagspause genossen und pünktlich Feierabend gemacht. Gegen ihre über die Jahre erworbenen Angewohnheiten anzukämpfen, war hart gewesen. Aber Jenny hatte es durchgezogen, war nicht spontan eingesprungen, hatte abends nicht schnell noch was erledigt und nicht unauffällig kleine Fehler und Versäumnisse ausgemerzt. Leidenschaftslos hatte sie dabei zugesehen, wie Luca immer mehr ins Schwimmen geriet und keinerlei Maßnahmen ergriff, sich selbst zu retten. Erst als auch ihre Grafikerin Ilona wegen ausstehender Honorare ihre Zusammenarbeit aufgekündigt hatte, war Luca aufgewacht und hatte sich abgefunden, mit einer anderen Agentur zu fusionieren. Jetzt fehlte nur noch eine Unterschrift ...

»Man muss sich immer fragen, wessen Problem es ist. Meines oder das von anderen Leuten.« Diese Weisheit hatte ihr Sarah an ihrem letzten Arbeitstag mit auf den Weg gegeben. Die junge Assistentin hatte sich erstaunlicherweise bis zum Schluss in ihren Job reingekniet und Jenny hatte ihr schließlich ein ausgezeichnetes Arbeitszeugnis geschrieben. Freundinnen würden sie wohl nie werden, aber Jenny wünschte ihr Glück.

Sie riss den Umschlag auf und überflog hastig das Anwaltsschreiben. Die andere Werbeagentur hatte Lucas

Forderungen akzeptiert und unterschrieben. Geschafft! Jenny lehnte sich zurück und atmete tief durch. Ihr war, als hätte jemand eine Fußfessel zerschlagen, deren dicke Kette mit einer schweren Eisenkugel daran bis nach Frankfurt gereicht hatte. Sie stellte sich vor, wie die Kette im Meer versank und erhob sich. Heute hatten sie und Shadow noch viel vor.

In der Küche der Thorsens war einiges los. Die Kaffeemaschine schäumte zischend Milch, Shadow befolgte für Leckerlis Erics Kommandos und seine Mama verhandelte am Telefon laut über ein Bettsofa, das noch vor dem Sommer geliefert werden sollte. Keine leichte Aufgabe, wenn man auf einer Insel wohnte.

Draußen im Garten nahm Erics Papa im feuchten Boden Maß und setzte in gleichen Abständen Tomatenspiralen ein. Zum Anpflanzen wäre es noch nicht zu spät gewesen, die Nebensaison auf Hiddensee kam gerade erst in Gang. Doch die Stangen dienten dem Zweck, später Shadow zu beschäftigen.

Jenny schlürfte Schaum von ihrem Latte macchiato und machte sich wieder an der Maschine zu schaffen. »Das Übliche?«, fragte sie in Erics Richtung.

»Gerne.« Er bedeutete Shadow, Platz zu machen, und gesellte sich zu ihr.

Jenny schlang sich ein Küchentuch über den Arm und stellte die Tasse vor ihm auf dem Küchentresen ab. »Bitte sehr, Ihr doppelter Espresso Macchiato. Darf's sonst noch was sein?«

»Nein, danke. Was macht das?« Eric grinste und tat, als würde er ein imaginäres Portemonnaie aus der Tasche holen.

»Vier Euro vierzig«, antwortete Jenny wie aus der Pistole geschossen.

»Ein kleiner Sprudel?«

»Zwei Euro zwanzig.«

»Die klare Fischsuppe?«

»Sieben Euro neunzig.«

»Bier vom Fass?«

»Störtebeker, Pils oder Schwarzbier?«

»Ähm ...«

»Jetzt lass das arme Mädchen in Ruhe«, unterbrach ihn seine Mutter. Die Lieferung des Bettsofas war anscheinend geklärt.

»Ich muss sie doch abfragen.«

»Niemand erwartet, dass sie in Kloster Kellnerin des Jahres wird. Du machst Jenny nur unnötig nervös.« Sie blickte ihren Sohn Kopf schüttelnd an.

»Ich doch nicht!« Eric nippte unschuldig an seinem Espresso.

»Jenny, hör nicht auf ihn. Es ist nur ein Probearbeitstag.«

»Bis eben war ich eigentlich ganz ruhig.« Sie zwinkerte Eric zu.

»Siehst du, jetzt hast du sie nervös gemacht und der Hund frisst gerade alle Leckerlis, ohne dass er was machen muss ...«, fuhr seine Mutter anklagend fort.

»Aber ich hatte ihm doch Platz befohlen!«

Jenny lachte. »Das schon. Aber du hast nicht gewartet, bis er gefolgt hat. Das ist die erste Regel.«

»Zweite Regel, kein Essen herumliegen lassen, egal was«, ergänzte Eric.

Jenny lachte über Shadows schuldbewussten Blick. Er wusste selbstverständlich, was sich gehörte, testete aber trotzdem seine Grenzen aus. Jetzt ließ er sich zu seinem

Hundebett neben dem Kühlschrank dirigieren und legte sich, noch immer kauend, hin.

Sie war beruhigt, dass ihr Baby während des Probearbeitens in liebevollen Händen war und dachte an den Kellner mit der Jeansweste und den langen Haaren, der ihnen im FDGB-Heim immer das Abendessen gebracht hatte. Es hatte etwas Tröstliches und Erhabenes, sich zu einer langen Reihe von Kellnern zu gesellen, die auf Hiddensee gestrandet waren, weil sie nirgendwo anders hinpassten. Damals genauso wie heute.

»Ist es nicht toll, dass Sonja ihr silbernes Rettungsschwimmerabzeichen macht?«, fragte Martina gerade.

»Was?!« Die Tatsache war Jenny neu.

»Wir haben heute Morgen telefoniert, was sie alles in ihrem Zimmer braucht. Ich hoffe, das Bettsofa ist groß genug, sie ist ja ziemlich lang ...«

»Moment mal«, unterbrach Jenny. Sie hatten abgemacht, dass sich ihre Tochter einen Ferienjob auf Hiddensee suchte, bevor im September ihre Ausbildung zur Physiotherapeutin losging, und sie so lange bei den Thorsens wohnte. Martina hätschelte sie anscheinend jetzt schon, was Jenny ihr gönnte. Aber vom Rettungsschwimmen war nie die Rede gewesen.

»Sie macht gerade ein Praktikum beim Optiker«, meinte Jenny irritiert. Hatte sie was verpasst? Es war schon das vierte oder fünfte Praktikum, seit Sonja nach Frankfurt zurückgegangen war. Nur um sicherzugehen, dass sie mit der Ausbildung die richtige Entscheidung getroffen hatte, schnupperte sie in andere Berufe hinein.

»Sonja hat gemeint, das Technische beim Optiker mache ihr Spaß, aber für die Kundenberatung sei sie laut Geschäftsinhaber nicht diplomatisch genug.«

Jenny lachte so laut auf, dass ihr fast der Kaffee aus der Nase kam. Ja, das klang nach ihrer Tochter.

»Ich gehe mal raus und frage deinen Papa, ob er Hilfe braucht. Bis später, Jenny, ich drück dir die Daumen.« Mit einem ermutigenden Lächeln für Jenny und einem letzten warnenden Blick Richtung Eric ließ sie die beiden in der Küche zurück.

»Deine Eltern sind klasse«, sagte Jenny nicht zum ersten Mal, als sie mit ihrem Kaffeeglas neben Eric an der Küchenzeile lehnte. Durch die Küchentür blickte sie hinaus in den Flur, wo ein Bild von ihr und Shadow hing, das Eric am Strand von Kloster gemacht hatte. »Oh, ich habe übrigens noch was für dich.« Sie kramte in ihrer Tasche nach einem alten Kaugummidöschen, öffnete den Verschluss und ließ etwas auf ihre Handfläche fallen. »Schau mal. Das ist doch einer, oder?«

»Wow. Absolut. Das könnte ein neuer Rekord sein.«

Der Bernstein war so groß wie ein Daumennagel, jedoch stark verkrustet, sodass man seine Honigfarbe nicht richtig erkennen konnte.

»Bitte schön.«

»Willst du den nicht behalten?«

»Nein, der kommt nach oben ins Glas. Wir wollen es doch bis zum Jahresende vollkriegen, oder nicht?«

Eric nickte. »Das heißt, am Wochenende gehen wir wieder suchen?«

»Halt die Taschenlampen bereit!«

Er grinste breit und strich sich eine Locke beiseite, die ihm immer wieder übers Auge fiel. »Ich will nicht drängeln, aber wir sollten jetzt losfahren.«

Jenny schielte überrascht zur Küchenuhr und stürzte den restlichen Kaffee hinunter. Mit Eric verging die Zeit wie im Flug und wieder einmal wunderte sie sich, wie sehr sich ihr Leben geändert hatte. Noch vor ein paar Monaten war sie diejenige gewesen, die stets die Zeit im Auge behielt, fürs Einhalten von Deadlines sorgte und Erinnerungen rausschickte.

Es war schön, dass nun jemand anderes darauf achtete, während sie ihr selbstbestimmtes Chaos genoss.

Danksagung

Vielen lieben Dank an Nadine und Oliver Jäger. Ohne euch hätte ich Hiddensee nie kennengelernt und dieses Buch würde es nicht geben. Noch dazu habt ihr mich in Bezug auf die geschäftlichen Aspekte der Geschichte beraten und mir dadurch viel Arbeit abgenommen. Die nächsten Schokotörtchen im *Tante Hedwig* gehen auf mich!

Auf Hiddensee danke ich dem *Hotel Hitthim* in Kloster, dem Café und Hofladen *Tante Hedwig* in Vitte und der Einkaufsquelle in Neuendorf, dass meine Romanfiguren bei euch ein und ausgehen dürfen. Ich freue mich, irgendwann selbst wieder vor Ort zu sein.

Dieser Roman war für mich ein langer, anstrengender Marathon, bei dem mir oft die Puste ausging. Glücklicherweise hatte ich in Cornelia Franke wieder eine großartige Lektorin. Mit deinen Korrekturen und Vorschlägen hast du nicht nur das Beste aus der Geschichte herausgeholt, sondern mich auch vom Korrekturrand aus angefeuert, sodass ich es doch noch über die Ziellinie geschafft habe. Deine Kritik und dein Lob bedeuten mir viel. Herzlichen Dank dafür! Ich hoffe, wir arbeiten bald wieder zusammen.

Wie immer gilt Dunja Wagner mein Dank für alles. Ja, du hast es gleich gesagt.

Vier Generationen starker Frauen und ein dunkles Geheimnis aus der Vergangenheit

Coverabbildungen vorbehalten

Lilly Wolf

Papierblüten. Schatten über der Villa Brendl

Roman

Piper Taschenbuch, 356 Seiten
ISBN 978-3-492-50615-1

Stuttgart, 1900: Die Familie Brendl kommt mit ihren beliebten Tapeten zu großem Ansehen und ihre Villa ist ein gefragter Künstlertreff. Mehr als hundert Jahre später erreicht das Unternehmen jedoch seinen Tiefpunkt: Die Entwürfe sind aus der Mode gekommen und die Erben zerstritten. Nun will Marion Brendl alle Familienmitglieder mit einer Ausstellung über die Tapeten wieder vereinen. Die Eröffnung in der Villa wird ein großer Erfolg, doch nach der Veranstaltung liegt Marions eigensinnige Nichte tot am Fuße der Marmortreppe. Genau so starb 1939 die junge jüdische Malerin Camille Blumberg, was die Brendls seitdem schwer belastet. Schafft es die Familie, sich gemeinsam der Vergangenheit zu stellen und alte Wunden zu heilen?

PIPER

Leseproben, E-Books und mehr unter www.piper.de